D·I·O
디오

박건 게임 판타지 소설
GAME FANTASY STORY

D.I.o 5

박건 게임 판타지 소설

초판 1쇄 찍은 날 § 2011년 1월 26일
초판 1쇄 펴낸 날 § 2011년 2월 4일

지은이 § 박건
펴낸이 § 서경석

편집책임 § 주소영
편집 § 박우진 · 어정원

펴낸곳 § 도서출판 청어람
등록번호 § 제1081-1-89호
등록일자 § 1999. 5. 31
어람번호 § 제1-1221호

주소 § 경기도 부천시 원미구 심곡2동 163-2 서경B/D 3F (우) 420-822
전화 § 032-656-4452 팩스 § 032-656-4453
http://www.chungeoram.com
E-mail § chungeoram@chungeoram.com

ISBN 978-89-251-2425-4 04810
ISBN 978-89-251-2108-6 (세트)

Dynamic island on-line

D.I.O

디오

박건 게임 판타지 소설

GAME FANTASY STORY

신대륙 ⑤

도서출판 청어람

Contents

Chapter 22

동행

웅—

허공에 푸른색의 마법진이 떠올랐다가 빙글 돌아 구의 형태를 취한다. 누가 봐도 명백히 이상한 광경이지만 다이내믹 아일랜드에 존재하는 몬스터와는 달리 노이즈 벨트 아래쪽에 살고 있는 몬스터들은 그 마법진의 모습을 볼 수 없다. 다만 기운 자체까지 감출 수는 없기 때문에 공간이 일렁이는 것 같은 광경 정도는 볼 수 있으리라.

팡!

빙글빙글 돌던 마법진에 청색 빛이 가득 차더니 마침내 물방울처럼 보이던 마법진이 사라지고 거기에서 사람이 튀어나온다. 붉은 빛을 띠는 넓은 챙의 마법사 모자와 로브를 입고 있는 10대 후반의 청년, 멀린이었다.

"와우! 겨우 하루 만인데 무지 오래간만인 것 같네."

멀리 보이는 에메랄드 빛 바다와 섬을 빼곡히 채우고 있는 나무들을 보고 슬쩍 웃는다. 사람 하나 없고 위험천만한 몬스터들이 가득한 곳이지만 그에게는 고향처럼 평안한 곳이다.

웅.

그리고 그렇게 땅 위에 선 멀린의 옆으로 그가 나타났던 것과 마찬가지로 마법진이 떠올라 구형으로 변형한다. 다만 다른 게 있다면 그 지름이 1미터가 채 안 되는 정도라는 것. 그리고 거기에서 튀어나온 건 붉은 색의 독수리, 정천이다.

"야, 저번 그거 대체 뭐였어?!"

나타나자마자 호들갑을 떨며 묻는다. 왜냐하면 다이내믹 아일랜드가 서버를 닫기 전 멀린이 사용했던 상상을 초월하는 마력을 기억하기 때문이다. 수호의 탑을 파괴하고 그 안에 있던 수호석을 손에 넣으려고 했던 숲의 여왕, 마하아시아. 그리고 그 위기의 순간 멀린은 품속에서 알이 굵은 보석 하나를 꺼내 들었다. 그것은 붉은 빛이 감도는 보석, 루비였다.

"필살기."

"아니, 네 수준에 쓰기에 지나치게 강력한 필살기던데."

그때 멀린은 그 루비를 혀 위에 올리더니 그대로 먹어버렸다. 그리고 정천도 많이 봐온 미스릴 풀세트로 장비 변경. 그래서 나온 모습이 불타는 미스릴 갑옷의 정체다.

그가 삼켰던 보석에는 그의 최대 마력보다 수십 배는 많은 마력이 담겨 있었고, 그 마력보다 다시 수배는 강한 위력을 발휘했는데 멀린은 놀랍게도 그 힘을 문제없이 제어했다. 심지어 초월지경(超越之境)에 이르러 대마법사라는 명칭에 부족함이 없는 마하아시아를 날려 버리는 괴력을 발휘했으니 실로 놀라운 신위이다. 물론 그렇다 해도 타격이 크거나 한 건 아니지만 그녀가 일부러 밀려준 것도 아닌데 그렇게 밀어낼 수 있었다는 건 그때 발휘된 힘이 보통 강력한 게 아니라는 말이다.

"연마(硏磨)라고 해."

"연마?"

"내가 평소에 하던 거. 음, 뭐라고 해야 하나. 이건 너도 알지?"

그렇게 하며 자신의 오른쪽 손등에 박혀 있는 사파이어를 보여준다.

"당연히 알지. 세븐 쥬얼 학파의 마정석이잖아."

"응. 그리고 이것도 봐줄래?"

멀린은 붉은 색의 로브 속의 어둠에 손을 넣어 인벤토리를 오픈, 두 개의 보석을 꺼내 들었다. 두 개의 보석은 노란색의 토파즈(Topaz)와 녹색의 에메랄드(Emerald)다. 둘 다 알이 굵고 순도가 높아 가치가 높아 보이는 보석들이다.

"보통 보석이 아니네. 이것도 마정석?"

"응. 사실 일반적인 마정석은 이쪽이지. 대충 상급 정도 될 테지만 제작 과정 때문에 지속적인 마나탱크로 쓰기엔 불가능해. 불안정하거든."

"불안정한데 그런 위력이 나온다고?"

정천의 질문에 멀린의 얼굴에 화색이 돈다. 누군가에게 설명하고 싶었던 모양이다.

"그게 그렇게 생각하기 쉽지만 그렇지 않아. 사실 그 폭발적인 위력은 불안정함에서 나오는 거거든."

"불안정함에서 나오다니……."

이해할 수 없는 말이다. 일반적으로 마법이라는 건 한 치의 오차도 없는 치밀한 술식으로 강대한 파괴력을 만들어내는 기술이 아니던가? 하지만 멀린은 아랑곳하지 않고 말한다.

"내가 금단선공과 세븐 쥬얼 학파를 다루는 건 알지?"

"물론이지."

"그럼 잘 봐."

그렇게 말하고 양 손바닥을 마주 보게 한 채 들어 올린다.

"혹시 내공과 마력을 융합시키면 어떻게 되는지 알아?"

"반발하지. 종류에 따라서는 상쇄되기도 하고."

도술을 익힌 정천이지만 어떤 무술을 경지에 이르도록 단련한 무인이 다른 무술을 전혀 모르기 어려운 것처럼 그 역시 다른 이능에 대해서 상당한 지식을 습득한 상태다.

"맞아. 뭐, 소문을 들어보니 마력하고 신성력을 융합시키면 굉장한 반발이 일어난다지만 난 신성력을 못 쓰니까 차선책을 선택했지. 반발이 너무 심하면 컨트롤이 불가능하기도 하고."

그렇게 말하며 왼손에 내공을, 오른손에 마력을 집중시키기 시작한다. 아무렇지 않다는 듯 해낸 광경이지만 정천은 신음했다.

'내공과 마력을 동시에 제어하다니.'

물론 마력과 내공을 다 다루는 건 마검사들이 흔히 하는 재주지만 보통 어느 정도 시간 차를 두고 하게 마련이다. 왼손으로 원을 그린 후 오른손으로 별을 그리는 건 간단하지만 그걸 동시에 하면 손이 꼬이는 것처럼 마력과 내공을 동시에 컨트롤하면 제어에 혼선이 생기게 된다.

'심지어 유형화되고 있잖아?'

정천이 보는 대로 멀린의 양손에 모인 내공과 마력은 눈에 띌 정도로 유형화되고 있다. 아무리 금단선공과 세븐 쥬얼 학파의 마나 제어 방식이 마나의 물질화에 특화되어 있다 해도 이걸 동시에 한다는 건 왼손으로 정밀화를 그리면서 오른손으로는 논문을 작성하는 것보다 더 높은 수준의 난이도를 요구한다.

"아마 알고 있겠지만 그저 내공과 마력을 융합하는 걸로 반발을 이용하는 건 불가능해. 반발하는 순간 통제를 벗어나기 때문인데, 금단선공이나 세븐 쥬얼 학파의 물질화는 마나 구조가 훨씬 안정적이어서 반발을 시키면서도 거기에 방향성을 주는 게 가능하지. 예를 들면."

쩌적.

마치 기도를 하듯 두 손바닥을 접촉시켰다가 살짝 떼자 아무것도 없던 손바닥 사이에 마치 얼음이 얼 듯 푸른색의 돌덩어리가 생겨난다. 멀린의 양손에 맺혀 있던 마력과 내공이 모여 결정화(結晶化)하기 시작한 것이다.

펑!

그러나 그 순간 손바닥 사이에 있던 결정이 폭발한다. 멀린의 손은 내공에 의해 보호받고 있었기에 별 상처는 없었지만 결정화에 들어간 마력과 내공이 극소량이라는 걸 생각하면 꽤 강한 폭발이다.

"이렇게 터뜨리는 것도 가능하지. 반발이라곤 하지만 일반적으로는 그냥 흩어지는 편이거든. 물론 이건 가장 기본적인 방향성일 뿐이고, 마력 설계를 좀 복잡하게 하면 순간적으로 초고열의 열기를 만들어내거나 반대로 극저온의 냉기를 뿜어내는 것도 가능해. 방식에 따라서는 속성을 부여할 수도 있고."

그렇게 말하며 토파즈를 꺼내 손가락으로 가볍게 퉁기자 주변으로 스파크가 튄다. 보석에 담긴 마력이 그의 힘에 반응한 것이다.

"그럼 몇 달 동안 그 보석 들고 다니면서 마력 넣는 건 그 마법이 발동되기 위한 마력을 충당한 거야?"

당연한 물음이었지만 멀린은 고개를 흔들었다.

"내 보석 마법이 일으키는 현상에는 내 마력은 없어. 그것들은 순전히 마력과 내공이 반발할 때 벌어지는 힘이지."

"그럼 왜 몇 달 동안 보석에 마력과 내공을 계속 주입한 거야?"

"그 마력 자체가 마력과 내공의 반발을 유도할 수 있는 최소량이니까."

사실 제대로 반발시키는 마력과 내공은 10테트라와 5년 내공이 전부다. 이론상으로라면 그 정도 마력과 내공만 있어도 마정석을 하나 만들 수 있어야 하지만 반발하는 두 기운을 안정화시키기 위해 그보다 훨씬 더 큰 마력과 내공이 필요하다. 때문에 멀린은 긴 시간 동안 보석을 가지고 다니면서 충전을 계속하는 것이다.

"혹시 그 안정화에 들어가는 내공을 줄일 수는 없어? 그러면 제작 시간도 빨라지고 좋을 텐데."

"물론 그러면 좋겠지만 아쉽게도 불가능해."

"흐음. 쿨하게 포기하네."

"당연히 포기하지. 안 되는 걸 뭐 하러 굳이 하려고 해?"

당연하다는 듯 말하는 멀린의 표정에 되레 정천이 뻘쭘해진다. 매번 말도 안 되는 일들을 너무 쉽게 해내던 녀석이라 이렇게 간단하게 안 된다고 말하니 오히려 당황스럽다.

'하긴 이 녀석이 안 된다고 보면 정말 불가능한 일일지도.'

애초에 마력량이나 등급은 평범한 주제에 대마법 수준의 마법력을 발휘한다는 자체가 경악스러운 일이다. 이미 그 보석마술만으로도 상식을 벗어나는 수준인데 거기서 더 바라는 건 지나친 욕심일 것이다.

"어라? 멀린이잖아. 오랜만이군."

그때 숲에서 붉은 피부에 뿔이 달려 있는 머리통 하나가 불쑥 튀어나온다. 멀린으로서도 안면이 있는 도깨비다.

"안녕하세요, 아저씨? 채집 중이세요?"

"그래. 요번에 유슬주를 담으려고. 요새 수련하느라고 술을 너무 못 먹었거든. 너도 좀 주랴?"

"아뇨. 전 술은 좀 별로라."

살짝 고개를 흔들어 거부 의사를 표하자 나무 열매를 따 바구니에 담고 있던 도깨비는 내심 다행이라는 표정을 지으면서도 혀를 찼다.

"쯧. 인생 사는 낙을 모르는군. 아, 그러고 보니 어제부터 미호 녀석이 너 찾아다니던데."

"엑? 녀석이 날 찾아다녀요?"

"그래. 한데 어디서 뭘 하고 다닌 거냐? 미호가 아주 섬을 다 헤집고 다니더라."

"아이고."

멀린은 미호에게 늦어도 나흘 뒤에는 올 거라고 이야기했던 걸 떠올리며 이마를 짚었다. 하지만 어쩔 수 없다. 설마 갑자기 프리덤 클래스의 강자 성묵과 숲의 여왕 마하아시아가 나타나 수천의 유저를 사살시키고 수호의 탑을 파괴할지 누가 예상할 수 있었겠는가?

"미호는… 역시 동굴에 있으려나?"

멀린은 가볍게 경공을 펼쳐 이동하기 시작했다. 미호가 지내는 곳은 여우마을에서도 약간 떨어진 수정 동굴 안이다. 미호는 그리 나이가 많지 않은 요괴지만 여우요괴 중에서도 빼어난 동술(瞳術:눈동자로 쓰는 술법)을 가졌던 적요의 후예로, 자신의 거처를 만들 자격을 가지고 있다고 들었다.

"어디 보자, 미호가 과연 집에~ 집에~ 아, 있군."

강화안을 펼쳐 멀리 수정 동굴 안에 있는 미호의 기운을 발견하고 수정 동굴을 향해 걷는다. 물론 강화안을 펼쳐 영력을 살피는 이 방식은 상대가 자신의 기운을 감추면 사용하기 어려워지지만 미호가 뭔가에 쫓기는 상황도 아니니만큼 찾는 데 별 어려움은 없다.

"미호야!"

그리고 수정 동굴에 들어서 손을 흔들었다. 물론 그 행동 자체에는 별 의미가 없다. 그녀는 수정 동굴 주위에 진을 펼쳐 놔서 누군가 거기 들어오면 그 존재를 손바닥 위에 놓은 듯 면밀하게 느끼게 되니 인기척을 알린다고 하기보다는 그냥 인사를 하는 의미가 되는 것이다. 그러나 문제는,

고오오오오…….

"엉?"

강대한 요력이 타오른다. 원래 미호의 요력을 알고 있는 멀린도 깜짝 놀랄 정도로 풍부한 요력. 하지만 지금 타오르는 저 요력은 지나치게 활성화되어 있다. 심지어 약간이긴 하지만 감정이 실려 있는 게 아닌가? 멀린은 습관적으로 강화안을 사용해 영기의 패턴을 해석했다.

"어디 보자, 이 기운은… 분노, 증오, 걱정, 징벌?"

주변에 적이 있는 것도 아닌데 이렇게나 활성화된 요력이라니, 대체 무슨 일인 걸까 하고 멀린이 생각하는 순간 가만히 앉아 있던 미호의 눈이 떠지며 그 입에서 노호성이 터져 나왔다.

"너어! 너어어어어……! 나흘 내에 온다고 해놓고!!"

"으악?!"

순간 무지막지한 여우불이 터져 나오더니 마치 해일처럼 멀린의 몸을 덮쳤다. 멀린은 그 갑작스러운 공격에 그의 몸 주위를 맴돌고 있던 영휘와 샤이닝을 방패 모양으로 변경해 정면에 띄웠지만 그럼에도 불꽃이 밀어내는 압력을 버티지 못했다.

쾅!

"윽! 뭐, 뭐야?!"

그야말로 상상도 못한 공격에 쓰러진 멀린이 몸을 웅크렸지만 뜻밖에도 별로 뜨겁지는 않았다. 아무래도 지금의 여우불은 뜨거움을 제외한 공격인 것 같다.

"너!"

그리고 그렇게 쓰러진 멀린의 몸 위로 여섯 개의 꼬리를 가진 여우 한 마리가 올라섰다. 황금색 눈동자가 활활 타오를 정도로 강대한 요력을 뿜어내고 있는 미호는 무시무시한 눈으로 멀린을 쏘아보았다. 아무래도 늦어서 화가 많이 난 모양이다.

"아, 미안, 미안. 진짜 피치 못할 사정이 있었어."

"그렇다고 서른 시간이 넘게 늦어? 내일 아침 일찍 출발인데 안 와서 얼마나 조마조마했는지 알아?!"

"엥? 하루? 열흘이 아니라?"

그녀의 말에 오히려 깜짝 놀란다. 맨 처음 그가 로그아웃해 보낸 시간은 대략 여덟 시간. 디오 속 시간은 현실보다 열두 배 빠르게 흐르니 아마도 그녀가 겪은 시간은 4일 정도일 것이다. 하지만 그 후 서버가 닫혀 현실에서 24시간이나 있었으니 디오 속에서는 12일의 시간이 지나갔어야 맞다. 그런데 왜 하루밖에 늦지 않았을까?

'아, 그러고 보니 서버가 닫혔지.'

문득 깨닫는다. 열두 배나 시간이 빠르게 흐르는 걸 떠나서 디오의 세계 자체가 닫혔다면 시간이 흐를 리 없다. 다이내믹 아일랜드 안이 아니라고는 해도 결국 그들이 있는 공간 역시 디오의 안이라고 할 수 있는 것이다.

"아, 맞다, 선물."

"응?"

일단 하루만 늦은 거라면 다행이다. 그는 처음부터 보름 정도는 늦었다고 생각하고 이런저런 준비를 해왔다.

"쨘!"

"뭐, 뭐야?"

멀린의 손에 들린 알 수 없는 물건의 모습에 미호가 움찔하며 물러선다. 하지만 이내 킁킁 코가 움직인다.

"먹어볼래?"

"뭐, 뭐야? 지금 먹는 걸로 나를 꼬시려… 아."

멀린이 꼬치구이를 슥 움직이자 미호의 눈이 자연스럽게 꼬치구이를 따라 돌아간다.

'아아, 동물의 슬픈 본능이여.'

그것은 요리사를 꿈꾸며 수련 중인 유저들의 먹을거리 장터에서 구한 소고기 꼬치다. 고양이도 그렇고 여우도 그렇고 소고기라면 환장을 하게 마련. 하지만 안타깝게도 멀린은 노이즈 벨트 아래쪽에서 소를 본 적이 없다. 그들이 먹는 건 대체적으로 여기에 사는 몬스터들의 고기―온갖 방식으로 조리를 해도 무지막지하게 질기다―나 열매 등인데 평생 그런 것만 먹고 살아온 미호가 소고기를, 그것도 현실에서부터 온갖 요리 비법을 깨쳐 간을 한 꼬치구이를 보고 정신을 차릴 수 있을 리 없다.

"아, 맛있겠다."

"으… 음… 음… 아, 아니, 이게 아니라, 지금 먹을 걸로 날 꾀려는 거야? 너, 날 너무 쉽게 봤……!"

"싫다면 내가 먹어버려야지."

"히익?!"

멀린이 꼬치구이를 입으로 가져가자 얼른 덤벼들어 꼬치구이를 물어버린다. 동작을 막는 것도 아니고 물어버리다니 어지간히 마음이 급한 모양이다.

"후후후."

"으……"

"하하! 놀려서 미안. 먹어."

"으으, 분해. 그런데 맛있어."

미호는 염동력을 발휘 꼬치구이를 공중으로 띄운 후 고기를 한 점 한 점 꼭꼭 씹어 먹는다. 고기 한 점 한 점을 씹을 때마다 육즙이 새어 나와 입안을 향기롭게 맴돌았다. 너무 맛있어서 패배감이 느껴질 정도다.

"우! 너, 이걸로 용서받았다고 생각하면."

"더 있으니까 얼마든지 먹어."

"……."

인벤토리에서 다섯 개 정도의 꼬치를 더 꺼내 들자 여섯 개의 꼬리가 살랑살랑 흔들린다. 사실상의 항복 선언이었다.

"으으, 귀여워!"

"꺅! 안지 마!!"

멀린이 자신을 껴안고 뒹굴자 버둥거리면서도 허공에 떠 있는 꼬치구이가 떨어질까 봐 제대로 힘을 발휘하지 못한다.

쩝쩝.

잠시 식사 시간이다. 멀린의 품에서 빠져나온 미호는 경건한 자세로 꼬치에 있는 소고기를 씹었고, 멀린은 다시 품을 뒤져

다른 꼬치구이를 꺼내 들었다.

"난 닭꼬치를 먹어야지."

쫑긋.

민감하게 반응한다.

"닭꼬치? 닭이라는 걸로 만든 꼬치란 뜻이야?"

"응. 지금 먹고 있는 게 네발 달린 동물이라면 닭은 새지."

"새고기……."

미호가 황금색 눈동자를 반짝이며 멀린의 손에 들린 꼬치를 바라본다. 그 눈이 너무 기대에 차 있어서 멀린은 그것도 넘길 수밖에 없었다.

"흠흠. 이, 이 정도라면 용서해 줄게."

"감사합니다, 마님."

"후훗."

만족스러운지 미호는 연신 싱글거리며 꼬치구이를 먹었다. 그 모습이 너무 행복해 보여서 이제야 음식을 가져다준 게 죄스럽게 느껴질 정도다.

"아, 잘 먹었다."

"잘 먹었어."

나란히 앉아 하늘을 올려다본다. 때는 밤이다. 현대와 달리 단 한 점의 오염도 없는 이 가상의 세계 하늘에는 은하수가 밤하늘을 화려하게 가로지르고 있었다.

"그러고 보니 달이 한 개네."

"무슨 말이야? 달이야 당연히 한 개지."

무심코 중얼거린 말에 미호가 의아해하자 멀린은 웃으며 말했다.

"아니. 가끔 소설 같은 거에서 주인공이 다른 세상에 가서 하늘을 보는 장면이 나오면 보통 달이 두 개곤 하거든. 현실과 다르다는 상징으로 두 개의 달만큼 효과적인 게 없다는 생각 때문일까?"

태양이 두 개일 수는 없으니까, 라고 중얼거리며 피식거리는 멀린. 하지만 미호는 고개만 갸웃거린다.

"소설? 다른 세계?"

"아냐. 그냥 혼잣말."

"……??"

멀린은 영문을 모르겠다는 표정을 짓고 있는 미호를 슬쩍 바라보았다. 알고 있다. 그녀는 프로그램이다. 하지만 자신이 NPC라는 것을, 이 세상 전부가 가짜에 불과하다는 걸 모르며 살아가는 그녀를 보고 있자면 자신에게 현실이 현실이듯 그녀에겐 이곳이 현실이 아닐까 하는 생각이 든다.

'가상현실이라…….'

슬슬 다이내믹 아일랜드의 NPC나 몬스터들이 자신들이 프로그램인 걸 알게 만든 이유를 납득하고 있는 그다. 디오의 세계는 지금까지 존재하던 게임과 유저들이 겪는 체감도가 전혀 다르다. 심지어 게임 속 시간이 현실보다 더 긴 상황에서 자칫 현실과 환상을 구분하지 못하는 사람이 생길까 만든 조치일 것이다.

"그나저나 기다리다니, 뭐 할 일 있어?"

"응. 너, 대륙으로 간다고 했지?"

맞다. 여섯 개의 섬을 다 돌아본 이상 이제 남은 건 대륙에 가는 것뿐이다. 가능하면 여섯 개의 섬 중앙에 있다는 적룡의 섬에도 가보고 싶지만 괜히 목숨이 위험할 것 같아 그만두었다.

"원래 그럴 생각이었으니까. 왜?"

"나도 대륙에 갈 일이 있거든. 같이 가자."

"같이?"

순간 떠오른 생각은 '퀘스트인가?' 하는 것이었다. 도깨비들과 미호가 중독되었을 때에도 퀘스트를 받았으니 노이즈 벨트 남쪽에서도 퀘스트를 받는 건 얼마든지 가능한 일이니까. 하지만 기다려 봐도 날아오는 퀘스트는 없고 보이는 건 자신을 빤히 바라보는 자그마한 여우 한 마리뿐이다.

"싫어?"

"아니. 그럴 이유가 없지. 그러자."

"응! 그럼 내일 아침 출발해!"

그렇게 말하며 몸을 돌려 동굴 안으로 쪼르르 달려가 버린다. 뭐가 그렇게 신나는지 즐거운 분위기였지만 멀린은 살짝 고민에 빠졌다.

"같이 여행을 다니는 건 좋지만 그 기간이 길어지면 내 접속 시간이 문제 될 텐데."

전날 새로운 패치가 가해지면서 이제 하루의 절반인 열두 시간은 현실에서 보내야만 하는 상황이 되었다. 디오 속 시점으로 보자면 6일 동안 같이 있던 일행이 다시 6일 동안은 만날 수 없게 되는 것이다. 만약 미호와의 여행이 6일 이상이 된다면 강제적으로 헤어져야 하는 상황에 처한다.

"결국 답은 중간 중간 로그아웃하는 건가?"

가장 이상적인 플레이 방식은 디오 속에서 열두 시간 동안 활동하고 열두 시간 동안 로그아웃하는 것이다. 현실 시간으로 치면 한 시간 플레이하고 로그아웃해 한 시간 쉬는 것의 반복이다.

"체감 시간으로 치면 열두 시간 여행하고 한 시간 쉰다고 할 수 있겠군."

만약 한 시간 게임하고 한 시간 쉬라고 하면 귀찮고 짜증나겠지만 디오 속 시간이 열두 배나 빠르니 참을 만하다.

"좋아, 지금 막 접속해서 아깝지만 내일을 위해."

멀린은 자리에서 일어나 섰다.

"[로그아웃]."

"응? 뭐야?"

멀린이 다시 접속했을 때 청림도는 왠지 모를 소란스러움에 둘러싸여 있었다. 섬의 중앙, 즉 도깨비 마을에는 상당한 수의 도깨비와 여우들이 모여 있었는데, 그 가운데에 13~15살 정도로 보이는 소녀가 자기 몸만 한 가방을 메고 서 있었다.

"조심해서 다녀와."

"기계국 놈들은 수행자들도 툭하면 건드린다니 마주치지 마. 그 땅딸보 녀석들 신경 쓰면 골치만 아픈 거 알지?"

"올 때 선물 사 와. 마도왕국에 튀김이라는 게 있다더라."

익히 봐온 도깨비와 여우들이 본 적도 없는 소녀에게 친한 척하는 모습은 굉장히 생소한 광경이다. 애초에 그는 환요마도에서 자신 말고 다른 인간을 본 적이 없었다. 물론 도깨비나 암인, 수인족 등 인간형의 요괴들은 꽤 봤지만 인간 자체는 이 섬에 거의 오지 않는다고 들었다. 심지어 평생 동안 인간을 못 봤다는 요괴도 상당수였으니 더 말할 필요도 없지 않은가?

'누구지?'

평소 봐왔던 요괴들은 물론 한 번도 얼굴을 비춘 적 없는 수많은 요괴들이 소녀에게 이런저런 주술을 걸어주고 축복을 빌어준다. 소녀도 요괴들 하나하나에게 다가가 꾸벅꾸벅 인사하고 있다.

"이걸 가지고 가거라."

"천류화님."

그리고 마지막에 만나는 것이 바로 현 환요마도의 지배자인 천류화다. 오랜만에 여우의 모습을 하고 있는 거대한 팔미호는 자신의 주위를 휘돌던 빛을 모아 하나의 덩어리로 모으더니 이내 금색의 목걸이로 굳혔다.

"이건……."

"수호석이다. 나한테도 중요한 물건이니 꼭 반납해야 해."

"아… 네! 감사합니다!"

환한 얼굴로 목걸이를 꼭 잡는다. 참으로 훈훈한 분위기였지만 역시나 모르는 얼굴. 하지만 그때 그녀에게 목걸이를 건네주었던 천류화가 고개를 돌렸다.

"아, 멀린. 이제야 왔나?"

"네. 그런데 뭐 하고 계신 거예요?"

"우리 귀염둥이 떠나는 길 환송해 주는 거지. 성지에 예언을 받으러 가는 건 우리한테도 중요한 의식이거든."

"성지? 예언?"

이해할 수 없는 단어에 의문을 표하자, 천류화가 넘겨준 목걸이를 목에 건 소녀가 입을 열었다. 뒤로 묶어 여섯 갈래로 늘어뜨린 풍성한 은발이 반짝반짝 빛난다.

"아차, 말 안 해줬지? 요번 내가 내려가는 것은 성지에 가기 위해서야. 성지에서 거주하고 계시는 [위대한 의지]께서 1년에 한 번씩 예언을 내려주시거든. 모든 섬은 물론 대륙에 있는 세력 전부가 유일하게 합의한 사항이지."

"오호, 그런 게 있었나? 그런데……."

멀린은 친한 척 다가선 소녀를 향해 물었다.

"누구냐, 너?"

"……."

싱글싱글하던 소녀의 얼굴이 굳는다. 그리고 이마 위로 혈관 마크가 떠오른다.

"네가 그러고도 강화안 사용자냐?!"

"우왁?!"

폭발하듯 터져 나가는 여우불에 멀린의 주변을 맴돌던 두 개의 염체 영휘와 샤이닝이 영력의 방패를 만들었다. 여기까지는 전날의 대처와 비슷했지만 그 순간 멀린은 영휘와 샤이닝을 조절, 드릴 모양으로 만들어 회전하게 한 후 폭발하는 여우불의 결을 타듯 앞으로 한 발 내디뎠다.

푸아악!

여우불이 일으킨 바람이 사방을 휩쓸었지만 멀린의 몸을 감싸고 있는 로브가 세차게 펄럭일 뿐 그 자세에는 흔들림조차 없다.

"어?"

소녀는 당황했다. 지금 그녀가 사용한 주술 콤보는 환상과 실재 사이에 반쯤 걸쳐 있는 여우불을 베이스로 삼아 풍둔의 술법을 중첩으로 터뜨리는, 말하자면 그녀만이 사용하는 비술(秘術)이다. 상대에게 별 피해는 못 주는 대신 밀어내는 효과 하나만은 천류화마저도 인정할 정도로 탁월했는데 이렇게나 간단히 빠져나와 버리다니?

"어라? 이 기술은……. 너, 미호구나?"

"기술로 알아보다니. 게다가 어떻게 이걸 두 번 만에 깨버리는 거야?!"

경악해서 소리치지만 사실 당연한 일이다. 무시무시한 해석 능력을 가진 멀린에게 사실상 같은 기술은 두 번 먹히지 않으니까. 차라리 단순하게 위력이 강하거나 무지막지하게 빠르다면 모를까 기술의 복잡함 따위는 단번에 간파당한다.

"술식을 좀 더 복잡하게 짜봐."

"수, 술식을 복잡하게 짜라고?"

은발의 소녀 미호가 기가 막힌다는 표정을 지었지만 멀린은 아랑곳하지 않고 강화안을 사용, 그녀의 모습을 살폈다.

"이건 신기하네. 분자 구조 자체를 바꾼 것도 아닌데도 외양이 변형되다니. 하지만 그러면서도 여전히 여우잖아?"

"둔갑술(遁甲術)이야. 우리 여우 일족의 특기 중 하나지."

뾰루퉁한 표정으로 말하는 소녀의 모습은 영락없이 인간의 그것이지만 강화안으로 보이는 모습은 여전히 그리 크지 않은 여우 그대로다. 이건 그녀의 몸이 커져 인간의 모습으로 변한 것도, 영력을 몸 주위로 둘러씌워 형태를 취한 것도 아니다. 그녀는 여전히 여우의 몸을 가지고 있으면서도 동시에 인간 소녀이기도 한 것이다. 환술을 펼쳐서 몸 주위에 두른 것 같은 모양새지만 그렇다고 하기엔 거기에 가해진 술식의 수준이 높다.

"잠깐, 네 몸 좀 만져 봐도 돼?"

"뭐, 뭐? 변태! 어떻게 그런 말을 할 수 있어?!"

"엥? 아, 아니, 내 말은 그런 의미가 아니라……."

대체 어떤 방식으로 둔갑술이라는 게 성립할 수 있는지 알아보려 했던 멀린은 뜻밖의 반응을 보이는 미호의 모습에 당황해 허둥지둥했다. 여우일 때는 그냥 귀엽다며 껴안고 뒹굴곤 했는데 이렇게 인간의 모습으로 변해 버리니 그럴 수가 없다.

"후후후, 둔갑술이라면 나 때도 몇 번 봤잖아?"

"아, 맞다. 하지만 누나는 강화안으로 봐도 여우의 모습이 안 보여요."

"그거야 내 수준이 높으니까. 어디, 알기 쉽게 살짝 드러내 볼까?"

웅.

말과 동시에 천류화의 몸에서 묘한 파장이 퍼져 나가고 강화안을 발동하고 있는 멀린의 눈에 거대한 여우의 모습이 들어온다. 천류화는 인간 상태에서도 키가 190센티미터나 되는 훤칠한 미녀지만 본신 상태는 꼬리까지 쳐서 어지간한 편의점보다 더 클 정도로 거대하다. 그 거대한 그녀의 본체를 기준으로 놓고 보면 인간 형태의 몸은 그녀의 꼬리 하나에도 미치지 못한다.

슥.

무심코 손을 움직여 천류화의 본체를 만져 보려 하는 멀린이었지만 손은 허무하게 허공을 가를 뿐이다.

'다른 차원에 있다.'

물론 먼 어떤 차원 같은 게 아니다. 그녀의 몸은 분명 눈앞에 있었지만 TV의 다른 채널처럼 접촉할 수가 없는 상태. 그리고 그런 상태에서 천류화는 설명했다.

"흔히 '존재 겹침'이라고 부르지. 우리 여우족은 태어날 때부터 두 개의 모습을 가지고 있거든. 일반적인 마법 체계를 배운 너는 이해하기 어렵겠지만……."

잠깐 드러냈던 본체를 다시 감추며 설명하는 그녀였지만 이 여우족 본연의 능력은 사실 술법이라기보다 초능력에 가까운 감각적인 능력이어서 이론으로 성립되는 주술이나 마법으로 이해하기 쉽지 않다.

물론 그 스스로가 여우족이자 풍부한 주술 지식을 갖춘 천류화는 충분히 이해했지만 아마 다른 존재들은 그게 쉽지 않으리라. 실제로 그녀가 정답을 가르쳐 준다 해도 여우족이 아니고서야 단지 이론일 뿐 그 스스로 이해한다는 건 불가능에 가까운 일. 하지만 그녀가 미처 설명을 시작하기도 전에 잠시 침묵하고 있던 멀린의 입이 열린다.

"이중 존재로군요. 방식을 따지자면… 그래, 동전에 가까워요."

"뭐?"

느닷없는 말에 놀란 그녀가 자신을 바라보자 멀린이 말했다.

"동전의 앞면과 뒷면을 바꾸는 것처럼 현실에 임하는 모습을 변경시키는 방식이죠? 사실 그 동전을 뒤집기 위해서는 좀 더 높은 수준의 이론이 필요할 테지만 여우족은 그걸 감각적으로 할 수 있는 거고."

"……."

뭐라 더 설명할 필요가 없는 정답이다. 물론 이론적으로 들어간다면야 훨씬 더 세세한 정답이 있겠지만 보는 것만으로 통찰한 게 이 수준이라는 건 놀라운 일이다.

"하지만 이런 방식이라면 다른 사람으론 어떻게 변하죠?"

"그건 인간으로 변한 다음 환영을 씌우는 거고. 일단 체형만 비슷하면 환영을 씌우기 쉬우니까."

"아하."

이해했다는 듯 고개를 끄덕이는 멀린. 그리고 그 모습에 미호가 물었다.

"뭐야, 너? 둔갑술에 대해 알고 있었어?"

"아니, 뭐, 그냥 짐작. 그나저나 정말 신기하네. 둔갑술이라……. 이중 존재……."

고민에 빠지는 멀린이었지만 그전에 미호가 그의 손을 잡았다.

"됐으니까 빨리 가자! 이러다가 늦겠어!"

"어라, 늦다니? 시간제한 같은 거라도 있어?"

"모비딕이 지나간단 말이야!"

"모비딕?"

여전히 영문을 알 수 없는 소리에 당황하거나 말거나 손을 잡아끈다. 작은 소녀의 몸이지만 힘은 상당해서 굳이 버티지 않는 이상 성인 남성 정도의 체중은 쉽사리 끌려갈 수밖에 없다.

"그럼 다녀오겠습니다!"

"잘 다녀와! 조심하고!"

"튀김 잊지 마!"

뒤에서 손을 흔드는 요괴들의 모습을 보며 끌려가던 자세 그대로 몸을 돌려 땅을 딛는다. 이러니저러니 해도 중학생 정도로 보이는 미호보다는 그의 신장이 더 컸기 때문에 속도만 비슷하게 맞추면 같이 뛰는 것도 별로 어려운 일은 아니다.

"그나저나 대륙까지는 어떻게 갈 생각이야? 나야 헤엄쳐 가면 되지만 다른 방법이 있나?"

멀린의 물음에 미호는 코웃음 쳤다. 어느새 그들은 아찔할 정도로 가파른 절벽 위에 서 있다. 아래 보이는 건 푸르른 바다뿐이다.

"당연히 있지! 물고기도 아닌데 그 거리를 헤엄쳐 가는 게 오히려 이상한……. 아! 왔다!"

"응?"

기운차게 소리치며 하늘을 올려다보는 미호를 따라 고개를 들어 올렸다. 날씨는 맑아 구름 한 점 없는 하늘이 보였다. 그리고 그 하늘에 떠 있는 것은.

"…고래?"

무심코 흘러나온 말이지만 바로 그 말대로 그것은 거대한 고래다. 그것도 언젠가 봤던 크라켄과도 자웅을 겨룰 만하지 않을까 싶을 정도로 무지막지한 크기. 심지어 그 위로는 상당한 수의 건축물이 자리하고 있다.

"위대한 의지께서 사역하고 있는 신수(神獸) 모비딕이야. 평소에는 모습을 보기 힘들지만 1년에 한 번씩 성지로 향하는 교통편이 되어주지. 아차, 잠깐만."

미호는 자기의 몸보다 커 보이는 가방을 뒤지더니 금빛 종을 꺼내 들어 흔들었다.

딸랑!

그러자 하늘을 날아가고 있던 거대한 고래 모비딕이 반응한다.

우우우우웅ㅡ!

묵직하고 강력한, 악기로 예를 들자면 튜바(Tuba)와 비슷한 울음소리와 함께 청림도로 다가온다. 상당한 높이에 있었음에도 수면 위까지 내려오는 데 채 10여 초도 걸리지 않았다.

푸아아아!

내려설 공간은 미리 정해놓은 듯 청림도의 서쪽, 평소 헤엄을 많이 쳐온 멀린이 알기로 바로 섬 옆인데도 수심이 엄청나게 깊었던 바다에 몸을 반쯤 담근다. 모비딕의 몸은 너무나 크기 때문에 그냥 땅 위에 있으면 올라서기 힘들다.

"가자."

"웅? 아, 그래. 그런데 등에 타도 괜찮은 거야?"

"애초에 타라고 보내주시는 건데 당연하지. 촌티 내지 말고 따라와."

"아, 그전에."

멀린은 손을 뻗어 미호가 메고 있던 가방을 뺏어 들었다. 한 손으로 들기는 했지만 그 무게가 30킬로그램이 넘는다.

"이거 뭐 군장도 아니고. 내가 들고 갈게."

"에? 주술로 드는 거라 별로 안 무거워."

"내가 불편해서 그래. 게다가 나도 굳이 이걸 메고 갈 필요는 없으니까. 어디 보자……. 짠!"

슬쩍 로브를 움직여 가방을 덮은 후 인벤토리를 발동, 가방을 넣어버린다. 다시 멀린이 한 발짝 앞으로 나섰을 땐 이미 가방의 흔적조차 없다.

"어라? 그거 가방처럼 큰 물건도 숨기는 게 가능해?"

"물론. 꺼내는 것도 금방이니 필요하면 언제든지 말해."

으쓱이며 말하자 미호가 눈을 반짝인다.

"잘됐다. 나 그거 술식 좀 가르쳐 줘!"

"엥? 술식? 그런 거 없는데?"

"술식이 없다고? 하지만 그거 차원 관련 술법이잖아."

사실 인벤토리나 로그아웃 같은 건 술법으로 보일 만하다. 주머니보다 훨씬 큰 물건을 주머니 속에 집어넣거나 갑자기 사라지거나 하는 건 누가 봐도 술법이 아닌가?

"그렇긴 한데… 이거 네 둔갑술하고 비슷해. 타고나는 힘이라 가르쳐 줄 수가 없지."

결국 그렇게 말할 수밖에 없다. 사실 틀린 말은 아니어서 인벤토리를 불러오는 것이나 각종 유저로서의 능력은 그들의 몸에 새겨진 고유의, 말하자면 타고난 초능력과도 비슷하다. 감각으로 하는 걸 누군가에게 가르쳐 줄 수는 없다. 장님에게 보는 방법을 가르쳐 시력을 가지게 할 수는 없는 일 아닌가.

"하나같이 난이도가 극악하기로 유명한 차원 관련 술법을 너무 쉽게 쓴다 했더니 타고난 능력이었구나. 아차, 그보다 일단 올라가자."

"그러지."

그녀의 말에 따라 절벽에서 뛰어내려 모비딕의 지느러미 위에 오른다. 덩치가 워낙 크다 보니 지느러미를 가로지르는 데 걸리는 시간도 상당하다. 황당하게도 지느러미와 몸통에 사다리가 설치되어 있어 등 위로 올라가기는 그리 어렵지 않았다.

"인간이로군."

"어라? 사자?"

모비딕의 등에 올라 처음 본 건 뜻밖에도 큼직한 덩치의 사자다. 온몸이 붉은 털로 뒤덮인 특이한 사자. 심지어 그 사자는 인간의 언어를 하고 있다.

"적혈이네. 태허도(太虛島)에는 인재가 없나?"

"내가 할 말이다. 미호 넌 아직 예언을 받으러 가기에 실력도 나이도 부족할 텐데……. 게다가 동행이 인간이라니. 성지에 들어갈 수 있는 건 세력당 한 명과 인장을 받지 못한 어린 종자 하나뿐 아닌가?"

"응, 맞아."

순순히 수긍하는 미호의 모습에 붉은색 사자, 적혈의 얼굴이 찡그려진다.

"그런데 지금 이건……."

"어머, 왜 확인도 안 해보고 그래?"

"무슨 말인지 모르겠군. 이 정도 힘을 가지고 있는 녀석이라면 당연히 인장을… 응?"

하지만 그대로 고개를 돌려 멀린의 모습을 쏘아보다 당황한다. 뭔가를 찾는 것인지 멀린의 몸을 더듬듯 한번 훑어본 후 다시 미호를 바라본다.

"이 녀석, 뭐냐?"

"우리 섬에 온 손님. 규칙상 문제는 없지?"

"이해할 수 없군, 인간이라서 이렇다고 하기엔. 대륙의 녀석들 역시 이렇지 않은데."

미심쩍다는 얼굴로 멀린을 바라보는 적혈. 그리고 그런 시선에 멀린이 미호에게 물었다.

"인장이 뭐야?"

"성인이 되면 얻게 되는 영적인 징표야. 이거 보이지?"

그렇게 말하며 슬쩍 옷깃을 걷어 어깨를 보인다. 새하얀 피부 위로 기묘한 형태의 글자 하나가 박혀 있다.

"흠. 이해가 안 가네."

"그래? 하지만 우리 입장에서 보면 오히려 인장이 없는 네가 더 이상……."

"아니, 그게 아니고, 그 앞의 내용. 대체 네 어디가 성인이라는 건데?"

"……."

차분하던 미호의 표정에 금이 가고 주먹이 부들부들 떨렸지만 다른 섬의 대표도 있는 자리였기 때문인지 간신히 억눌러 참는다.

"하, 하여튼 방을 잡자. 성지까지는 꽤 걸릴 거야."

"방도 있는 거야? 하긴 뭐, 건물들이 있긴 했지만."

성큼성큼 앞서 나가는 미호의 뒤를 따라간다. 그리고 그때 하늘을 날고 있던 붉은색의 독수리가 멀린의 머리 위에 내려섰다.

"어디에 있던 거야? 로그인 때부터 안 보이던데."

"주변 좀 둘러봤지. 그나저나 이 고래, 대단하네. 신수 클래스는 오랜만이야."

"신수 클래스라……. 아까 미호도 신수라고 하던데 신수의 기준이 정확히 뭐야?"

멀린의 물음에 정천이 답한다.

"신수, 혹은 마수의 사전적인 뜻이라면 영수(靈獸), 요수(妖獸)들이 정도 이상의 깨달음이나 틀에 넘어선 힘을 가지게 되면 오르게 되는 일종의 위(位)를 말하지. 대체적으로 17레벨에서 19레벨인데 종에 따라서는 그대로 초월치경에 들어가 버리는 녀석도 가끔 있어."

"하지만 피닉스는 레벨이 27레벨이던데, 그건 신수 아냐?"

예전 승급 시험에서 보았던 기록을 떠올리며 묻자 정천이 답한다.

"물론 그것도 신수지. 사실 17~18레벨이라고 말하긴 했지만 이건 어디까지나 시작점이라서 막 기린이나 성룡같이 20레벨을 간신히 넘어선 녀석들부터 삼족오 같은 괴물들도 신수로 불리거든."

"포괄적인 개념이구나."

"초월자라고 해도 막 신위를 얻은 하급 신이랑 개념을 지배하는 초고위 신하고 같은 수준일 수 없는 것과 마찬가지지."

거기까지 말했을 때 앞서 걸어가던 미호의 발걸음이 멈춘다. 도착한 곳은 뭔가 알 수 없는 재질로 만들어진 2층짜리 건물이다.

"여기에서 쉬자. 가는 데는 대충 하루 정도 걸릴 거야."

"하루라니. 이 고래, 그렇게 느리지 않은 것 같은데 왜 그렇게 오래 걸려?"

지도의 모양을 기억하고 있던 멀린이 의아해한다. 현재 모비 딕이 있는 위치에서 최남단, 즉 지도의 끝까지의 거리는 기껏해야 200킬로미터에 불과하다. 시속 20킬로미터의 속도로만 꾸준히 움직여도 열 시간이면 충분히 도달할 수 있는 거리인데 하루가 걸린다니 이상한 일이다.

'설마 노이즈 벨트 때처럼 맵이 확장되려나?'

가능한 일이었기에 잠시 고민하는데 뒤쪽에서 다른 목소리가 들렸다.

"이런. 거기는 우리가 찜했는데."

"응?"

껄렁한 말투로 말을 건 것은 그들의 뒤쪽에 서 있던 청발의 사내다. 대충 봐도 190센티미터가 넘어 보일 정도로 훤칠한 키를 가진 그는 등에 자신의 키만큼이나 기다란 삼지창을 메고 있었는데 그 옆에는 열 살 정도 되어 보이는 작은 소녀가 안절부절못하는 표정으로 사내를 바라보고 있었다.

"헤에. 물고기들이 어디 숨어 있나 했는데 알아서 찾아오셨군."

"후후, 이 짐승 계집이 뭐라고 지껄이는 거지?"

청발의 사내와 미호 사이에서 흉흉한 분위기가 퍼져 나간다. 팽팽한 분위기지만 그 광경을 보는 멀린은 조마조마하다. 왜냐하면 삼지창을 들고 있는 청발사내의 레벨이 미호보다 높기 때문이다. 청발사내의 레벨은 무려 9로 과거 만났던 인면오공 인엽에 맞먹는다.

'뭐, 그래도 지금이라면 충분히 상대할 수 있지만.'

시간이 많이 지났다. 물론 그는 아직도 6레벨에 불과하지만 여행을 다니면서 내공과 마력량이 늘었으며 순도도 높아졌다. 게다가 일대일의 전투는 멀린으로서는 꽤 자신있는 분야. 그는 만약의 사태에 대비해 내공을 운기하며 슬쩍 미호의 곁에 붙었다.

"왜 그래? 사이 안 좋은 녀석이야?"

"인어들은 누구하고도 사이가 안 좋아. 각각 섬에 자리 잡고 있는 세력들과 다르게 온 바다가 다 자기 영역이라고 주장하는 녀석들이니까. 그런 주제에 적룡의 섬 근처에도 안 간다니까. 웃기지 않아?"

"가당치도 않은 소리를 하는군. 그러는 너희야말로 적룡이 나타나면 앞 다투어 공물을 바치기에 급급하지 않나?"

"뭐야?"

별다른 마력의 파동이 없는데도 주변에 파직파직 스파크가 튀는 것 같다. 상당히 살벌한 분위기에 멀린은 슬쩍 통찰안을 발동해 다른 몬스터들의 위치를 확인했다. 다행인지 불행인지 알 수 없지만 다른 몬스터들은 모두 먼 위치에 있었다.

"찌질이."

"왕따."

분위기는 점점 험악해진다. 미호가 청발의 사내, 즉 [머메프 린스 헤더]에 비해 약하다는 걸 알아볼 수 있는 멀린으로서는 아 슬아슬해 보이는 광경이다. 겉으로 봐도 190센티미터의 건장한 청년과 작은 소녀의 모습이라 더욱 그렇다.

'미호라고 자기가 불리한 걸 모르지는 않을 텐데……. 나를 믿고 있는 건가?

그러나 위험한 일이다. 멀린이 헤더를 보고 싸워볼 만하다고 생각한 건 사실이지만 압도적으로 자신이 우위라고 여겨질 정 도는 아니기 때문이다. 물론 그의 무공은 단기 결전에 최강이라 고 할 수 있는 금단선공. 단매에 죽여 버리고자 한다면 별 어려 움이 없을 것 같지만 아무리 그래도 유혈사태를 일으키는 건 별 로 좋은 선택지가 아닌 분위기다.

"저기, 미호야. 그 예언을 받으러 가는 인원끼리 싸우면 안 되 는 거 아니야?"

"예언을 받아올 때까지 죽지만 않으면 되지."

"오호, 그거 정말 어려운 일이군. 난 손대중을 잘 못하는데."

순간 헤더의 몸에서 강렬한 기세가 뿜어진다. 물론 미호 역시 기세를 뿜어내 거기에 저항했지만 아무래도 밀릴 수밖에 없다. 7레벨과 9레벨의 격차는 상당한 것이다.

"으……."

과연 미호의 몸이 부들부들 떨리기 시작한다. 최근 천류화의 도움으로 상당한 수련과 몸보신(?)을 거쳐 성장하긴 했지만 아직 8레벨의 벽도 뛰어넘지 못한 그녀가 과거 그녀와 도깨비들의 목숨을 위협했던 인면오공 인엽과 같은 수준의 헤더와 단독으로 붙는 건 무리한 일이다.

"잠깐. 우리 미호, 너무 괴롭히지 말아줬으면 하는데."

"끼어들지 마라, 하찮은 인간!"

팡!

순간 보석으로 치장된 삼지창이 마치 마술처럼 헤더의 손에 잡혀 내쏘아졌다. 보통 사람은 그 움직임을 느끼지도 못했을 정도로 쾌속한 찌르기였지만 준비하고 있던 멀린은 거기에 맞춰 왼손을 내뻗었다.

웅―!

5년의 내공이 제1계 수성에서 10년의 내력으로 증폭되고, 그렇게 증폭된 내공이 금성에서 다시 20년의 내력으로, 최종적으로는 제3계 지구에서 40년의 내력으로 증폭된다. 물론 40년이나 되는 내력이라고 치기에는 힘이 너무 분산되어 위력이 떨어졌지만 그렇다 하더라도 한 방의 공격에 담을 만한 내공이 아니다. 이건 정말 상식 밖의 힘인 것이다. 그야말로 기존에 존재하던 모든 무학의 합리성을 그 뿌리부터 뒤흔드는 힘!

쩌엉!

"컥?!"

대력금강수. 만근거석도 뭉개 버린다는 그 거대한 힘이 때리자 삼지창이 무서운 기세로 튕겨난다. 물론 헤더는 삼지창을 강하게 잡아 버텨내려고 했지만 그의 어깨에서 우드득 하는 소리가 들리는가 싶더니 양 어깨뼈가 탈골된다.

탱그랑!

허공으로 튕겨 올라갔던 삼지창이 맑은 쇳소리와 함께 땅에 떨어졌지만 인어들은 물론 미호조차도 거기에 주의를 기울이지 못했다. 그리고 큰 챙 모자를 쓰고 적색의 로브를 걸치고 있는 마법사 차림의 멀린은 삼지창과 충돌했던 왼손을 슬쩍 털어내며 말했다.

"하하, 이것 참. 대체 무슨 생각으로 날 들러리 취급하는 거야?"

그렇게 말하며 두 팔을 축 늘어뜨린 헤더의 귓가에 속삭인다.

"죽을래?"

"······!!"

사실 멀린의 목소리에는 별 살기가 없다. 사실 어쩔 수 없는 게 대부분의 유저들이 살기를 잘 다룰 줄 모른다. 누군가를 강하게 죽이고 싶다는 마이너스적 감정의 표출은 현대사회를 살아가는 일반인들이 가지기 어려운 종류의 것이기 때문이다. 하지만 이 경우 멀린에게 살기는 필요없다. 그는 지금 인어족, 즉 머메이드 중에서도 왕족의 혈통을 지닌 머메프린스를 단 일격에 제압한 것이다.

후욱!

강렬한 기세가 뿜어진다. 살기를 품지 못한다 해도 유저들은 얼마든지 몬스터를 죽일 수 있다. 그것은 유저들에게 몬스터를 죽이는 게 살해의 영역이 아니기 때문이다. 유저들은 몬스터를 잡을 때 몬스터를 [죽인]다거나 [살해]한다고 말하지 않는다. 그들은 몬스터를 [사냥]한다.

"와, 왕자님! 괜찮……!"

"흥!"

잠시 굳어 있던 헤더는 자신을 걱정하는 청발의 소녀, 즉 [머메이드 싱어 레나]의 손길을 뿌리치며 몸을 빳빳이 세웠다. 이마에서는 식은땀이 흐르고 있지만 그는 아랑곳하지 않고 어깨 근육을 움직여 탈골된 팔을 끼웠다.

"터프하네. 게다가 근육만으로 뼈를 끼우다니 제법……."

"일단 사과하지."

멀린의 말을 자르며 헤더는 그를 바라보았다. 그 눈빛은 형형하게 빛나고 있었다.

"내 안목이 부족했군. 이렇게 강할 줄이야."

꽤나 큰 타격을 입었을 텐데 헤더의 태도는 정중하다. 아무 용건 없이 시비를 걸던 조금 전의 모습이 거짓말 같을 정도다.

"저기, 왕자님, 너무 무리하시면."

"빠져 있어."

"아……."

레나는 헤더의 서늘한 표정에 밀려 뒤로 물러섰다. 헤더는 머메프린스, 즉 머메이드의 왕족으로 그녀가 제어할 수 있는 존재가 아니다. 그녀에게 주어진 역할은 단지 성지에 예언을 받으러 가는 그에게 불편함이 생기지 않도록 시중을 드는 것뿐이다.

"이게 뭐 하자는 거야? 다시 덤비려고?"

"무례는 사과하겠다. 충분한 보상도 하지. 하지만 왕족으로서 지레 겁먹고 물러서는 건 있을 수 없는 일이야."

촤르륵!

[까르르르!]

그렇게 말하는 순간 허공에서 수분으로 이루어진 작은 소녀들이 모습을 드러내더니 헤더의 주변을 상당한 양의 물이 뒤덮기 시작했다.

"정령술?"

"인어들 중 왕족들은 물의 정령왕에게 축복받은 존재야. 물론 저 녀석은 정령술보다는 창술이 강력하지만 간단한 정령술쯤은 숨 쉬듯 쓸 수 있지."

미호는 그렇게 말하며 품속에서 몇 장의 부적을 꺼내 들었다. 주변을 뒤덮는 투기에 긴장한 모습이었지만 미호와 달리 멀린과 여행한 시간이 긴 정천은 무료한 목소리로 물었다.

"어쩔 거야?"

"흠, 글쎄."

사실 멀린의 앞에서 물의 정령을 꺼내 든 건 그야말로 삽질이다. 제발 죽여달라고 자기 목에 칼날을 들이미는 것도 이 정도 자살행위는 아니리라. 물론 물의 정령들은 멀린으로서도 간섭할 수 없는 종류의 것이지만 물의 정령이 불러낸 물은 순수한 [현상]이기 때문에 멀린은 손가락 하나 까딱 안 하고 그 물을 극저온의 얼음으로 얼어붙게 만드는 게 가능하다.

'하지만 그런 능력이 있는 건 감추는 게 좋겠지? 비장의 한수 정도는 필요하니까.'

사실 멀린이 지금의 헤더를 손쉽게 살해할 수 있는 건 상대가 멀린의 물 친화 능력을 모르기 때문이다. 만약 헤더가 멀린의 능력을 눈치채 주변을 둘러싼 물에 자신의 영력을 주입해 저항

능력을 가지게 만든다면 멀린으로서도 간섭이 불가능할 테니까. 만약 상대방의 저항에 상관없이 수분을 제어할 수 있었다면 적의 뇌수라도 얼어붙게 해서 어떤 적이든 손쉽게 즉사시키거나 하는 게 가능할 것이다.

"여기선 차라리 겁을 주는 게 낫겠군."

"무슨 소리를……."

"자, 간다?"

그렇게 말하며 성큼 한 발짝 내딛는 멀린. 그리고 그 태연한 태도에 헤더의 눈이 가늘어졌다.

"어림없다!"

쒜엑!

오색의 보석으로 고급스럽게 치장된 삼지창이 묵직한 기세로 내뻗어진다. 삼지창의 주위에는 소용돌이치며 쏘아져 오는 물줄기들이 있었다. 그것들은 하나하나가 강철판을 뚫어버릴 정도로 강력한 공격. 그러나 그 순간,

키잉!

내공이 움직인다. 헤더가 이런저런 잡담으로 시간을 끌어준 덕에 세계의 무유생계 모두 원활히 돌아가는 상태다. 언제나 활용할 수 있는 제1계 수성과 다르게 제2계 금성은 1~2초 정도의 증폭 시간 후 0.5초의 쿨 타임이 필요했고, 지구의 경우에는 더 늘어서 1~2초의 증폭 후 30초의 쿨 타임이 필요하다. 내공을 증폭하기 위해 일종의 방전 상태에 들어간 무유생계가 안정 상태에 들어서기 위해 시간이 필요한 것.

웅—!

증폭된다. 10년의 내공이 제1계 수성에서 증폭되어 20년의 내력으로 화하고, 그 20년의 내력이 금성에서 40년의 내력으로, 최종적으로 제3계 지구에서 80년의 내력으로 화한다.

쿠우우우ー!

"이, 이게 무슨……!!"

멀린의 손이 내뻗어짐과 동시에 해일 같은 기운이 헤더의 정면으로 덮쳐 온다. 그야말로 경천동지(驚天動地)할 위력이다. 멀린의 내공이 1갑자, 즉 60년에 불과하다는 걸 생각한다면 80년 내력이 가진 힘은 그야말로 상상을 초월하는 수준. 일반적인 내공 사용자가 한 번에 사용할 수 있는 내력은 전체 내력의 1할을 넘어서지 못하는데 이게 대체 무슨 일이란 말인가?

콰득! 드드득! 쾅!

마치 거짓말처럼 튕겨 나간 헤더의 몸이 바닥에 두 줄기의 스크래치를 남기더니 그대로 10미터 이상 밀려나 벽에 충돌했다. 그 속도가 워낙 빨랐던 데다 헤더의 몸이 튼튼했기 때문에 벽은 반파되고서야 멈출 수 있었다.

"……."

"……."

"…와우."

그나마 몇 번 멀린의 수공을 본 적 있는 정천이 휘파람을 불었을 뿐 나머지 인원은 그야말로 할 말을 잃었다. 실신한 듯 쓰러져 버린 헤더의 가슴팍에는 선명한 손바닥 자국이 남아 있었다.

"거기, 아가씨."

"에, 네… 네!"

"데려가요. 그리고 또 덤비면 안 봐줄 거라고 말해주고."

"봐, 봐줬다고요?"

믿을 수 없다는 듯 중얼거렸지만 사실 그래 보인다. 정령들을 소환해 벼락처럼 짓쳐든 헤더와 다르게 멀린은 별다른 기합이나 자세 없이 그저 손을 휘둘렀으니 누가 봐도 성의없어 보이는 공격인 것이다.

'있을 수 없어. 대장군님과 동수준의 전사라고?'

물론 그럴 리 없다. 인어족의 대장군이라면 환요마도의 대요괴, 즉 환요 천류화와도 같은 레벨의 몬스터로, 멀린이 항거할 수 없는 힘을 가진 강자니까. 멀린이 강한 건 어디까지나 단번에 뿜어내는 일격이 강한 것이기 때문에 인어족 대장군과 충돌한다면 최초 2격에서 3격 정도 대등하게 충돌한 후 내력 고갈로 죽어야 할 것이다.

"뭐야? 너도 덤빌 거야? 복수해야 한다면 어쩔 수 없지만……."

"아, 아뇨. 사정을 봐주셔서 감사합니다."

레나는 꾸벅 고개를 숙이더니 물의 정령을 불러내 헤더를 들고 칙칙한 건물 사이로 사라져 버렸다. 멀린이 쫓아오기라도 할까 두려운 듯 신속한 움직임이다.

"우와! 지금 그거 뭐야? 무슨 위력이……."

"으아……."

"멀린?"

긴장감없는 목소리와 함께 비틀거리며 멀린이 자신의 몸을 벽에 기대자 깜짝 놀란 미호가 그를 부축한다.

"무, 무슨 일이야?"

"아니, 좀 무리해서. 역시 증폭이 무한하게 되는 게 아니구나."

"증폭? 무슨 소리야?"

"지금 그 공격 하느라고 좀 무리했다는 말이지."

멀린은 명치 부분이 뜨끔뜨끔하는 감각과 함께 자신의 상태가 [중상]으로 변한 걸 깨달았다.

"이런 멍청이. 금단이 데미지를 입었잖아."

"눈치챘어?"

틀림없는 사실인 것을 떠나 공격을 날리기 전 짐작까지 했던 결과에 뜨끔하는 멀린. 그리고 그런 그를 보며 정천은 한심하다는 듯 말했다.

"당연하지. 지금 그 공격은 아무리 너라고 해도 지나쳤어. 그 무유생계라는 게 말도 안 되는 사기인 건 나도 알지만 뭐든 한계가 있는 법이라고."

멀린의 심법 금단선공은 그 어떤 심법보다 뛰어난 안전성을 자랑한다. 즉, 보통의 내공 사용자들이 100년의 내공을 가지고 있다 가정했을 때, 아무리 전력을 다해도 10년 이상의 내공을 끌어 쓸 수 없는 데 반해 금단선공은 100년의 내공을 가졌다면 그 100년의 내공을 한 방에 뿜어낼 수 있을 정도로 튼튼한 내구성을 가지고 있다는 뜻. 하지만 지금 멀린은 60년의 내공으로 금단을 형성한 주제에 무려 80년의 내력을 움직였다. 말하자면 최대 내공의 130%나 되는 내력을 뿜어낸 것이니 이건 분명 지나친 일이다.

"쳇. 1갑자 내공을 세 번 증폭해서 480년의 내력으로 만들고 싶었는데."

"그게 말이 되냐? 그딴 허황된 공력이 집중되는 게 가능하다면 드래곤도 한 방에 잡을 수 있어. 뭐, 그나마도 잘 맞았을 때 이야기지만."

정천의 말에 멀린은 고개를 끄덕였다. 사실 멀린도 짐작하고 있었다. 다만 지금의 경우는 실험 삼아 한계 이상의 내공을 끌어내 본 것이다.

"안전하게 쓸 수 있는 한 방은 1갑자 안에서 끝내야 한다는 말인가."

더 강한 내력을 뿜어내고 싶으면 결과적으로 내공의 양을 늘리면 되지만 어쩐 일인지 금단은 1갑자의 내공으로 안정되어 그 크기를 불리지 않았다.

"걸을 수 있어?"

미호의 말에 멀린은 고개를 흔들었다.

"…아무래도 당장은 어려울 것 같은데."

"엑! 그 정도야?"

"금방 괜찮아질 거야. 게다가 숙소까지 가는 거라면 다른 방법도 많지."

그렇게 말하는 순간 멀린의 몸이 땅에서 10센티미터 정도 떠올랐다. 그의 몸을 휘돌던 두 개의 염체, 영휘와 샤이닝이 그의 몸을 들어 올린 것이다.

"가자."

"으음."

미호가 걱정스러운 표정으로 바라보았지만 멀린은 신경 쓰지 않았다. 세상에 게임하면서 자기 캐릭터가 골병들까 봐 걱정하는 사람이 있을 리 없지 않은가? 하지만 별생각없는 그와 다르게 미호는 심각하다.

'엄청난 위력이었어. 아무리 숨겨놓은 힘이 있다고 해도 이건 그냥 사용할 수 있는 위력이 아냐. 몸에 무리가 갔으면 어쩌지? 괜한 내 자존심 대결 때문에……'

걱정하는 마음이 일어났지만 입으로는 아무렇지도 않다는 듯 묻는다.

"그런데 아까 사용한 기술 뭐야? 술법은 아닌 것 같은데."

"그야 물론 무공……. 엥? 설마 너, 무공 몰라?"

멀린은 황당해하며 기억을 되새겨 보았다. 그러고 보면 요괴들 중 내공을 쓰는 이는 없다. 그들은 술법을 쓰든 몸을 강화하든 모두 요기(妖氣)를 사용한다. 단지 그 종류에 따라 제어 방식에 차이가 있을 뿐인 것이다.

"무공? 아, 들어본 것 같아. 진(眞)족이 쓰는 기술이라던데. 너, 진족이야?"

"진족이 누구냐?"

"하긴 넌 진족이 아니라 패신져라고 했었지."

멀린의 말은 신경 쓰지도 않고 혼자 중얼거린다. 그건 평소 미호가 보이던 태도가 아니지만 둔감한 멀린은 별 이상을 느끼지 못했다.

'그나저나 내가 패신져 이야기를 했던가?'

하지만 고민할 틈도 없이 숙소 문을 연다. 외부에서 봤을 때는 거의 단칸방 같은 분위기였는데 들어와 보니 꽤 넓다.

기잉—!

"뭐야?"

"우리를 손님으로 인식한 거야. 여길 떠날 때까지는 유지되 겠지."

"신기하네. 별다른 술식은 느껴지지 않는데."

숙소는 깨끗한 편이었다. 아니, 정확히 말하자면 썰렁하다는 표현이 맞으리라. 방에는 1인용 침대 두 개와 테이블 하나가 있 었는데 가구들 자체는 꽤 고급품으로 보였다.

"뭐라도 먹을래?"

"아, 나도 먹을 건 많이 챙겨왔어."

"네가 많이 챙겨봐야 질과 양에서 나에게 도전할 수는 없지."

평소 항상, 언제나 여행을 다니는 멀린에게 식사는 굉장히 중 요한 문제다. 의식주 중 의(衣)와 주(住)는 마법 걸린 장비와 하 우징으로 해결이 가능하지만 소모품인 음식은 어디선가 계속 충당해야 하기 때문이다. 때문에 항상 식료품 문제로 고생하던 멀린은 스타팅에 갔을 때 하우징과 인벤토리의 한계치까지 식 료품을 충당했다. 그가 능력자로서 음식을 조금 먹어도 버틸 수 있다는 것을 생각할 때 거의 1년 가까이 견딜 수 있을 정도의 식 료품을 상시 소지하고 있는 것이다.

"자, 이거."

"엇? 그건 뭐야?"

"햄버거라는 거야. 넌 빵도 모르지?"

"빵?"

금색 눈동자를 동그랗게 뜬 채 이해할 수 없다는 표정으로 올려다보는 미호의 모습은 정말이지 끔찍하게 귀엽다. 다른 표현을 찾자면 살인적이라는 단어도 있을 것이다.

"밀가루로 만드는 건데, 뭐, 하여튼 그런 게 있어. 일종의 가공식품 같은 거지."

"헤에."

신기한 요리를 많이 가지고 다니네, 하고 중얼거리며 햄버거를 받아 맛있게 먹는다. 한번 식도락에 대한 문화 충격(?)을 받았기 때문인지 처음 보는 음식에 대한 저항이 적다.

"냠냠."

작은 입을 오물거리며 햄버거를 조금씩 갉아 먹는다. 그 행복한 표정은 마치 날카로운 비수와도 같다. 실제로 멀린은 그 비수에 심장을 관통당했다.

"크윽!!"

"에? 왜 그래?"

"아, 아니, 별로. 괜찮아."

깜짝 놀라 손을 내저었지만 불과 10여 분 전에 멀린이 부상을 당했다는 걸 알고 있는 미호로서는 걱정하는 마음이 들 수밖에 없다.

"괴로워 보이는데… 아직 아픈 거야?"

"하하하."

어색하게 웃는다.

'으윽. 정말 소름 끼치게 귀엽다.'

평소 사회화가 덜 된 아이는 야생 짐승과 다를 게 없다고 생각해 온 멀린조차 쓰러지지 않은 게 의아할 정도로 살인적인 귀여움이다. 하지만 예전과 다르게 껴안고 뒹군다거나 할 수는 없다. 지금의 미호는 새하얀 여우가 아닌 소녀의 모습을 하고 있기 때문이다.

"저기, 미호야. 너 그냥 여우 모습으로 있으면 안 돼?"

"뭐? 지금 이 모습은 싫다는 거야?"

어쩐 일인지 민감하게 반응하는 그녀의 모습에 멀린은 깜짝 놀라 손을 흔들었다.

"아, 아니, 그냥 그게 편할 것 같아서."

"흥! 이 여행 끝날 때까지 여우 모습은 안 할 거야!"

팩 하고 몸을 돌리더니 침대에 몸을 던진다.

'…왜 저러지?'

그 알 수 없는 태도에 멀린은 뒤통수를 긁적이다 큰 챙 모자를 벗어 테이블 위에 올린 뒤 침대에 누웠다. 로브도 벗고 편하게 잘까 하는 생각이 잠시 들었지만 어차피 정말 자는 게 아닌 수면 모드 설정 후 로그아웃이기 때문에 그럴 필요는 없을 것 같다.

'그냥 로그아웃은 당연히 안 되겠지?'

일반적인 로그아웃은 유저가 존재했던 공간좌표를 기준으로 로그인 장소를 결정하기 때문에 지금처럼 이동 중인 탈것에 탑승한 상태로 로그아웃을 하면 탈것이 이동하든 말든 유저는 원래의 위치에서 나타난다. 지금 같은 상황이라면 아마 모비딕이 날아가고 있는 하늘에서 뽕 하고 나타나 추락을 시작할 것이다.

"미호야."

"왜."

토라지기라도 한 듯 목소리가 뾰족뾰족하지만 이런 식의 감정에 무딘 멀린은 신경 쓰지 않고 물었다.

"이거 도착하기까지 얼마나 걸려?"

"…대륙을 다 돌면서 모든 세력의 순례자들을 모으니까 열 시간은 걸리겠지."

"그럼 적어도 아홉 시간 후에는 일어나야겠네."

멀린은 생각을 정리했다. 사실 미호와 같이 여행하며 가장 적절한 로그아웃 시간은 열두 시간이다. 이제 디오 접속 시간이 열두 시간으로 제한되었으니 6일(12시간) 동안 접속하면 다시 6일 동안은 접속할 수 없게 되는 것이다.

'하지만 그렇다고 6일 동안 여행하고 6일 동안 버려둘 수는 없단 말이지.'

수면 모드로 잔다고 쳐도 하루 열두 시간씩 꼬박꼬박 자지 않으면 곤란하다. 게임 플레이 시간을 미리 다 소모해 버리면 6일째 날에 끝날 즈음 강제 로그아웃이 돼서 다시 6일 동안 접속할 수 없는 사태가 벌어지기 때문이다.

'하지만 그래도 나름의 일정이 있을 텐데 꼬박꼬박 열두 시간씩 잘 수 있는 상황이 나올 리 없지. 여행은 가급적 열흘 안에 끝내는 게 좋겠군.'

"그럼 아홉 시간 후에 일어날게. 만약 안 일어나면 흔들어서 깨워."

"흥! 두들겨 패서라도 깨울 테니까 걱정 마시지?"

"응?"

가시 돋친 반응에 드디어 느끼는 바가 있는지 멀린의 시선이 미호를 향했다. 그리고 눈을 가느다랗게 뜬 채 지그시 그녀의 모습을 바라본다.

"뭐, 뭘 봐?"

"흐음……. 진짜 여우로 변신 안 할 거야?"

"절대 안 변해!"

빼액 하고 소리를 지른다. 화가 단단히 난 모습이지만 멀린은 장난스럽게 웃었다.

"그렇다면!"

퉁 하는 소리와 함께 침대에 누워 있던 멀린의 몸이 마술처럼 튕겨 올라 2미터 정도 날더니 허공에서 염체, 영휘와 샤이닝이 만들어낸 비탈에 미끄러져 미호의 몸을 덮쳤다. 미호는 깜짝 놀라 팔다리를 휘두르며 저항했지만 체술 실력으로 그녀가 멀린에게 저항한다는 건 불가능한 일이다.

"아아, 역시 너무 귀여워!! 이젠 모르겠다!!"

"이, 이거 놔! 이 변태!"

"변태라도 좋아! 하악하악!"

"꺅!"

인간이 기본적으로 갖춰야 할 소중한 무언가(?)를 잃어버린 멀린이 미호를 껴안고 침대 위를 뒹군다. 그러나 그 순간 미호가 멀린의 양볼을 붙잡아 돌려 자신과 멀린의 코끝을 마주 대었다. 정신을 놓은(?) 멀린조차 한순간 멈칫할 정도로 굉장한 기세다.

"가만있어!!"

날카로운 목소리와 함께 미호의 황금색 눈동자가 적색으로 바뀌었다. 부동의 금제. 굴러다니던 멀린의 몸이 거짓말처럼 멈쳐 버린다.

"어… 뭐, 뭐야?"

"흥!"

미호는 코웃음 치며 멀린의 품에서 쏙 빠져나왔다.

"일어나."

이어진 명령에 멀린이 벌떡 일어난다.

"어? 이, 이럴 리가 없는데. 어라?"

자신의 통제를 벗어난 몸 상태에 놀란 멀린의 눈동자가 붉게 빛
난다. 마안술을 발동. 미호의 마력 패턴을 읽어 크래킹(Cracking)
을 시작한 것이다.

"나가서 손들어."

그러나 어림도 없다.

"어? 어어? 이거 왜 안 풀…….."

"그리고 입 다물어."

"……!!"

황망한 표정으로 걸어나가 방구석에 무릎 꿇고 손을 든다. 지
속적으로 크래킹을 시도하는 듯 그의 몸 주위로 마력장이 펼쳐
졌지만 육체의 자유를 되찾을 수 없다. 물론 단순한 수준의 마
력장이라도 마력량 자체가 무지막지하게 많다면 금제를 통째로
부숴 버릴 수 있겠지만 안타깝게도 멀린의 마력량은 미호보다
많다고 볼 수 없다. 정확히 말하자면 오히려 떨어지는 편이다.

"후후, 후후후후."

그리고 그렇게 굳어버린 멀린의 앞에서 미호는 득의에 찬 표
정을 지었다.

"엎드려."

말이 떨어지기도 전에 멀린의 몸이 넙죽 엎드렸다. 그리고 미호는 그렇게 엎드린 멀린의 허리 위에 우아하게 걸터앉았다.

"한 번 이긴 걸로 기고만장하다니. 나는 적요의 유일한 계승자라고. 전혀 본 적 없는 방식에 당황했을 뿐이지 마안술의 경지 자체는 내가 더 높다고."

프로그래밍에서 착안을 얻은 멀린의 마안술에 신선한 충격을 받은 미호는 멀린의 크래킹에서 가해지던 침식(侵蝕)의 감각을 기반으로 마안술을 연구했다. 진전은 엄청났다. 왜냐하면 멀린의 마안술은 그녀가 지금까지 단 한 번도 생각해 본 적 없는 방식으로 그녀의 마안술을 보완했기 때문이다.

결과적으로 멀린의 마안술을 경험한 미호는 마안술끼리 대결하는 능력은 물론 마안술 자체의 역량도 한 단계 상승시켰으며 사용할 수 있는 마안술의 폭도 크게 넓힐 수 있었다. 그런 면에서 보면 멀린은 그녀에게 일종의 은인이라고도 할 수 있는 존재. 물론 그래도 미호의 눈에는 단 한 점의 고마움도 없다.

"오늘은 그러고 자."

"으… 음."

마침내 내공도 움직였지만 신음성을 내는 게 한계다. 정말 깜짝 놀랄 정도로 완벽하게 잡혀 버린 멀린을 두고 미호는 콧노래를 부르며 침대에 누워버렸다. 그리고 잠시 시간이 지나자 색색거리는 숨소리가 들려오기 시작했다.

'진짜 자냐?'

바닥에 엎드린, 흔히 말하는 '엎드려뻗쳐' 상태인 멀린은 미호의 숨소리를 들으며 황당해했다. 물론 생명력, 근력, 체력 모두 인간 이상인데다 내공 사용자인 멀린은 엎드린 자세로 며칠이고 버티는 게 가능하지만 아무리 그래도 진짜 버린 채 자버리다니.

'으음. 별다른 아이디어가 나오지를 않는데. 게다가 몸을 못 움직이니 좀이 쑤셔서 집중이 안 돼.'

잠시 고민하는 멀린이었지만 결론은 간단하다.

'좋아, 그럼. [로그아웃. 수면 모드].'

로그아웃 중입니다. 10초 동안 이동할 수 없습니다. 적에게 공격당할 수 있으니 주변이 안전하지 않다면 로그아웃을 취소하시고 대응하길 바랍니다. 10. 9. 8…….

로그아웃에 방해물은 없다. 로그아웃 중에 충격만 안 받으면 되기 때문이다. 물론 이 경우 수면 모드가 아닌 일반적인 로그아웃을 한다면 지금 몸을 억죄고 있는 금제도 풀릴 테지만 그랬다간 재로그인 시 아무것도 없는 허공에 접속하게 될 것이다.

'조금만 쉬다 와야지.'

중얼거리며 눈을 감는 멀린. 그리고 그와 함께 그 역시 미호와 마찬가지로 규칙적인 호흡을 반복하기 시작했다.

* * *

"야오옹."

"야옹?"

"컁."

"야오옹……."

오색의 구슬들로 치장된 조종석과 계기판에는 고양이들이 앉아 있다. 언뜻 보면 여기저기 돌아다니며 장난치고 있는 것 같은 광경이지만 그들은 실제로 이 우주선 가루다(Garuda)호를 운행하고 있는 조종사들이다.

띠리딕!

고양이 한 마리가 조종석 앞에 있는 커다란 수정에 두 다리를 올린 채 시선을 움직이자 허공에 하나의 창이 떠올라 영상을 만들어낸다. 그것은 다름 아닌 모비딕 안에서 잠들어 있는 멀린의 모습이다.

"냥?"

전체적으로 하얀 몸에 귀와 얼굴 부분, 그리고 두 다리만이 까만, 굳이 종을 나누자면 샴고양이(Siamese Cat)에 가까운 고양이의 머리 위에 하얀 구름으로 만들어진 ?가 떠오른다. 잠시 후 ?는 !!로 변했다.

"냐양?!"

기묘한 소리와 함께 날렵하게 의자에서 뛰어내려 한쪽으로 뛰어간다. 문들은 닫혀 있었지만 고양이가 접근하기가 무섭게 열렸다.

폴짝~

그리고 그렇게 찾아간 방 안에 샴고양이가 발견한 것은 반짝이며 빛나는 나비 떼 사이에서 평화롭게 뛰노는 점박이 고양이의 모습이다.

"캬!!"

"히양!"

샴고양이가 날카로운 소리를 내자 나른한 표정으로 뛰놀고
있던 점박이 고양이가 놀라 펄쩍 뛰어오른다. 주변을 날아다니
고 있던 나비들은 순식간에 사라졌다.

"캬캬!!"

"흐야우웅······!"

샴고양이가 날카롭게 꾸짖자 점박이 고양이가 불쌍한 표정을
지으며 고개를 숙인다. 그리고 그 모습에 샴고양이의 눈이 날카
로워졌지만 이내 고개를 흔들고 말했다.

"캬! 캬캬!"

"냐, 냥!"

점박이 고양이가 재빨리 자신의 자리로 돌아가 수정 위에 앞
발을 올리자 수십 개의 화면이 주르륵 올라가더니 수많은 정보
를 전달하기 시작한다.

"으우우우······."

그리고 그 정보를 읽어들인 샴고양이는 골치 아프다는 표정
으로 고개를 흔든 후 점박이 고양이를 쏘아보았다.

"캬!"

"흐냥."

풀이 죽은 듯 웅크리는 점박이 고양이 위로 먹구름이 생겨나
더니 소나기가 떨어지는 영상이 만들어진다. 나름대로 우울하
다는 표시였지만 상황이 바빴던 샴고양이는 신경 쓰지 않고 방
을 나섰다.

타다닥!

한번 땅을 박찰 때마다 5~6미터씩 쭉쭉 나아간다. 고양이가 날렵한 동물인 건 사실이지만 이건 명백히 비정상적인 속도. 그리고 그렇게 달려나간 샴고양이는 함교로 뛰어들어 가 소리쳤다.

"냐아아옹!!"

"아, 뭐래! 너희 그만 좀 냥냥거려!!"

커다란 의자에 앉아 계기판을 살피고 있던 흑발의 청년이 버럭 소리를 질렀다. 왜냐하면 그는 고양이들의 말, 즉 퍼지어(語)를 이해하지 못하기 때문이다.

"아, 정말 그 냥냥거리는 소리를 듣다 보면 내가 정말 내 배에 있는 건지 아니면 퍼지 행성에 있는 건지 혼란이 올 지경이야! 영언을 할 수 있으면서 대체 왜 이래?"

퍼지어는 방 안에 뛰어든 고양이, 즉 프라아냐(Prajna)족이 사용하는 말로 크기, 음색, 어조만 달라도 전혀 의미가 달라지는 고난이도의 언어다. 퍼지어는 짧은 소리만으로도 수천, 수만 가지의 의미를 전달할 수 있어 아주 짧은 대화만으로 수많은 대화를 할 수 있는 고등 언어였는데, 그 자체적인 난이도가 너무 높은데다 신체적 구조의 한계 때문에 다른 종족은 따라 할 수 없다. 과연 샴고양이는 미안하다는 듯 말했다.

"어, 음, 미안해요."

"좋아, 그럼 다시 해."

"잠깐만요."

샴고양이는 뒤돌아서 다시 방을 나갔다. 그리고 다시 뛰어들어 온다.

"형! 미공개 신대륙에 들어간 유저가 있어요!"

"그래, 바로 그거… 뭐?"

흐뭇해하던 흑발의 청년이 생각지도 못한 내용에 황당해한다. 왜냐하면 신대륙은 아직 유저가 들어설 수 없는 공간이기 때문이다.

"아니, 아직 비공정은 만들지도 않았는데 어떻게?"

"그, 그게, 헤엄쳐서……."

"뭐라?"

기묘한 경악성을 내지르며 재빨리 손바닥을 펼쳐 허공을 문지르듯 휘두르자 모비딕 안에서 잠들어 있는 멀린의 캐릭터가 나타났다. 그 옆에는 텍스트로 온갖 정보가 표시되어 있다.

"뭐? 수영이 S랭크? 미친 거 아냐?"

손가락으로 텍스트를 밀어내자 다른 정보가 떠오른다.

"아니, 무려 속성계 능력을 S랭크까지 올린 주제에 레벨이 왜 이 모양이야? 게다가 능력치도 애매해!"

멀린의 능력은 누가 봐도 극히 치우쳐 있다. 물론 S랭크 스킬은 다른 어떤 단점도 뒤집어 버릴 정도로 대단한 능력이지만 S랭크 스킬을 가지고 있다고 알려져 있던 유일한 비교 대상, 즉 아더와 같은 저울에 올려놓으면 멀린의 능력치는 극히 해괴한 종류의 것이 되고 만다.

"하지만 이상하군. 이런 녀석이 있는데 우리가 몰랐다니."

"그리고 보면 과장님이 눈여겨보고 있는 인원이 셋 있다고 했던 것 같은데요. 둘은 이미 알고 있었고 나머지 하나가 이 녀석 아닌가요?"

"아, 그 백경이라는 거?"

유저의 수는 수억에 달한다. 아무리 디오의 시스템이 그들의 통제하에 굴러간다고 해도 거기에 있는 모든 유저의 움직임을 일일이 파악할 수 있는 것은 아니다. 물론 특정 인물들을 지정해 놓는다면 종종 살펴보는 것 정도야 가능하지만 멀린은 그 지정 대상에 속하지 못했다.

"그나저나 어떻게 할까요? 유저 한 명 넘어가서 몬스터들과 접촉하면 설정에 '구멍'이 생겨요. 게다가 쓸데없는 호기심을 가지게 되는 몬스터가 생겨 버릴 테니 강제 메모리 수정도 심심치 않게 가해지게 될 테고. 아마 원래 기획하던 것과 많이 달라질 걸요?"

샴고양이의 말에 흑발의 사내는 고민에 빠졌다. 물론 그들이라면 이대로 멀린을 노이즈 벨트 위로 강제 전송한 뒤 다시 남쪽으로 내려오는 걸 완전히 막아버릴 수도 있지만 그건 '자유 의지에 따른 수련과 강화'라는 디오의 기본적인 운영 방침과 어긋난다.

"흠, 뭐, 그렇다면 할 수 없지. 이왕 이렇게 된 거, 대전쟁 시기를 앞당겨. 그리고 비공정 이벤트도 시작할 준비를 하는 게 좋겠군."

"난데없이 일이군요."

샴고양이는 잠시 귀찮다는 표정을 지었지만 이내 고개를 끄덕였다.

"좋아요. 그럼 팀원들을 닦달해 보죠. 사나흘이면 충분할 거예요."

"기대하지."

사내의 말에 샴고양이는 몸을 돌려 함교를 빠져나갔다. 고양이의 몸인데다 기본적으로 은신에 능한 그였기에 아무런 기척도 없다.

"솔직히 유저들을 전력으로 쓸 수 있으려면 적어도 1년 이상의 시간이 필요할 거라고 생각했지만 역시 개인차가 상당하군. 벌써 S랭크 소지 유저가 둘이라……."

물론 그의 눈에 멀린은 전투를 치르기에 너무나 약한 존재다. 물론 S랭크 스킬은 가지고 있다는 것 자체가 대단한 일이지만 그의 능력은 전투에 별로 특화되어 있지 않아 오히려 S랭크 스킬이 없는 크루제보다도 약하다. 그리고 그는 그 이유를 멀린이 전투에 대한 미련이 없기 때문이라고 판단했다.

"조금 고생시켜 볼까?"

하지만 그렇다고 너무 심하게 하면 때려치울 위험이 있다. 애초에 유저들은 즐거움을 위해 디오에 접속한 것이기 때문에 과도한 스트레스는 굳이 참지 않는 것이다.

"이것 참, 애초에 시스템을 짤 때 일단 접속하면 로그아웃 금지에, 죽으면 지옥의 고통을 느끼는 시스템으로 만들었으면 좋았을 텐데. 알아서 안 하면 어쩔 수 없다니, 이거야 원."

투덜거리며 계기판을 조절하기 시작한다. 설마 자신의 그 행동이 어떤 후폭풍을 일으키게 될지 전혀 알지 못한 채.

Chapter 23

성지 도착

"아이구! 요새 몸이 쫙쫙 마르네."

용노는 이어폰을 빼며 침대에서 일어났다. 아닌 게 아니라, 딱 맞던 옷이 헐렁하다. 그것은 비단 그만이 아니라 디오를 플레이하는 대부분의 유저들이 겪는 일로 게임 속에서 맛있는 음식들을 많이 먹어 충족감을 느끼는데다 현실에서 그리 많은 시간을 보내지 않아 벌어지는 현상이다. 로그아웃 상태의 유저들은 필요 영양분만 섭취하거나 아니면 그조차도 안 먹는 경우가 허다해 조금만 방심해도 살이 쭉쭉 빠져 버리며 좀 더 정신을 놓으면 영양실조에 걸려 버리는 것이다.

"어디 보자, 아홉 시간이면 대충 45분인가. 로그아웃 전에 시간을 끌었으니 40분 내에 다시 접속해야겠네."

중얼거리며 남는 재료들을 모아 김치찌개를 끓이며 냉장고에서 한 뭉치의 돼지고기를 꺼낸다.

"살이 너무 빠지는 것 같으니 물 반, 고기 반 스킬을 써야지. 아, 다음 끼니는 피자나 시켜 먹을까?"

용노는 흥얼거리며 밥과 밑반찬을 모니터가 설치된 책상에 늘어놓았다.

"아, 그러고 보니 유저들 중에도 마안 사용자가 있겠네."

생각해 보면 당연한 일이다. 용노는 디오의 홈페이지를 켜 거기에 엮여 있는 팬 사이트를 찾아보았다. 팬 사이트의 숫자는 상당해서 언뜻 봐도 100여 개가 넘어갈 정도다. 개중 가장 규모가 커 보이는 사이트는 '뉴월드'라는 공식 사이트였고, 그다음으로 '천하무적'이라는 무공 전문 사이트와 '마도사의 탑'이라는 마법 전문 사이트가 있었다. 물론 마력과 내공뿐 아니라 생체력, 오오라, 차크라 등 유저들이 다루는 일곱 가지 힘에 관해서는 한 개씩 팬 사이트가 있어서 유저들끼리 수련법이나 관련 지식들에 대한 정보를 공유하고 있다.

"어디 보자. 마안술이면 마도사의 탑 쪽이겠지?"

마도사의 탑 사이트에 들어가자 오른쪽 상단에 [비홀더에서 마도사의 탑을 검색해 주세요]라는 로고가 보인다. 아무래도 비홀더를 사용한다면 디오 속에서도 팬 사이트에 접속할 수 있는 모양이다.

"마안술이… 있다. 그런데 많지는 않구나."

[파괴 주문] 게시판의 경우, 이미 페이지가 일천을 넘어설 정도인데 반해 마안술 게시판은 간신히 이십여 페이지를 넘기는 수준이다. 그래도 읽는 사람은 많은 모양인지 조회 수는 상당한

데다 건질 만한 내용이 많은 상태. 용노는 그중 한 게시물을 발견해 읽었다.

상대가 유저라면 어떤 정신 계열 마안술도 사용 불가능하기 때문인지 대부분의 마안 사용자는 길들이기를 전문으로 하는 테이머(Tamer)나 요새 파티에서 각광받는 '걸림돌' 입니다. 이중 제가 특화시킨 게 바로 그 걸림돌로 정신보다는 육체 제압 전문 마안술사라고 할 수 있습니다. 일단 동영상을 보시죠.

몇 줄의 텍스트 밑에는 동영상이 첨부되어 있다. 디오 속에서 불러들일 수 있는 카메라로 찍은 영상이었는데 여덟 명 정도의 유저가 날카롭게 벼려진 쌍검을 든 트롤과 싸우고 있다. 트롤의 움직임은 빨랐다. 정해진 보법에 따라 번개같이 내달리더니 움직이는 속도를 실어 쌍검을 휘두른다.

트롤과 충돌하는 여덟 명의 유저 중에는 무공 사용자도 있었지만 그 누구도 그 트롤의 검기(劍技)를 따라가지 못했다. 순수한 실력에서 밀린다는 말. 심지어 트롤은 뛰어난 재생 능력을 가지고 있어 아주 박살을 내놓거나 초고열의 화염으로 태워 버리지 않는 이상 금세 회복해 버리는 괴물 중의 괴물 아닌가. 트롤과 싸우는 유저들에게 유리한 점이라고는 단지 숫자뿐인데, 그나마 그 숫자조차 그렇게 많은 편은 아니어서 훨씬 더 많은 숫자가 모이지 않는 이상 이 트롤 전사를 잡는 게 불가능하다. 전투력의 격차가 상당한 것이다.

우뚝.

그러나 그 순간 달려오던 트롤의 몸이 거짓말처럼 멈추더니 일곱 명의 유저가 동시에 움직이기 시작한다. 그들은 숙련된 동작으로 트롤의 몸을 난도질했는데 그 동작이 매우 신속해 고작 1초에 불과한 시간에 트롤에게 무지막지한 타격을 입혔다. 일반적인 공격으로는 타격을 줄 수 없는 괴물이 트롤이라지만 유저들 전원이 강력한 마법 무기로 무장했기 때문에 아무런 소용이 없다.

"빠지세요!"

여덟 명의 유저 중 유일하게 그냥 서 있던 유저의 말에 일곱 명의 유저가 우르르 물러서 방어 태세를 갖췄다. 육체의 자유를 되찾은 트롤은 매서운 공세를 펼쳤지만 방어를 굳힌 유저들을 단번에 쓰러뜨리지는 못했다. 그리고 다시 멈칫하고 굳어버리는 트롤에게 달려드는 유저들.

"우, 우와! 엄청 치사해."

용노는 기가 막혀 헛웃음을 지었다. 그는 마안술을 사용하는 유저가 몬스터의 육체를 억압해 큰 타격을 주고도 안전하게 빠질 수 있을 정도로 치명적인 빈틈을 만들어냄으로써 사냥이 쉬워지게 만든 것이다.

"적어도 마안술이 걸리는 몬스터라면 쉽게 잡을 수 있겠군. 물론 자기보다 강한 몬스터에게 사용하면 억압 시간이 짧지만 이 녀석들처럼 파티를 하면 해결될 문제고."

중얼거리며 동영상 아래쪽 글을 읽는다.

트롤 전사 정도 되는 고 레벨 몬스터를 1초나 묶을 수 있게 된 건 저로서도 상당히 최근입니다만, 이로써 저는 모든 파티에서 사랑받는 귀족 캐릭터가 되었죠. 아, 일단 제가 사용하는 마력 설계는 아래와 같습니다.

글 아래에는 마흔여덟 글자의 룬어와 몇 줄의 설명, 그리고 대여섯 페이지의 도면이 그려져 있었다. 흔히 사용하는 마력 설계도다.

가끔 마력 설계도를 C 언어로 짜시는 분들이 있더군요. 마나는 컴퓨터가 아니기 때문에 별로 추천하는 방식은 아닙니다만 바꿔 생각하자면 C 언어로 짜도 효과가 있을 정도로 마력 설계가 프로그래밍과 흡사하다는 뜻이기도 하지요. 때문에 마안술 사용자들은 흔히 크래킹(Cracking)으로 상대방의 저항을 관통합니다.

"크래킹이라……. 뭐 나도 그걸 써서 미호를 제압했었지."
마안술뿐 아니라 대부분의 마법에 프로그래밍 능력이 도움이 되는 건 사실이지만 마안술은 그중에서 크래킹 능력이 두드러지게 필요하다. 타인의 정신과 육체를 제압하는 능력이기에 더욱 그렇다. 그리고 그렇다면,
"좋은 방법이 떠오를 것 같기도 한… 응?"
순간 딩동 하고 마치 초인종이 울리는 것 같은 소리가 스피커에서 흘러나온다. 윈도우에 떠 있던 팬 사이트의 화면을 전환하자 모니터에 멀린의 모습이 나타난다.
"이렇게 보면 참 신기하단 말이야."

멀린은 캐릭터를 수면 모드로 재운 뒤 로그아웃하면 모니터로 자신의 몸을 실시간으로 모니터링하는 게 가능하다는 것을 알았다. 물론 디오 속 시간과 현실의 시간은 그 속도가 다르기 때문에 모니터 속의 화면은 12배속의 초고속 동영상이라고 봐도 무방하다.

"결국 침대에서 재워주는군. 착한 녀석."

동영상 속에서 엎드려 있던 멀린은 그 앞으로 다가선 미호의 손짓에 자리에서 일어났다. 당연하지만 동영상 속 멀린은 아무런 반응도 보이지 않고 침대에 눕는다. 그 모든 동작은 그야말로 순식간이다. 용노의 입장에서 보자면 무려 12배속의 동영상이기 때문에 디오 속에서 조금만 빨리 움직여도 그 움직임이 제대로 보이지 않을 정도다.

"적당히 시간 보다가 접속해야지. 뭐, 그전에……."

피식 웃으며 용노는 팬 사이트에 들어갔다.

"방비 좀 세워볼까?"

"후우……."

죽은 듯 잠들어 있던 멀린이 한숨 소리와 함께 눈을 뜬다. 마치 잠시 눈을 감았다 뜨는 것처럼 태연한 모습이라 도저히 방금 전까지 잠들어 있던 이의 모습으로는 보이지 않는다.

신대륙 아틀란티스를 최초로 발견(7시간 전)하셨습니다!

최초 발견 보너스로 경험치 1ㅁㅁ,ㅁㅁㅁ혼을 획득하였습니다!

"10만 혼이라니, 신대륙이라고 경험치도 세네."

"깨자마자 무슨 뜬금없는 소리야?"

뭐가 맘에 안 드는지 뾰루퉁한 미호의 목소리에 멀린이 어깨를 으쓱였다.

"아니, 별로. 곱게 눕혀줘서 고맙다고."

"흥! 입에서 침 떨어질까 봐 뒤집어놓은 것뿐이야."

"후후."

팩하고 고개를 돌려 버리는 미호의 모습이 귀여워 웃음 짓는 멀린. 하지만 그는 이내 말을 돌렸다.

"어쨌든 다 온 거야? 아니, 그보다 근처에 기척이 많아졌네."

영명안을 발동, 주변을 둘러보자 맨 처음 모비딕에 올라탈 때에 볼 수 없었던 기운이 다수 느껴진다. 분위기를 보아하니 새로 모비딕에 오른 일행 같은데 개중에는 인간으로 보이는 기척도 제법 있다.

"예언을 받으러 가는데 예외 되는 세력은 없으니까. 다른 섬들은 몰라도 대륙 녀석들은 나도 처음 보는 녀석들이 많아."

"그래?"

멀린은 침대에서 일어나 벗어두었던 큰 챙 모자를 눌러쓰고 붉은 색 로브에 마력을 주입해 주름을 폈다. 그 모습은 영락없는 마법사. 거기에 완드나 스태프를 들면 더더욱 그럴싸하겠지만 그는 빈손이다.

'솔직히 별 쓸모도 없는 지팡이를 들기는 좀 그렇지? 수공을 쓰는 데 방해될 테고.'

지팡이를 들면 미리 저장해 두었던 주문을 해방하거나 마력 증폭을 받을 수 있다는 장점이 있지만 멀린은 지팡이에 미련이 없다. 없어도 주문을 사용하는 데 큰 어려움이 없기 때문이다.

"그런데 그 성지라는 곳까지는 얼마나 남았어?"

"이제 곧 도착할 거야. 탈 녀석은 이제 다 탔으니 성지만 가면 그만이지."

"아, 맞아. 그러고 보니 몇 번이고 들었던 것 같은데, 그 세력이라는 게 몇 개나 있는 거야? 여섯 개의 섬이라면 한 바퀴 돌아봐서 알지만."

바다에는 여섯 개의 거대한 섬이 있다. 요괴들이 사는 섬 환요마도부터 마치 우주 괴수처럼 돌연변이적 생체력으로 무장한 괴물들이 사는 섬 탄생도, 비익족들이 살고 있는 천공섬 이카루스, 도력(道力)을 갈고닦는 영수들의 섬 태허도(太虛島), 마족들이 살고 있는 수라도(修羅島), 천족들이 살고 있는 헤븐즈 게이트(Heavens Gate)까지, 여섯 개의 섬에는 각각 전혀 다른 존재들이 자리 잡은 채 살고 있고, 다이내믹 아일랜드와 다르게 단순히 정해진 위치를 배회하며 유저를 기다리는 게 아니라 자신들의 삶을 영위하고 있다.

"대륙의 세력은 크게 세 개로 나눠져. 난쟁이들이 살고 있는 아이언 공국, 통칭 기계국이라는 곳과 인간들이 살고 있는 이데아 공국, 그리고 요정족이 살고 있는 아르테이아."

"크게 세 개면 작게는 더 나눠져?"

멀린의 물음에 미호가 고개를 끄덕였다.

"응. 난쟁이족 같은 경우에는 드워프들과 노움들로 나눠지지. 요정족의 경우 그것보다 좀 더 세세하게 나눠지지만 크게 엘프와 페어리들로 나눠지고 인간은… 그 무공? 하여튼 싸움 좋아하는 진족하고 리안족, 카엘족으로 나뉘어 있는데, 숫자 자체가 워낙 많아서 차지한 땅이나 숫자가 난쟁이족이랑 요정족을 합친 것보다 많아."

"그럼 이 배에는 몇 팀이나 타는데?"

"난쟁이 한 팀, 요정 한 팀, 인간 세 팀이 타겠지."

"북적북적하겠구먼."

여섯 섬 인원과 아쿠아랜드, 그리고 대륙의 네 팀을 더하면 무려 열한 팀에 각 팀에 두 명씩 있으니 그 숫자가 스물두 명이나 된다.

"어쨌든 가자. 모일 시간이야."

"아, 그전에."

멀린은 문을 열기 전 자신의 주위를 떠다니는 두 개의 염체 중 샤이닝에 내공을 주입했다. 요즘에 들어서는 염체들이 먹는 내공량이 상당히 커져서 두 염체에 동시에 내공을 주입시키면 1갑자나 되는 내공 중에서도 2/3는 그냥 날아가 버린다. 동시에 먹이(?)를 주기엔 부담이 상당해진 것이다.

웅―!

그리고 그렇게 내공을 주입하자 샤이닝이 부르르 떨며 황금빛으로 빛난다. 그리고 텍스트가 떠올랐다.

위칼레인의 반지 등급이 4급으로 상승하였습니다!

"샤이닝마저 올라 버렸군. 렙업해야 하나?"

멀린의 레벨은 6, 즉 그가 사용할 수 있는 아이템의 등급 한계는 4등급으로 더 이상 염체의 성장이 불가능하다는 말이다. 물론 지금 막 4등급이 된 샤이닝이야 다음 단계에 도달하기까지 어느 정도 시간이 걸릴 테지만 또 하나의 염체인 영휘의 경우 4급에 도달한 지 꽤 지난 상태다.

"황금색이 더 짙어졌네. 네 속성을 따라서 그렇겠지만."

"어라? 이거 보여?"

물론 만난 지 하루 이틀도 아니고 미호가 염체의 존재를 느끼는 건 너무나 당연한 일이지만 모습도 보인다니. 하지만 미호는 기가 막힌다는 표정을 지었다.

"장난쳐? 물론 물질이 아닌 염체를 눈으로 보는 건 불가능하지만 영기(靈氣)를 보지 못해서야 주술사로 불합격이지. 게다가 난 마안 사용자라고. 강화안이 받아들이고 마안이 내보낸다지만 다른 일을 전혀 못하는 건 아냐."

맞는 말이다. 강화안도 사용 방식에 따라 물리적인 충격파를 만들어낸다거나 하는 게 가능하고 마안도 상대방의 정보를 읽어낸다거나 영적인 존재를 보는 게 가능하니까.

"하긴 내가 너무 좁은 범위에서 마안술을 쓰기는 했지. 생각해 보면 어차피 강화안이 있으니 마안술로 거기까지 할 필요는 없지만 말이야."

멀린의 눈은 세 가지 상태가 있다. 기본적으로는 아무 행동도 취하지 않았을 때 드러나는 검은색 눈과 안구에 내공을 주입했을 때 금단선공의 영향을 받아 드러나는 황금색의 눈, 그리고 미호의 마안술을 베껴 익힌 적요의 술법으로 드러나는 붉은 색의 눈. 사실 마안술과 강화안을 동시에 사용한다면 전환에 상당한 시간이 걸리지만 멀린의 마력과 내공 제어 능력은 그 전환이 1초가 채 걸리지 않게 해준다. 필요할 때마다 바꿔 쓸 수 있는 것이다.

"어쨌든 가자."

"응."

멀린은 마지막으로 놓고 간 물건이 없는지 체크한 후 문을 열었다.

끼익!

"엇?"

"앗?"

그리고 문득 마주친다. 문을 열고 나서다가 맞은편 숙소에서 문을 열고 나오던 여인과 마주 선 것이다. 푸른색의 로브를 입고 있는 그녀는 160센티미터를 약간 넘는 키에 붉은빛이 감도는 금발의 소유자로 40센티미터 정도의 지팡이를 들고 있었다.

'마법사로군. 게다가 세븐쥬얼 학파잖아?'

강화안이 경지에 이른 멀린은 일견하는 것만으로 그녀가 가진 마력의 종류와 그 양을 일목요연하게 파악할 수 있었다. 슬쩍 오른손을 보니 손등에 박혀 있는 푸른색의 보석이 보인다.

"어라? 그것? 당신, 보석술사시군요?"

"보석술사? 아, 뭐, 그렇죠."

멀린은 생소한 단어에 한순간 의아해했지만 이내 고개를 끄덕였다. 보석화한 마정석에 마력을 저장하고 지기(地氣)를 머금은 보석에 마력을 담아 술법을 발동하는 세븐쥬얼만큼 보석술사라는 이름에 어울리는 학파는 없으리라.

"반가워요. 넬 프로나. 이데아 공국에서 왔어요."

"멀린입니다. 환요마도에서 왔죠."

멀린의 말에 넬은 뜻밖이라는 표정을 지었다.

"에? 환요마도라니? 인간으로 보이시는데."

"이 녀석하고 친구여서 같이 오게 되었죠."

멀린이 미호를 끌어당겨 머리를 쓰다듬자 미호의 표정이 새침해진다. 싫지는 않은 듯 손을 뿌리치지는 않았지만 뚱한 목소리로 말했다.

"슬슬 도착 시간이니까 머리 부분으로 가."

"벌써 다 온 거야?'

자연스럽게 투시안을 가동, 주변을 둘러본다. 충만한 영기에 보호받고 있는 모비딕의 몸은 투시안으로도 관통할 수 없었지만 원격안과 더불어 가동시키자 근처 건물을 넘어 저 멀리 있는 산들의 모습을 볼 수 있었다.

"어머, 아직 넬슨 산맥이에요. 같은 보석술사를 만난 것도 인연인데 같이 이동하지 않을래요?'

"상관없죠. 어차피 가는 길이고."

멀린이 고개를 끄덕이자 넬이 웃었다.

"잠깐만요. 페린!'

"금방 나가요—!'

집 안에서 가느다란 목소리가 새어 나온다. 그리고 우당탕 하는 소리와 함께 커다란 가방을 끌고 있는 소녀가 튀어나온다.

"준비 끝났… 우왁! 넌 누구냐?!"

숙소에서 뛰어나온, 넬보다 한층 선명한 금발을 가진 소녀는 자신을 빤히 바라보는 멀린의 모습에 깜짝 놀라 지팡이를 들어 올렸다. 그것은 공격을 위한 자세였지만 발사되는 것은 없다. 그녀는 물론 마법사지만 그 수준은 극렬하게 낮아 긴 주문을 영창하지 않으면 뭘 쏘아낼 수준이 아닌 것이다.

딱!

"꺅! 어, 언니?!"

"아무 데나 지팡이 겨누지 마! 정작 수준도 안 되면서……. 싸움 나면 어쩔래? 예언을 받으러 가는 인원 중에는 호전적인 성격을 가진 녀석들이 한둘이 아니라고."

"너, 너무 무시하지 마요! 저도 지난주에 1성(星)을 완성했다고요! 게다가 다른 세력 녀석들은 무슨 생각을 할지 알 수 없으니……."

"아니, 잠깐. 1성 완성?"

멀린은 페린의 말을 잘랐다. 강화안 사용자로서, 그리고 뛰어난 해석 능력의 소유자로서 산 위에서 내려다보듯 그녀의 수준을 훤히 볼 수 있는 그에게 그건 그냥 지나가 줄 수 없는 말이다. 심지어 같은 세븐쥬얼 학파가 아닌가?

멀린은 슬쩍 시선을 움직여 페린의 오른손을 보았다. 거기에는 푸른색의 마법진이 그려져 있다. 그것은 소량이지만 마력이 담겨 있는데다 주문 사용에 도움을 주기 때문에 일반적인 마법문신(Seal)으로써는 고급이라고 할 수 있는 것이지만 그것이 전부라고 할 수 있는 보석술사에게 이건 수치. 간단히 말해 아직 마력을 물질화해 가장 저급의 마정석을 만드는 과정에조차 들어서지 못했다는 소리가 아닌가?

"뭐, 뭐야, 그 표정은?"

"쯧, 언노운(Unknown)이 완성 운운하고 있다니."

"언노운? 그게 뭔데?"

"뭐?"

예상치 못한 반응에 멀린은 멍청한 표정을 지었다. 세븐쥬얼 학파의 마법사가 언노운 상태를 모른다니. 설마 공부를 안 해서 그럴 리는 없을 테니 뭔가 그가 익힌 것과 다른 방식의 마법 체계를 가지고 있다는 말이다.

"무슨 말이야? 너희 세븐쥬얼 학파 아니었어?"

"학파라니 무슨……. 우린 그냥 보석술사야. 보석술사가 학파가 나뉠 정도로 많이 있을 리가 없잖아?"

"허. 여긴 그런 건가?"

물론 다이내믹 아일랜드에도 마력을 결정화시켜 보석으로 만드는 학파는 흔치 않다. 다 쳐봐야 두세 개 정도일까? 하지만 다이내믹 아일랜드의 마법 학파는 어떤 이가 만들어서 체제를 정립하면 그 마법사의 이름을 따서, 혹은 그 마법사가 정한 이름을 따서 정해지는 것이지 화염을 전문으로 사용한다고 화염술사, 얼음을 전문으로 사용한다고 빙술사, 이런 식으로 가는 게 아니다.

그런 건 그냥 별명이다.

애초에 화염을 주무기로 사용하는 학파라고 해도 다른 계열 마법을 전혀 못 사용한다고 생각하면 크나큰 착각. 심지어 마력의 물질화를 전문으로 하는 학파의 경우 보석이 아니라 금속으로 굳혀 갑옷처럼 사용하는 학파도 있다.

'뭐, 내가 상관할 바는 아니겠지.'

그러고 보니 넬과 페린의 마력 패턴은 매우 비효율적이고 조잡한 방식으로 설계되어 있다. [완전]한 유저들의 심법이나 학파와 조금 다른 방식. 멀린은 잘 몰랐지만 사실 넬과 페린이 사용하는 보석 마술이 바로 [원전]으로, 오히려 멀린이 익힌 [세븐쥬얼 학파]가 수정판에 가까운 물건이다. 다만 문제가 있다면 그 수정 작업에 참가한 이들이 마법으로 신적인 경지에 도달한 초월자들이라 수정판이 원전을 아득히 능가할 정도의 개변이 이루어졌다는 것이다.

푸드득!

그런데 그때 하늘에서 날갯짓 소리와 함께 붉은색의 독수리가 내려섰다. 멀린의 펫 정천이었다.

"뭐야? 너 요새 왜 이렇게 안 보여?"

"에구, 날개야. 공중에서 로그인되는 바람에 진땀 뺐어. 이 망할 고래가 막 날아가잖아!"

멀린은 턱 하고 멀린의 머리에 앉아 투덜거리는 정천의 모습에 웃었다.

"뭐? 하하! 너도 로그아웃이 공간 지정으로 되는구나."

"어쩔 수 없지. 그나마 네가 [불러]주면 괜찮았을 텐데 그럴 기미가 없더라고."

"아, 맞다. 한 시간에 한 번씩 리콜 능력을 쓸 수 있다고 했지?"

디오 속 유저들이 데리고 다니는 펫에는 소환수처럼 유지거리 같은 게 없다. 즉, 주인과 아무리 떨어져도 상관없다는 말. 때문에 펫을 분실하는 상황을 대비하기 위해 유저들에게는 언제든 펫을 불러들일 수 있는 리콜 능력이 있다.

"어머, 그 매는 뭐죠?"

"매라니? 독수리야!"

발끈하는 정천에게 넬이 사과한다.

"아, 그래요? 죄송해요. 동물에 관해서는 잘 몰라서."

"심지어 동물이라니!"

정천은 일행과 합류하자마자 두 마법사와 시끌벅적 떠들기 시작했다. 페린도 정천에게 관심이 생겼는지 이런저런 말을 걸면서 잡담을 나누었다.

"점점 기척이 많아지네."

슬쩍 고개를 돌려보니 전날 봤던 커다란 사자 적혈과 짧은 다리로 그 옆을 다다다 뛰어가고 있는 족제비가 보인다. 조금 더 앞에는 인간의 몸에 용 머리를 가지고 있는 녀석과 그 옆을 따르는 흑표범이 보이고 검은 날개를 가진 익족들이 주변을 날아다녔다.

"다른 순례자들도 모이고 있는 거지. 하지만 어제처럼 충돌하거나 하지는 마. 그 물고기 녀석이야 그냥 넘어갔지만 예언을 받으러 가는 길에 소란을 일으켜서는 안 돼."

"에? 하지만 너도 그 녀석이랑 티격태격했잖아?"

"문제가 될 요소가 다분한데 그럴 리가. 단지 자존심을 겨룬 정도지 진짜 충돌할 생각은 없었어. 그러니… 아, 앞으로는 싸우지 마. 너, 넌 내 동료니까 내가 지켜."

살짝 상기된 얼굴로 말하는 미호의 모습은 너무나도 귀여운 것이지만 별다른 점을 느끼지 못한 멀린은 '알았어'라고 대답하고는 주변을 둘러보았다. 어느새 주위에는 각 세력의 순례자들이 모여들고 있었다. 바글거리는 모비딕의 머리 위.

'헤에, 장관이네.'

성기사인 듯 하얀색 갑옷으로 전신을 감싼 사내가 보인다. 1미터도 안 되어 보이는 키의 난쟁이가 뛰어다니고 페어리가 날아다닌다. 붉은색의 사자와 날개 달린 익족이 담소를 나누고 늘씬한 몸의 엘프가 자신의 어깨에 앉아 있는 페어리와 속삭이고 있다.

'화려한 복장의 유저들도 보기 꽤 재미있지만 이것도 좋네. 종족이 다양해서 그런가?'

게다가 인간형의 NPC들은 연자소추자다(然者少醜者多:아름다운 이는 적고 추한 사람은 많다)의 법칙을 철저하게(?) 따르는 유저들과 달리 하나같이 아름다운 외모를 가지고 있다. 그냥 보는 것만으로도 즐거운 것이다. 특히나 엘프로 보이는 남성은 난간에 걸터앉은 모습이 눈꼴 시릴 정도로 멋있다.

"아, 다른 종족 못하나? 엘프 하고 싶은데."

무심코 중얼거리자 옆에 있던 미호가 묻는다.

"응? 엘프? 왜?"

"예쁘잖아, 남자든 여자든."

사실을 말하자면 멀린은 예쁘고 귀여운 걸 좋아한다. 조금 소녀 취향이라고 말할지도 모르지만 인형 같은 것도 좋아하는 편이고 애완동물 같은 걸 보면 껌뻑 죽는다. 실제로 미호를 처음 만났을 때에도 너무 귀여워서 정신을 못 차리지 않았던가?

"흠. 넌 스스로가 못났다고 생각해?"

"아주 조금은. 밉상은 아니라고 생각하지만……. 솔직히 덩치가 쓸데없이 크고 눈코입이 너무 뚜렷한 것 같아. 나, 솔직히 정색하면 장난 아니게 무서운 거 알아? 좀 여리여리했으면 더 좋았을 텐……."

"괜찮아."

"응?"

영문을 알 수 없는 말에 멀린의 눈이 동그래진다. 뭐가 괜찮다는 것인지 알 수 없었기 때문이다.

"무슨 소리야?"

"써, 썩 괜찮다고."

"그러니까, 그게 무슨 소……."

"도착했다!"

하지만 그때 커다란 목소리와 함께 사람들의 시선이 한곳으로 몰렸다. 멀린 역시 고개를 돌렸다. 그리고 보았다.

"우와! 저게 뭐야?"

그것은 거대한 수정탑이다. 원기둥 형태였는데, 그 굵기를 말하자면 지름만 쳐도 수백 미터가 넘을 정도고 높이는 수 킬로미터에 달한다. 고개를 꺾듯이 들어도 그 끝이 보이지 않을 규모의 탑인 것이다.

"아니, 이런 게 지금까지 왜 안 보였지? 어디서든 보여야 할 크기잖아?"

"그거야 진리의 탑은 성지 안에 들어오지 않은 이들에게 모

습을 보이지 않으니까. 참고로 성지 안에 들어올 수 있는 건 모
비딕 정도야."

"헤에."

멀린은 탄성을 내지르며 진리의 탑을 바라보았다. 현실 세계
에도 큰 건축물은 얼마든지 있지만 이 탑은 그 어떤 것보다 화
려하다.

우우우우웅—!

마치 집에 돌아왔다고 말하는 것 같은 울음소리와 함께 모비
딕이 주변을 한 바퀴 돈 후 진리의 탑 앞에 있는 호수에 내려선
다. 신기하게도 그 거대한 모비딕이 호수에 몸을 담그는데도 호
수의 물은 넘치지 않는다.

"이 호수는 뭐야? 뭔가 좀 이상한데?"

"심연(深淵)이라고 평소 모비딕이 사는 곳이야. 그냥 호수처
럼 보이겠지만 엄청나게 깊지."

"그래 보인다."

멀린은 모비딕이 몸을 반쯤 담근 호수를 보며 고개를 끄덕였
다. 물론 호수는 별로 크지 않다. 모비딕이 몸을 담그니 꽉 찰
정도다. 만약 평범한 호수였다면 모비딕이 몸을 담근 만큼의 물
이 호수 밖으로 뿜어져 나왔을 것이다.

쿠르르—!

모비딕이 하강을 멈추자 그 위에 있던 순례자들이 하선(?)하
기 시작한다. 물론 모비딕은 거대한 신수이고 설사 몸을 반쯤
물에 담갔다 해도 몸 위에서 바닥까지의 거리는 실로 까마득한
수준. 하지만 어디 그 위에 있는 것이 보통 이들이던가? 그들은

날든 뛰어내리든 각자의 방법으로 모비딕의 몸에서 내려섰다.

"우리도 가."

"웅. 정천."

"알았어. 그런데 이 아가씨들은?"

"같이 가죠? 어차피 주문 사용하는 김에."

넬은 화사하게 웃으며 멀린의 옆에 서더니 중얼중얼 주문을 외우기 시작했다. 일종의 중력 주문. 다만 다른 유저들이 흔히 쓰는 중력 감소 주문이 아니라 일종의 반중력 주문이다.

'오호, 저런 주문도 있네.'

멀린은 그 옆에서 그 주문에 대한 메커니즘을 해석했다. 다행히 매우 간단했다. 적어도 그에게는 말이다.

웅—

미호와 멀린, 그리고 넬과 페린의 몸이 허공으로 떠오른다. 그리고 천천히 하강하기 시작했다. 그리고 문득 멀린이 말했다.

"오른쪽 마력을 지탱하는 축은 두 개로 늘리고 왼쪽으로 약간 회전하는 게 좋을 것 같아요."

"엥? 무슨 소리야?"

"마력?"

페린과 정천은 그 난데없는 말에 의문을 표했다. 정말 뜬금없는 소리였기 때문인데 넬의 표정은 전혀 달랐다.

"…당신, 이 주문을 알고 있나요?"

"그런 건 아니지만 보다 보니 조금 불완전해 보여서요. 제가 강화안 사용자라서 마력 패턴을 잘 보는 편이거든요."

멀린은 그렇게 말하며 오른 눈을 가리켰다. 그의 검은색 눈동자가 한순간 황금색으로 바뀌었다가 원래대로 돌아왔다.

"……."

그러나 멀린은 몰랐다. 이 중력계 마법은 넬의 학파 고유의, 그리고 비장의 주문으로 그 활용도가 높은 대신 난해한 구조를 가지고 있다는 것을. 게다가 중력 계통 주문은 기본적으로 난이도가 높기로 유명해서 한 번 보고 파악한다는 건 있을 수 없는 일이다.

"왜 그래요?"

"아뇨. 후훗. 신기한 분이군요."

"……?"

멀린이 의아해하거나 말거나 그들의 몸은 땅 위로 내려섰다. 사실 멀린의 경우 그의 주변을 맴도는 염체들이 그의 몸을 들어 올릴 수 있을 정도로 강해졌기 때문에 필요없는 도움이었지만 어쨌든 그는 꾸벅 고개를 숙였다.

"그럼 감사했습니다."

"네. 잠시 후에 보죠."

"잠시 후에?"

멀린이 되물었지만 넬은 화사하게 웃어 보인 후 페린과 함께 떠나갔다. 다른 순례자들도 각자 다른 방향으로 가는 걸 보니 미리 정한 목적지가 있는 모양이다.

"뭐야? 어디로 가야 해?"

"각자 정해진 입구로 가는 거야. 진리의 탑에는 각 세력이 들어갈 수 있는 여러 개의 문이 있거든. 어디 보자. 우리가 가야 할 문은… 찾았다."

미리 정해진 위치가 있는 것인지 미호는 성큼성큼 걸어가 진리의 탑에 접근했다. 어느새 멀린의 머리 위로 돌아온 정천이 묻는다.

"그런데 혹시나 해서 묻는 건데… 지금 혹시 퀘스트 있어?"

"아니. 그나마 섬에 있을 때는 퀘스트가 조금 있었는데 신대륙 관련으로는 하나도 없네."

멀린은 곰곰이 기억을 되새겨 보았다. 생각해 보면 미호에게 신대륙으로 가자는 말을 들었을 때에도 퀘스트가 없었다. 그전에는 꽤나 사소한 퀘스트들도 다 있었는데 순례자의 일행에 껴서 예언을 받으러 가는 큰 사건은 퀘스트가 없는 것이다.

"흐음, 불길한 느낌이 드는데."

"응, 뭐가? 아직 미개발 지역일까 봐 그래?"

"그러면 차라리 다행이지만……."

정천은 생각했다. 순례자 이벤트에 퀘스트가 발생하지 않는다는 것은 애초에 이벤트 라인에 유저의 참여가 전제되어 있지 않다는 뜻이다. 하지만 어떤 상황이든 유저가 참여할 수 있다는 '전제'를 깔고 시작하는 게 바로 이벤트가 아닌가? 그럼에도 불구하고 없다는 것은…….

'중립이 아닌 적대 몬스터로 만들 예정이라서 이벤트를 만들지 않았다… 는 가설도 성립이 가능해지는데.'

그러나 정천은 굳이 그 이야기를 하지 않았다. 자신을 어디까지 만들어진 가상의 존재라고 생각하는 멀린에게 이상하게 전달될까 걱정된 까닭이다. 게다가 상황이 아무리 꼬여봤자 죽기밖에 더하겠는가? 어차피 정천 역시 이 세계에 묶인 몸이기 때문에 죽어도 살아나는 상황이다.

키잉!

정천이 이런저런 생각을 할 때 미호가 진리의 탑에 있는 수많은 문 중 하나에 손바닥을 댔다. 잠시 기다리자 그그긍 하는 소리와 함께 문이 열렸다.

"여기가 환요마도의 순례자가 걸어야 할 [시련]이야."

"시련? 어려운 거야?"

멀린의 질문에 미호는 고개를 흔들었다.

"심하지는 않아. 그저 고생 좀 하는 정도……. 아차, 정천 너는 잠깐 나가 있을래?"

"엑? 왜?"

"여기는 세력의 대표자와 그 조수만 들어가게 되어 있으니까. 많은 인원이 들어갈 수는 없어."

만약 그렇다면 시련의 의미가 없기 때문에 있는 규칙이었다. 시련이란 예언을 받기에 합당한 이들이 왔는지 확인하는 절차이기 때문이다.

"펫은 좀 봐줬으면 싶지만……. 뭐, 여긴 동물들도 많으니 그런 불평은 소용없겠군. 알았어. 주변을 둘러보고 있을게."

순순히 고개를 끄덕이고는 푸드득 하늘로 날아오른다. 비행 실력이 출중한 그인만큼 그 모습은 이내 붉은색의 점으로 변했다.

"그럼 들어가자."

"뭐, 보호 주문이라도 외울까?"

던전 비슷한 게 아닐까 하는 생각에 나온 질문이었지만 미호는 고개를 흔들었다.

"싸우는 게 아주 없는 건 아니지만 그건 마지막 관문이야. 여기서는 심(心), 기(技), 체(體)를 확인하는데 내가 하면 되니까 뒤에서 보고 있어."

'그렇게 말해도 심심해서.'

멀린이 작게 중얼거리는 것을 아는지 모르는지 미호는 망설임없이 진리의 탑 안으로 들어갔다. 과연 수정으로 만들어진 탑이라는 것인지 벽도 바닥도 투명한 수정으로 장식되어 있다.

"첫 번째 방이다."

"여기가 심, 즉 마음의 방이야? 하지만 별게 없… 아! 저거구만!"

"촐싹대지 좀 마."

미호가 투덜거리거나 말거나 멀린은 강화안과 투시안, 그리고 영명안을 번갈아 펼치며 주변을 둘러보았다. 대부분 영적인 보호 능력을 가지고 있었기에 많은 것을 알 수는 없었지만 기본적인 메커니즘 정도는 알 수 있다.

"저기 가운데에 손을 올려. 그럼 환상이 보일 텐데 그걸 이겨내면 되는 것 같아."

"아니, 자기가 무슨 시험관도 아니고 그걸 어떻게 알아?"

"척보면 척이지."

"흥."

미호는 투덜거리며 방의 중심에 있던 수정판에 두 손을 올렸다. 그리고 이내 그녀의 눈동자에 수많은 문자가 지나가기 시작한다.

"시련이라기에 뭔가 했더니 수련 시스템이네. 아, 그래서 각 세력의 최고 강자가 아니라 어중간한 녀석들이 순례자에 속했던 거로구나."

멀린은 모비딕에 탑승했을 때 보았던 순례자들의 모습을 떠올렸다. 머메프린스 헤더의 경우는 9레벨이고 미호의 경우 7레벨이지만 그건 특별한 경우고 나머지 순례자들의 레벨은 모조리 8레벨로 고정이다. 최고 강자는 아니지만 나름대로 앞날이 기대되는 유저들이 순례자가 되는 것이다.

키잉─!

멀린이 이런저런 잡생각을 하고 있을 때 수정에 들어와 있던 불이 꺼지고 미호의 눈이 떠진다.

"후우……."

"괜찮아?"

"응. 생각보다 어렵지는 않았어."

그녀의 말과 함께 한쪽 벽을 가로막고 있던 수정들이 얼음이 녹아내리듯 작아져 문이 열렸다.

"과연 별거없군."

멀린은 별다른 도움 없이 미호의 옆에서 그녀가 시험을 치르는 모습을 바라보았다. 두 번째 시련은 정해진 시간 내에 미로처럼 얽힌 주술력을 해제하는 것이고, 세 번째 시련은 독기를 해독하는 것이다.

"아, 자꾸 도와주지 마! 배우라고 있는 거란 말이야!"

"대신 이렇게 가르쳐 주고 있잖아."

시련은 그야말로 순식간에 끝났다. 멀린이 옆에서 슬슬 풀어

버렸기 때문이다. 복잡하게 얽힌 주술력은 보자마자 그 해법을 파악하고, 뿜어지는 독기는 물기를 한번 뿌려 한곳으로 몰아내 버린 것이다.

"자, 여기에서는 왼쪽에서 오른쪽."

"왜?"

"왜라니? 딱 봐도 균형이 안 맞잖아?"

"아, 아니, 법칙이면 또 몰라도 술식에 균형이 어디 있어? 뭐 좌우 대칭 같은 건 줄 알아?"

그러나 안타깝게도 멀린은 별로 좋은 스승은 되지 못한다. 뭐 든 한눈에 봐서 당연히 알기 때문에 남에게 설명할 줄을 모르는 것이다. 넬의 경우처럼 익히고 있는 주문이 비효율적이라면 고 쳐 주는 게 가능하지만 모르는 걸 가르칠 수는 없다.

"아, 진짜 오른손이랑 왼손 같은 거잖아! 너도 손가락이 다섯 개인데 그걸 몰라?!"

"뭐, 뭔 헛소리야?"

영문을 알 수 없는 소리에 황당해하는 미호에게 멀린이 답답 해하며 말했다.

"그러니까 이쪽이 오른손이고 이쪽이 왼손이라니까. 그런데 이쪽에 손가락이 다섯 개인데 이쪽에는 네 개면 이상하잖아?"

"그건 손가락이지! 술식이 꼭 똑같이 갈 필요는 어디에도 없 어! 게다가 전혀 뜬금없는 위치인데 왜 왼손, 오른손이야?"

"그러니까 그게 왜 손이냐면… 와, 이걸 뭐라고 해야 하지?"

뭐라 표현할 수 없는 답답함에 가슴을 치는 멀린. 그리고 그 때 마지막 벽이 열렸다.

키르르륵!

"오, 도착이다. 엥? 이건 뭐야?"

주변을 두리번거리던 멀린은 방의 중앙에 있는 붉은색의 옥을 보고 눈을 동그랗게 떴다. 한 손에 딱 잡힐 크기였는데 느껴지는 기운이 심상치 않았다.

"요옥(瑤玉)……."

"뭐야? 좋은 거야?"

"응. 요기를 강화시켜 주기 때문에 우리 요괴들한테는 상당한 보물이야. 때마침 이게 있다는 건 일종의 선물이라는 뜻일까?"

"그렇겠지. 지금까지의 테스트도 그렇고."

그렇게 중얼거리며 멀린은 영휘를 움직여 방의 중앙에 있던 요옥을 집어 왔다. 방에 함정이 있었기 때문이다.

"얼른 먹고 나가자."

"에휴, 그렇게나 많은 충고를 받았던 시련인데 막상 성취감이고 뭐고 없다니."

미호는 '다 너 때문이야'라는 표정으로 멀린을 바라보았지만 멀린은 아랑곳하지 않았다.

"뭐 해. 먹어."

"…에휴, 모르겠다. 내 몸 건들지 마."

"응. 호법이라는 거지?"

짐작하고 있던 멀린이 고개를 끄덕이자 미호는 요옥을 꿀꺽 삼켰다. 그리고 그와 동시에 그녀의 요기가 크게 일렁인다.

우우웅—!

가부좌를 취하고 앉은 미호의 옷이 바람을 맞은 듯 펄럭이더니 숫제 소용돌이 모양으로 몰아치기 시작했다. 그녀의 요기가 주변 공기에 영향을 주기 시작한 것이다.

"아, 기연이로구먼. 나도 내공 늘릴 수 있으면 좋을 텐데."

멀린의 내공이 늘어나지 않게 된 지는 꽤 오랜 시간이 지났다. 그는 금단선공을 너무 빠르게 습득해 그 누구보다 빠른 시간에 1갑자의 내공을 쌓을 수 있었지만 이상하게 그 이상 늘지 않는 것이다.

"금단이 수용할 수 있는 내공이 4갑자? 아니, 5갑자만 되도 한 방에 크라켄이고 모비딕이고 꺽 소리 나오게 할 만한 공격을 할 텐데."

유저들의 능력치 중 내공은 100포인트당 내공량이 늘어나기 때문에 내공이 100포인트에 도달하면 50년의 내공에 불과하지만 200포인트에 도달하면 150년, 즉 2갑자 반의 내공이, 300포인트에 도달하면 350년, 즉 5갑자 하고도 50년의 내공을 쌓을 수 있다. 즉, 금단선공을 익힌 멀린이라면 300포인트만 넘어서도 어지간한 거대 몬스터도 무시 못할, 그야말로 황당한 수준의 위력을 가진 수공을 발휘할 수 있다는 말이지만…….

"아니, 대체 왜 안 늘어나는 거야?"

멀린의 내공은 1갑자에 도달해 안정 상태에 들어섰다. 간단하게 말하자면 성장이 멈춰 버린 상태. 금단선공이 계속 운용되면서 내기는 모여드는데 금단에 들어가지 못하고 전신으로 흩어지고 있는 것이다.

금단에 1갑자의 내공이 들어차게 되면서 균형을 이루자 안정화된 금단이 추가적인 영력을 받아들이지 않고 있는 상태로 이미 전신에 흩어진 내공량이 상당하다. 사실 오픈 베타 후 6개월이나 지났으니 이미 멀린이 가지고 있는 금단보다 더 많은 내공이 흩어져 있다 하겠다.

'다른 사람들은 이런 상황에 처하면 어떻게 하려나.'

무공을 익힐 때 다른 사람의 수련 방법을 참고하지 않는 그였지만 지금만은 궁금할 수밖에 없다. 가끔 스타팅을 돌아다니다 보면 2갑자나 3갑자를 가진 유저들이 얼마든지—라곤 해도 정말 흔하지는 않았지만—있었기 때문이다.

물론 그들이 그럴 수 있는 건 보너스 포인트 때문이다.

보너스 포인트는 유저들을 짧은 시간에 급격히 강하게 만드는 요소 중 하나이다. 자신이 주력으로 키우는 능력치를 한층 더 강화시키는데다 수련하지 않는 부분을 강화하는 것도 가능한 것이다. 때문에 체력 단련을 하지 않는 마법사가 약간의 포인트를 희생하는 것만으로 중간 이상의 체력을 가질 수도 있고, 항마력이 극렬하게 떨어지는 생체력 사용자가 정도 이상의 항마력을 가질 수도 있다.

실제로 지금 멀린의 경우도 보너스 포인트를 이용한다면 쉽사리 타파 가능하다. 이러니저러니 해도 내공에 보너스 포인트를 더한다면 모든 유저의 몸이 가지고 있는 강력한 보정(補正) 기능에 의해 안정화되어 쉽게 늘어나지 않아야 하는 내공마저도 늘어나기 때문이다.

1갑자의 내공으로 안정화되어 버린 내공에 반 갑자, 즉 30년 정도의 내공을 더한다면 강제적으로 내공이 늘어난 상태로 유지되기 때문에 몸 안에 흩어져 있던 내공 또한 거기에 더해진다.

"이럴 거면 차라리 금단을 정기적으로 빼서 팔아먹는 편이 더 낫… 응?"

별생각없이 중얼거리던 멀린이 멈칫했다. 가부좌를 취한 채 몰입하고 있는 미호를 바라보았다가 다시 생각에 빠진다.

'금단을 빼버린다?'

사실은 바로 그것이 금단선공의 바른 성장법이다. 한번 안정화에 들어서면 그 금단을 버려내고 새로운 금단에 힘을 담는다. 그리고 그것이 한계에 이르면 새로운 금단에 힘을 담는다. 바로 금단선공이 가진 궁극의 단련법, 전령환명단(轉靈還命丹)이다.

그리고 또 하나, 멀린은 모르고 있지만 금단이 안정화되어 거기에 들어가지 못한 금단선공의 내공을 전신에 매일매일 스며들게 했다가 다시 거두어들여 혈맥(血脈)을 강화시키는 단련법은 흔히 단타(鍛打)라고 불린다. 멀린으로서는 아무것도 모르고 매일매일 금단선공을 운용하고 있었지만 근 반년 동안 그의 혈맥은 아무리 방대한 내력의 흐름에도 상처 입지 않을 정도로 단단하게 변하고 있는 것이다.

사실 금단선공이 아무리 훌륭한 신공이라고 해도 혈맥이 튼튼하지 않다면 1갑자가 넘는 거대한 내공을 일격에 뿜어내는 건 불가능하다. 금단이 버틴다 해도 그 막대한 힘에 혈맥이 너덜너덜해지기 때문이다.

"그렇다면 망설일 것 없지. 영휘, 샤이닝은 경계 모드로."

굳이 말로 할 필요없는 명령이었지만 어쨌든 그와 심령이 연결된 두 염체는 주변을 빙글빙글 돌면서 경계하기 시작했다. 물론 시련의 방에서 방해할 적이 나오지는 않겠지만 혹시 모르기에 방비해 놓은 것이다.

턱.

그리고 멀린은 격한 전투를 할 일이 없어 인벤토리 안에 잠들어 있던 아이템 금옥을 꺼내 들었다. 과거 1,000미터의 심해에 잠수해 들어갈 때 얻었던 이 극히 희귀한 아이템은 그 안에 내공을 담아 필요할 때 꺼내 쓸 수 있는 내공 탱크다.

"간다."

키잉—!

내공이 움직인다. 그리고 그의 장심이 금색으로 빛나기 시작한다. 그것은 멀린의 금단이 몸 밖으로 방출되고 있다는 뜻. 하지만 멀린은 그 내공을 뭉쳐 금단을 만드는 대신 금옥에 집중시켰다.

> 최대 영력(Type 내공)이 11ㅁ포인트 하락했습니다!

텍스트와 함께 뭐라 말 못할 상실감이 온몸을 덮쳤지만 멀린은 아랑곳하지 않고 자리에 앉았다.

"지금쯤이었지?"

멀린은 호흡을 고른 후 몸 안을 관조하기 시작했다. 이미 몇 번이나 해온 일이기 때문에 몰입은 순식간이다.

우웅—!

천지자연 간의 내공을 흡수하기 시작한다. 그것은 북명신공(北

冥神功). 자연계에 충만한 힘을 사용자의 기로 변환시켜 주는 절세의 심법이다.

"…그리하여 북명(北冥)의 무공은 대자연의 진기를 체내에 축적하여 바닷물이 큰 배를 띄우듯 축적된 진기로 큰 힘을 발휘하는 데 첫 번째 묘용이 있다."

북명신공의 구결을 중얼거리는 그의 몸으로 주변의 기운이 빨려 들어가기 시작한다. 그의 이미지 메이킹은 너무나도 강력해 몸 밖으로 배출해 존재하지 않는 금단을 아직 가지고 있는 것처럼 몸을 속일 수가 있다. 거기에 북명신공의 내기를 주입한 후 응축해 회전시키기 시작하는 것이다.

"모름지기 선인의 경지란 성을 기르고[養性], 기를 마시며[服氣], 용호를 단련[鍊龍虎]하여 늙음을 물리치는 것이니… 마음을 적묵에 돌리면[歸心寂默] 장생할 수 있다……."

급격하게 모여든 내공이 금단선공의 내공으로 화하기 시작한다. 그 과정은 예전 며칠이나 걸렸던 문제지만 요번에는 그렇게 긴 시간도 걸리지 않는다. 이미 멀린의 금단선공에 대한 화후가 대성에 근접한데다가 지금까지 금단선공으로 모아 전신에 흩어져 있던 내공이 거기에 호응했기 때문이다.

"…그리하여 우리 몸의 단로(丹爐)를 상정하고 우리 몸의 장기(臟器)를 가마솥으로 이용하여 금단을 만들어 끝내 금신(金身)불사(不死)의 도(道)를 성취할 수 있다……."

대자연의 기를 빨아들여 영자기관이라고 할 수 있는 금단 안에서 충돌시키고, 응축하고, 이어 회전시킨다. 그리고 마침내,

영력(Type 내공)이 120포인트 증가하였습니다!

정신력이 7포인트 증가하였습니다!

항마력이 10포인트 증가하였습니다!

　원래 있던 금단을 비워내고 새로운 금단을 만든다. 지금 멀린이 한 것은 틀림없이 금단선공의 단련법이 맞았으나 거기에 들어가는 시간은 기가 막힐 정도로 짧다. 여러 가지 보정을 받는 유저들조차 짧아도 일주일, 길면 더 긴 시간이 필요한 대법이기 때문이다. 만약 지금 이 모습을 금단선공을 익힌 다른 유저가 봤다면 '아니, 저런 게 어디 있어? 사기 아니냐?' 하고 버그라며 운영자한테 신고할 정도로 그 과정은 너무나도 간단하고 빠르다. 문자 그대로 멀린만이 할 수 있는 전령환명단이라고 하겠다.

　물론 그렇다 해도 이렇게 만들어진 금단은 무르기 때문에 정도 이상의 내공을 한 번에 움직이면 위험한데다 제대로 굳기 전에는 몸 밖으로 방출시켜도 그냥 대기 중에 흩어질 뿐이다. 긴 시간을 들여 만든 금단보다는 아무래도 불안정할 수밖에 없으니까. 하지만 그렇다 해도 결과적으로 그의 내공량은 10년이 늘어 70년이 되었다. 게다가 안정되어 있던 1갑자를 넘어섰기 때문에 매일매일 조금씩 늘어나게 되리라.

　"훗. 진작 이렇게 할걸. 아오, 지금까지 날아간 내력, 너무 아깝네."

멀린은 45년치 내공이 들어 있다 새로 들어온 1갑자의 내공으로 무려 105년치 내공이 들어차게 된 금옥을 보고 만족스러운 미소를 지었다. 하지만 그와 동시에 금옥에 내공이 마냥 들어가지 못한다는 것도 깨닫는다. 게다가 거대 조개 자체도 그리 흔치 않은 몬스터인 것 같다.

"간당간당한 걸 보니 대충 120년 정도가 금옥이 수용할 수 있는 내공의 한계인가. 이런 금옥 한 열 개쯤 있으면 거의 무적일텐데."

그러나 거래 게시판을 아무리 뒤져 보아도 금옥을 파는 이가 없다는 것을 아는 멀린이다. 아무래도 심해 1,000미터라는 깊이가 문제였다. 게다가 거대 조개 자체도 그리 흔치 않은 몬스터인 것 같다.

"어디 보자. 금옥과 비슷한 효과를 가진 내단은 없나?"

멀린은 오른쪽 눈꺼풀을 잡아당겨 아이템 열람표를 불러들였다. 그리고 정석 계열 아이템을 찾았다. 지금까지 몬스터를 잡으면서 나왔던 5년짜리, 10년짜리, 많은 건 30년에서 1갑자 가까이 되는 정석도 보인다.

"저 정석을 죄다 먹어서 내공을 늘리면 좋겠지만 순도가 개판이라……. 내공을 회복하는 데에는 쓸 수 있어도 최대치를 늘리는 데에는 쓸 수 없다 이거지. 그리고… 음?"

인벤토리 목록을 뒤지던 멀린은 문득 한쪽에 있는, 정석 목록에서 가장 아래쪽에 있는 정석을 발견했다. 가장 아래쪽에 있을수밖에 없다. 그것은 무려 450포인트의 영력이 담긴 최상급 정석이기 때문이다.

"아차, 이게 있었지? 너무 커서 지금까지 건드릴 생각을 못 했네."

정렬 기준을 획득 시기로 바꾸자 마법 장비인 클로즈(Close) 와 속성력을 일으키는 적염주(赤炎珠)가 같이 나온다. 심해 1,000미터 깊이에 있던 해룡의 신전에서 얻은 아이템. 멀린은 무심코 그것들을 꺼내 보았다. 적염주와 클로즈는 당장 쓸 데가 없었기에 땅에 내려놓고 정석을 눈앞으로 들어 올렸다.

"어디 보자. 450포인트를 내공으로 치면… 우와, 14갑자 하고 도 10년 내공이잖아?"

멀린은 그야말로 넋이 나가서 최상급 정석을 바라보았다. 과거에야 무식(?)해서 몰랐지만 만약 그 정석을 온전히 흡수해 금단으로 바꿀 수 있다면 어떤 일을 할 수 있을지 상상조차 가지 않는다. 무유생계를 이용해 수공을 사용한다면 일격에 산도 날려 버릴 수 있을 것 같다. 장거리로 날리자면 밀종대수인을 저격 총으로 쏘아낸 탄환처럼 킬로미터 단위로 날려 보낼 수 있을 것이다.

"아니, 그래도 저격은 활이 낫겠지만… 그래도 엄청나다. 아, 먹을 수 있으면 좋겠는데. 무협지 주인공처럼 먹고 소화시키면 절대고수 이런 거 안 되려나?"

물론 안 된다. 그의 수준은 최상급 정석의 막대한 힘을 흡수하기에 너무 빈약하고, 금단선공 자체도 내공량보다는 순도가 더 중요한 공부(工夫)이기 때문이다.

"차라리 마법 물품을 만드는 게 나을지 모르지만… 흠, 곤란해. 단순한 인챈트는 몰라도 고차원적인 마법 물품은 잘 모르겠는데 말이야. 특히나 이런 고급 재료를 넣기에…… 천류화

누나한테 상의하면 만들 수 있으려나?'

미호의 입에서 깊은 한숨이 새어 나온 건 바로 그때였다.

"후우우우—!"

"어, 깬다."

가부좌를 취하고 있던 미호가 천천히 눈을 뜬다. 이미 황금색 눈동자는 붉은색으로 변한 지 오래고, 그 주변으로 요기가 뿜어져 나오고 있다.

'오호, 강해졌네. 드디어 8레벨에 진입한 건가?'

멀린은 한층 짙어진 미호의 요기를 보며 휘파람을 불었다. 아슬아슬하게 8레벨도 아니고 8레벨의 끝자락을 넘볼 정도로 수준이 높아졌다. 이제는 머메프린스에게도 그렇게 간단하게 눌리지는 않으리라.

'다만 분위기를 보아하니 녀석도 성장해서 나온다는 문제가 있긴 하지만… 뭐, 내가 있으니.'

멀린이 이런저런 생각을 하고 있을 때 마침내 요력을 모두 갈무리한 미호가 자리에서 일어났다.

"후아! 많이 기다렸어?"

"아니. 뭐, 나도 이런저런 일로 바빠서."

"에? 바빠?"

영문을 알 수 없는 소리에 고개를 갸웃거리는 미호의 모습에 멀린은 웃으며 그녀의 머리를 쓰다듬었다.

"뭐, 별거 아냐. 좀 할 일이 있었거든."

그렇게 말하며 늘어놨던 물건들을 정리한다. 그런데 미호가 그중 클로즈를 보고 관심을 보였다.

"어라? 그거 안경 아냐?"

"응. 예전에 우연히 얻었던 거. 강화안이나 마안술을 수련할 때 쓰는 물건이래."

"그래?"

반색하더니 클로즈를 잡아 쓴다. 미호의 머리가 안경보다 작아서 헐렁거려야 하는 상황이었지만 역시나 마법 물품이라는 것인지 자동으로 사이즈가 맞춰진다.

키잉!

"웃?"

미호는 언젠가 멀린이 그랬던 것처럼 시야가 제한당하는 감각에 묘한 신음을 냈다. 신음을 낸 건 멀린도 마찬가지였다.

"이럴 수가? 이건……!"

"응? 왜 그래?"

"아, 아냐! 근데 잘 어울린다!"

"……?"

그게 무슨 소리냐는 표정으로 멀린을 바라보는 미호의 모습에 멀린이 부들부들 떤다. 그녀의 새하얀 피부 위에서 검은 테의 안경이 도드라져 보인다.

"줄까?"

"어, 정말? 그럼 고맙지. 마안술 수련에도 도움이 될 것 같고."

미호는 헤헤 웃으며 클로즈를 고쳐 썼다. 그러자 그녀의 몸에서 피어오는 요기가 얌전하게 가라앉는다. 예전에는 하지 못하던 재주다.

"오, 많이 좋아졌는데?"

"흥. 그래 봐야 이제야 간신히 다른 순례자들 수준이야. 뭐, 내가 어려서 그런 거지 능력없는 건 절대 아니지만."

"그래그래. 아휴, 우리 귀여운 미호. 우쮸쮸."

"아, 좀!"

머리를 쓰다듬는 걸 넘어 턱까지 간질이는 멀린의 손길에 미호가 성질을 내며 마구 주먹을 휘둘렀지만 무공을 익힌 멀린에게 주술사인 그녀의 주먹질은 무용지물.

슥.

"어, 왜 그래?"

미호가 기껏 썼던 클로즈를 벗어 품속에 집어넣자 그녀의 심기를 짐작 못한 멀린이 고개를 갸웃거렸다. 하지만 그때 미호의 눈동자가 붉게 물들었다.

키잉!

마안술과 마안술이 충돌한다. 황금색이었던 미호의 눈동자도, 검은색이었던 멀린의 눈동자도 이제는 모두 적요의 마안술에 기반을 둔 붉은색이 된 상태. 하지만 미호가 먼저 마안술을 사용했음에도 동시에 마안술이 발동되었다는 건 멀린이 미리 안구에 마력을 미량 보내놨다는 뜻이기도 하다. 마안술이라는 건 어느 정도 발동 시간이, 그러니까 적어도 마력을 안구에 보내는 정도의 시간이 필요한 기술이니까.

말하자면 지금 이 상황은 멀린이 그녀의 마안술을 내심 기다리고 있었다는 뜻이지만 멀린의 빠른 반응에도 미호는 아랑곳하지 않았다. 불과 하루 전만 해도 멀린은 그녀에게 꼼짝없이 제압당한 전적이 있지 않은가?

"으… 어? 어라?"

그러나 멀린의 방식에서 깨달은 크래킹으로 침식(侵蝕)을 시작한 미호는 뭔가 거대한 벽에 막힌 것 같은 막막함에 휩싸였다. 안과 밖의 흐름을 완전히 틀어막은 듯 빈틈없는 방어. 하지만 멀린의 침식은 그 순간에도 미호에게 스며들어 오고 있는 것이 아닌가?

미호가 멀린과 마안술을 충돌시켰을 때 압도적으로 유리할수 있는 건 침식의 속도와 방어 능력이 훨씬 뛰어나기 때문이지 멀린의 마안술을 아무렇지도 않게 견딜 수 있어서가 아니다. 이렇게 철통같은 방어막을 구축하고 때리기만 하면 견딜 수가 없는 것이다.

"후후후, 너 이 녀석, 드디어 내 함정에 걸렸구나!"

어디서 꺼낸 것인지도 모르는 이상한 카드를 들고 음흉한 미소를 짓는 멀린의 모습에 미호는 당황해서 마안술을 강화했지만 소용없다. 완전 철통 방어인데다 공격도 점점 날카로워진다.

"에? 이, 이게 뭐지?"

"뭐긴 뭐야, 방화벽(Fire Wall)이지."

방화벽. 흔히 파이어 월이라 불리는 그것은 컴퓨터 네트워크에서 정보 보호를 위해 인터넷으로부터의 접속을 한 군데서만 하게 하고 거기서 정보의 흐름을 통제하는 방법이다. 흔히 조직 내부에서 인터넷에 접속하는 것은 자유이지만, 인터넷을 통해 조직 내부로 액세스할 수 없도록 하는 것.

멀린은 자신의 정신과 외부와의 루트를 단 한 개만 열어두고 거기에 열네 자리의 패스워드를 걸어 자신만이 움직이는 게 가능하도록 만들었다. 당연하지만 그 패스워드를 알 리 없는 미호는 침투가 불가능. 이건 그야말로 문명의 차이라서 쉽사리 따라잡을 수 있을 만한 종류의 것이 아니다. 거기에 컴퓨터 프로그램을 그대로 마안술에 적용시킬 수 있는 멀린의 능력도 엄청나다.

"이런 황당한 방법을……."

"훗. 문명의 승리지. 차려."

멀린의 말에 미호가 일말의 망설임도 없이 차려 자세를 취한다. 당연한 말이지만 그것은 미호의 의사가 아닌 멀린의 제어에 의한 것. 과거 멀린이 그랬듯 육체의 제어권을 빼앗겨 버린 것이다. 바야흐로 가녀린 육체가 악의 구렁텅이에 빠져 농락(?)당할 시기가 도래한 것이다.

"하, 하하, 하하하……. 무, 무섭게 왜 그래? 이, 이상한 짓 하려는 거 아니지?"

"후후후."

멀린은 음흉한 미소를 지으며 꼼짝도 못하는 미호의 턱을 쓰다듬었다. 미호의 하얀 피부 위로 식은땀이 흐른다.

"왜, 왜 그래? 하지 마. 우, 우우… 용서해 줄 테니까. 그러니까 그만 가자. 응?"

"후후후……."

협상을 시도했으나 씨알도 먹히지 않는다. 멀린은 음흉한 미소를 유지한 채 미호의 전신을 훑어보았다. 키는 150센티미터에도 채 미치지 못해 멀린의 입장에서 보면 가슴팍을 간신히 넘어서는 꼬맹이지만 몸의 밸런스는 매끄럽게 잘 잡혀 있고 늘어뜨린 여섯 갈래의 은발은 윤기로 반짝인다.

'장래가 기대되는 미소녀로구먼.'

멀린의 시선이 미호를 탐닉한다. 그것은 마치 먹이를 바라보는 매의 눈. 불쌍한 미호는 덜덜 떨 뿐이다.

"하, 하지 마……. 우우, 내가 잘못했으니까……."

"후후후훗훗훗훗훗. 미안하지만 지금부터는 전신을 다 제어하에 두겠어."

"……!!"

멀린이 자비없이 전신을 자신의 통제하에 두자 가엾은 미호는 말조차 못하는 상태가 되었다. 아아, 이 가녀린 미소녀가 마침내 멀린의 수중에 떨어진 것이다!

사륵.

미호가 항상 입고 있던 외투가 스스로의 손으로 벗겨져 바닥에 떨어진다. 그리고 미호가 한 발짝 앞으로 나선다. 눈은 공포에 질려 있지만 멀린의 제어하에 있는 표정은 화사하게 변한다.

"그럼 시작해 볼까?"

후후후후 하고 터져 나오는 미소는 사람들이 지나다니는 시내라면 단지 거기서 그러고 있다는 사실만으로 신고가 들어올 정도로 사악하다. 그리고 멀린의 미소와 함께 마침내 이 가엾은 은발의 미소녀가……….

휘릭! 휘릭!

귀여운 춤을 추기 시작한다.

척! 척!

두 팔을 뱅글뱅글 돌렸다가 앙증맞게 얼굴 앞에서 손바닥을 쫙 펼친다. 하지만 그것만으론 심심하다고 느낀 것일까? 율동에 맞춰 미호의 입에서 목소리가 흘러나오기 시작한다.

"뽀삐뽀삐뽀삐뽀삐뽀삐뽀삐뽀삐~ 앙~♡!"

그 모습은 그대의 심장에 크리티컬!

"여, 역시! 역시 짱 귀여워! 진짜 최고다! 허억허억!"

멀린은 열광했다. 이어 미호는 이런저런 노래를 부르며 온갖 깜찍한 안무를 소화하기 시작했다. 누구나 인정할 수밖에 없을 정도로 능숙하고 완벽한 안무 소화 능력이지만 그 노래도 동작도 모두 멀린이 제어하고 있는 상태. 미호는 그야말로 비명을 지르고 싶은 심정으로 저항했지만 그녀가 할 수 있는 건 아무것도 없다.

"Oh. Oh. Oh. 오~ 빠를 사랑해~ Ah, Ah, Ah, Ah, 많이~ 많이 해~♡!"

"멋지다! 귀엽구나! 예쁘구나! 휘익~!"

휘파람 불고 난리 났다. 하물며 거기서 끝도 아니다.

"다음은 노래!"

멀린의 지시와 동시에 깜찍한 안무를 추고 있던 미호가 마치 마이크를 잡은 것 같은 자세를 취한 채 노래하기 시작한다.

"한 번도 못했던 말~ 어쩌면 다시 못할 바로 그 말~ 나는요~ 오빠가~ 좋은걸~!"

"오오, 좋구나!! 이렇게 가창력이 좋은 줄은 몰랐는데!"

아닌 게 아니라 미호의 목소리는 어지간한 가수보다도 훨씬 좋다. 조금 식상한 비유이기는 하지만 꾀꼬리 같다는 표현이 누구보다 잘 어울리는 존재. 때문에 멀린은 다음 파트까지 진행시켰다.

"I' m in my dream~~~~~~↗↗↗↗↗!!"

"3단 부스터! 훌륭하다!"

주먹을 불끈 쥐고 환호성을 지른다. 그러나 그때였다.

뚝.

노래가 갑자기 끊긴다. 아니, 어쩌면 그것은 뭔가가 끊어지는 소리였는지도 모른다.

"어? 이게 왜 이러지?"

멀린은 갑자기 제어를 벗어나 실이 끊어진 인형처럼 축 늘어진 미호의 모습에 당황했다. 그의 뛰어난 해석 능력으로도 왜 갑자기 노래가 멈춘 것인지 파악할 수가 없었다.

"이상하네. 어디 마안술을 다시 걸면……."

텅!!

그러나 그 순간 강한 반발과 함께 멀린의 마력 간섭이 튕겨 나간다. 그리고 미호의 고개가 올라온다. 그리고 그 순간 멀린은 불타오르는 화염을 보았다.

"뭐?"

그렇다. 미호의 눈동자가 활활 불타오르고 있었다.

"어라? 어라라라……. 눈동자가 좀 이상한데? 레, 레벨도 높아진 것 같아."

조금 전의 미호가 성장해서 8레벨에 도달한 것으로 보였다면 지금의 미호는 그보다도 한층 더 강해진 것으로 보인다. 이 정도라면 거의 머메프린스 헤더에 맞먹을 정도가 아닌가? 게다가 가장 달라진 것은 그녀의 기세가 아닌 눈동자이다. 마안술을 사용할 때 미호의 눈동자는 단지 그 색이 붉을 뿐이었는데 지금은 희미하게 육망성의 문양이 보인다. 아무래도 미호는 새로운 힘을 얻어 멀린의 지배에서 벗어난 것 같았다.

그리고 속삭이는 목소리.

"…리겠어……."

"에… 뭐, 뭐라고?"

쿠오오오오!!

너무 작은 목소리에 의문을 표했다가 무시무시한 기세에 슬금슬금 물러서는 멀린이었지만, 그들이 자리한 방은 사방이 가로막힌 곳. 그리고 그런 멀린의 앞으로 흉악한 표정의 미호가 다가섰다.

"죽여 버리겠어……!!"

미호의 가녀린 몸에서 짐승의 울음소리가 터져 나온다.

순례자들은 모두 거대한 홀에 모여 있었다. 멀린과 미호는 비교적 늦게 도착한 편인지 홀에는 절반 이상의 순례자들이 자리하고 있다.

"어머, 눈은 왜 그러세요?"

"하하! 그, 그냥 함정에 부딪쳐서."

"별로 다칠 만한 시련은 없는 것 같던데……."

멀린은 걱정스러운 표정으로 바라보는 넬의 모습에 퍼렇게 변한 눈을 살짝 가린 채 어색한 표정을 지었다. 오른손으로 치료 마법을 사용하고 있었지만 뭔가 주술적인 기술로 때린 건지 멍이 쉽게 가라앉지 않았다.

"우우, 별로 심한 짓을 한 것도 아닌데 친구를 치다니."

"시끄러. 내 수양이 조금만 덜 되었으면 죽여 버렸을지도 모르니까."

"아이, 으르렁거리지 말고 귀여운 표정이 좋다니까. 뽀삐뽀 삐뽀삐뽀삐……"

뻐억!

"쿠엑!"

솟구치는 어퍼컷에 멀린의 머리가 들썩였다. 다행히 머리를 살짝 움직여 눈동자가 아닌 이마로 받아낼 수 있었지만 멀린은 공황에 빠졌다.

"어, 어라? 내가 왜 못 피했지?"

무공 사용자인 멀린과 미호의 체술 차이는 호랑이와 고양이 수준으로 그 격차가 크다. 그런데 이토록 단순한 어퍼컷에 그냥 얻어맞다니? 멀린은 공황에 빠졌지만 미호는 그의 의문 따위에 관심이 없는 듯 다시 으르렁거렸다.

"또다시 그런 짓을 하면 동료고 친구고 없을 줄 알아!"

"흑흑, 귀여워서 좋았는데."

우엥 하고 멀린이 진상을 부렸지만 미호는 아랑곳하지 않고 자신에게 배정된 자리에 앉았다.

"난 열 시간 정도 늘어난 요력을 안정화시킬 거야. 위대한 의지께서는 열두 시간 후에 일어나신다고 하니 시간은 넉넉하지."

"우우, 심심한데."

"쳐자."

"……"

멀린이 멍해지거나 말거나 미호는 가부좌를 취한 채 명상에 들어갔다. 이제는 말을 걸어도 대답해 주지 않으리라.

"으음. 그렇게나 화날 일이었나?"

멀린은 명상에 들어간 미호의 모습에 곤란한 표정을 지으며 머리를 긁적였다. 그냥 어울릴 것 같아서 한 일이었는데 반응이 너무 격렬하다. 정말 눈치가 더럽게 없다면야 그런 반응조차 부끄러움에 팅기는 거라고도 생각할 수 있겠지만 팅기는 걸로 새로운 경지로 뛰어올라 자신에게 걸린 마안술을 풀어낸다는 건 있을 수 없는 일이다.

"후후, 뭔가 다투셨나 보네요."

그리고 그때 조용히 그들의 모습을 보고 있던 넬이 멀린에게 말을 걸었다. 안이 더워서 그런지 평소 입고 있던 로브는 벗어놓은 상태. 그리고 그래서 보이는 건……

"……!"

"응? 왜 그러시죠?"

"아, 아뇨."

멀린은 몰려오는 경악에 멈칫했다가 간신히 정신을 차렸다. 뛰어난 자제력은 그의 시선이 그녀의 특정 부위(?)에 향하는 걸 막아줄 수 있었다.

'아니, 이게 무슨 섬나라 망가 수준의 바스트냐……'

황당해하고 있는 멀린에게 넬이 물었다.

"그나저나 멀린님의 보석은 사파이어더군요. 빙계 주문에 특화시키셨나요?"

"특화?"

멀린은 영문을 알 수 없는 질문에 의문을 표했다. 특화라니? 물론 유저들 중에서도 주문을 특화시키는 이들은 얼마든지 있다. 마력 회로를 정해진 술식대로 고정화시켜 주문의 다양성을 포기하는 대신 위력을 증가시키는 이들. 하지만 멀린에게는 그쪽 관련 징후가 하나도 없는데 왜 그렇게 확정하고 묻는지 알 수 없는 일이다.

"왜 그러시죠?"

"아니, 무슨 말씀이신지 알 수가 없어서요. 넬 양은 세븐쥬얼 학파… 아니, 보석술사이신데 주문을 특화시키나요?"

그러나 넬은 오히려 멀린이 무슨 말을 하는지 모르겠다는 표정이다.

"보석이 결정되면 사용할 수 있는 주문 계열도 특화되는 게 보석술사의 숙명이죠. 제가 중력계 주문에 특화된 것도 제 적성으로 만들어지는 보석이 오팔(Opal)이기 때문이고요. 물론 그래서 스승님을 만났기 때문에 불만은 없습니다만……."

"하?"

처음 듣는 말이었다.

"왜 그러시죠?"

"흠. 아뇨. 잠깐 손 좀 잡아도 될까요?"

"앗! 너 이 자식, 언니한테 무슨 수작이야?!"

주위를 두리번거리고 있던 페린이 멀린의 말에 발끈했지만 넬은 상관없다는 듯 손을 내밀었다.

"오른손이겠죠?"

"물론이죠."

당연한 말이지만 멀린이 보고 싶은 것은 그녀의 오른손에 있는 마정석. 그는 손가락에 마력을 집중한 후 그녀의 보석을 가볍게 쳤다.

팅—

금속과 금속이 살짝 부딪치는 것 같은 소리와 함께 마력의 파동이 멀린의 눈에 들어온다. 그리고 그렇게 읽혀진 마력 패턴은,

"구려……."

"네?"

"아, 아니요! 하하하!"

멀린은 의아한 표정을 짓는 넬의 모습에 뭐라 할 말이 없어 어색하게 웃었다.

'장난하자는 건 아닌 것 같은데……. 이게 뭐야?'

언제나 '완전'한 이론을 공급받아 온 멀린의 입장에서 그녀가 가진 마력 패턴은 그야말로 기가 막힐 수준이다. 물론 지금까지 다른 몬스터들의 마력 패턴도 많이 봐온 그지만 자신과 같은 계통이라고 할 수 있는 넬의 마정석을 보니 그 문제가 심각할 정도로 드러난다.

"그렇군. 그래서 보석이 계속 변하는 거였어."

그리고 그렇게 '심각'한 마정석을 보고 있자니 오히려 세븐 쥬얼 학파의 단련법을 확실하게 이해할 수 있었다.

그것은 일종의 담금질(Quenching)이다.

마치 금속이나 합금에 고열을 가한 후 급랭시킴으로써 내부에서 일어나는 변화를 저지(沮止), 결과적으로 매우 단단한 마텐자이트(Martensite) 등의 조직을 만드는 것처럼 세븐쥬얼 학파는 일곱 번의 변화를 거쳐 마정석을 더 완벽한 종류로 바꾼다. 단순히 수련을 계속하여 순도를 높이는 게 아니라 인위적인 스트레스를 주어 그 성질 자체를 더 강하게 만드는 것이다.

'하지만 이 마정석은 그런 게 없군. 처음 정해지는 보석으로 끝까지 간다. 순도만 좋아질 뿐이야.'

이는 세븐쥬얼 학파의 시선으로 보면 매우 구시대적인 발상이다. 그 차이가 얼마나 심하냐면 청동기와 철기시대 정도로 심하다. 다만 웃기는 점은 넬의 경지가 상당히 높다는 것이다. 거기에 높은 순도. 이 정도라면 약간의 자극만으로도 변화가 가능하다. 하지만 잘못된 방식을 오랫동안 수련해 온 넬이 그걸 이해할 것 같지도 않다.

"해주세요."

"네?"

"지금 하고 싶은 대로 해주세요. 당신을 믿겠습니다."

"……."

하지만 뜻밖에도 넬은 멀린의 마음을 읽은 것처럼 수긍했다. 페린은 깜짝 놀라 소리쳤다.

"언니, 왜 그래? 하고 싶은 대로 하다니?"

"좋습니다."

"좋긴 뭐가 좋아?"

페린이 당황해 두 팔을 파닥거렸지만 멀린은 신경 쓰지 않고 정신을 집중했다. 어차피 오래 걸릴 만한 문제도 아니다.

"힘 빼고 저항하지 말아주세요."

"아니, 지금 뭘 하려는……."

웅─!

그러나 그 순간 멀린은 넬의 마정석에 마력을 주입하여 마력 구성을 변형시키기 시작했다. 어려울 건 없다. 과거 그는 보석 변형을 5단계나 뛰어넘은 적이 있다.

쩌적!

넬의 손등에 박혀 있는 오팔에 금이 가듯 균열이 생겼다가 끝에서부터 그 색을 바꾸기 시작한다.

"아흑……!"

넬이 기묘한 신음성을 터뜨렸지만 멀린은 신경 쓰지 않고 정신을 집중했다. 짐작했던 대로 그리 오랜 시간은 걸리지 않았다.

"뭐, 뭐야, 이건……."

"성공이군. 블랙 오팔(Black Opal)인가?"

멀린은 넬의 손을 놓으며 그녀의 손등에 박혀 있는 보석을 바라보았다. 푸른색을 띠고 있던 그녀의 오팔은 완연한 검은색으로 바뀌었다. 게다가 빛깔이 더 영롱해지고 순도도 높아지게 되었다.

'전혀 다른 종류로 변하지는 못했군. 하긴 지금까지 해온 방식이 있을 테니까.'

멀린은 이런저런 변수를 넣어 넬이 가진 마력의 발전 가능성을 계산해 보았다. 이미 그녀는 상당한 성장을 거친 상태기 때문에 단련은 앞으로 두 번에서 세 번이 한계일 것 같다.

"엄청나군요. 마력량이 1.5배는 늘었어요."

"비합리적인 마력 체계를 조금 수정했어요. 잘못된 점도 조금 뜯어고치고……. 나머지는 알아서 하실 수 있겠죠?"

"당신처럼 빨리 할 수는 없겠지만 아마도요."

넬 역시 절대 낮은 수준의 마법사가 아니다. 마법적인 수준이나 마력량으로 치면 오히려 멀린보다 더 상위의 마법사라고 할 수 있기 때문에 일단 한번 단련을 경험한 이상 다시 하는 것 정도는 문제가 아니다. 이건 난이도의 문제가 아닌 발상의 문제이니 약간의 시행착오가 있을지언정 별다른 장애는 없다.

"헤에. 보석의 색이 바뀌었어. 계통이 변한 거야?"

"계통은 그대로야. 아니, 범위는 좀 늘어났을지도 모르겠네."

아직 확실하지는 않은 듯 고민에 빠지는 넬. 하지만 그녀는 이내 고개를 흔들어 잡념을 떨치고 품속에서 한 손에 쏙 들어갈 수정을 내밀었다.

"받으세요."

"네? 아뇨. 별로 뭘 받거나 할 필요는……."

난데없는 보답에 고개를 흔드는 멀린이었지만 넬은 화사하게 웃으며 말했다.

"후훗. 마음은 감사하지만 그렇게 과한 친절은 받을 수 없어요. 어쩌면 보석술사의 염원을 풀어주셨다고 할 수 있으니까요."

"뭐, 그러면 감사히."

그렇게 말하며 수정을 받은 멀린은 감정을 사용했다.

Item

[저장석]   5급   Rare

지정한 주문을 저장해 원하는 순간 발동시킬 수 있는 마법수정. 카드술사들이 사용하는 스펠 카드(Spell Card)와도 비슷하다. 상급품으로 3개의 주문이 저장되어 있다.

제1주문. 리버스 그래비티(Reverse Gravity)
제2주문. 그래비티 디스토션(Gravity Distortion)
제3주문. 그래비티 캐논(Gravity Cannon)

"저장석……."

"3대 중력계(三大重力系) 주문이 담겨 있습니다. 해석해서 사용하셔도 상관없습니다."

"이런 식으로 주문을 방출하셔도 괜찮나요?"

물론 유저들 입장에서 마법 주문이라는 건 전혀 기밀 사항이 아니다. 약간의 돈만 내면 모든 주문과 구결을 얼마든지 열람할 수 있기 때문에 마법이란 언제나 경지가 문제일 뿐이니까. 하지만 NPC들은 그렇지 않아서 1인 전승의 무공이나 학파가 존재한다는 걸 알고 있는 그다.

"상관없습니다. 스승님께서는 비의란 감출수록 약해진다고 말씀해 오셨으니까요. 게다가… 흠."

그러나 그 순간 넬은 마력적인 파동을 느끼고 멈칫했다. 블랙 오팔로 변한 마정석의 마력이 유동하기 시작한 것이다.

"아마 새롭게 구성된 마정석에 마력이 적응하지 못해 일어난 현상일 거예요. 마력을 자신의 것으로 만들어야 하죠."

"그렇군요. 하여튼 감사했습니다."

"뭘요."

넬은 꾸벅 고개를 숙이더니 근처에 있는 의자에 앉아 눈을 감았다. 익혀온 방식의 차이인지 가부좌를 취하지 않고도 명상에 들어갈 수 있는 것 같다.

"하긴 나만 해도 자세에 신경 쓰지는 않지만……. 아, 깜빡했군. 정천!"

웅!

허공에서 작은 마법진이 떠올라 붉은색의 독수리를 토해놓는다. 멀린의 펫 정천은 나오자마자 쫑알쫑알 불만을 터뜨렸다.

"아, 이런 애매한 타이밍에……. 차라리 좀 빨리 좀 부르지!"

"엥? 뭐 하고 있었어?"

"기다리다 지쳐서 이 진리의 탑인가 뭔가가 얼마나 높은지 올라가 보고 있었어. 그런데 얼추 다 올라갔더니 부르네."

정천은 허공에서 빙글 돌아 멀린의 머리 위에 앉았다. 그 자세가 어찌나 자연스러운지 바람 소리도 나지 않는다.

"어쭈. 이제 아주 내 머리가 제자린데?"

"별로 발톱으로 머리를 긁는 것도 아닌데 참아. 내가 어깨에 앉으면 시야가 가려서 불편할 텐데."

멀린은 태연한 정천의 말에 고개를 흔들었다. 물론 정천은 독수리인 주제에 마치 오리라도 되는 것처럼 다리를 접을 줄 알아

머리를 긁는다거나 하는 문제가 없지만 그렇다고 해도 그 무게가 어디 가는 건 아니다. 게다가 크기는 또 어떤가? 정천은 날개를 접고 앉아도 그 덩치가 멀린의 머리보다 커서—날개를 활짝 펴면 2미터에 가깝다—거치적거릴 수밖에 없다. 내공 사용자인 만큼 목이 아픈 건 아니지만 상당히 우스꽝스러운 것이다.

"불편해. 다른 방법 없어?"

"다른 방법이라니?"

"계속 날아다닌다거나."

멀린의 말에 정천이 코웃음을 친다.

"내가 무슨 헬륨 가스도 아니고……. 이렇게 좁은 공간이 아니면 높은 데에서 돌아다닐 테니 참아. 아니면 못 견딜 정도야?"

사실 주변의 바람을 제어할 수 있는 정천이라면 그리 높지 않은 고도에서도 날갯짓 없이 날아다닐 수 있지만 그는 굳이 그러지 않았다. 멀린의 머리가 생각보다 편한데다가 주변에 바람이 불어서 피해를 줄 수 있기 때문이다.

"아니, 뭐, 크게 불편한 건 아니니 상관없지만… 에휴."

멀린은 작게 한숨 쉬고는 가부좌를 취하고 있는 미호의 옆으로 다가갔다.

"자려고? 그냥 로그아웃하지."

"그러고 싶기는 한데 여기 녀석들은 갑자기 사라지면 의심도 하고 그러더라고. 잠자는 모습을 보여주는 게 낫지. 수면 모드로 해야 게임 속 광경을 지켜볼 수 있고."

그냥 누워도 상관없었지만 멀린은 평소 인벤토리에 넣고 다니던 나무 장작 하나를 꺼내 베개로 삼은 후 자리에 누웠다.

"아차, 나 수면 모드로 로그아웃하면 넌 어떻게 돼?"

"기본 설정이라면 로그아웃이야. 여기에서 사라지지."

기본 설정이 그렇다는 건 다른 방법도 있다는 말이다.

"널 여기 남길 수도 있어?"

"응. 잠이 든 주인을 지키기 위한 파수꾼으로 남겨놓을 수 있지. 난 공격형이지만 방어형으로 결계를 칠 수 있는 녀석들도 있어."

"헤에……. 좋아, 그럼 여기서 좀 놀고 있을래? 주변 분위기도 파악할 겸."

"그러지."

"고마워. 그럼 [로그아웃. 수면 모드]."

로그아웃 중입니다. 1ㅁ초 동안 이동할 수 없습니다. 적에게 공격당할 수 있으니 주변이 안전하지 않다면 로그아웃을 취소하시고 대응하길 바랍니다. 1ㅁ. ㅋ. ႘…….

떠오른 텍스트를 슬쩍 바라보고는 이내 눈을 감는 멀린. 그리고 이내 그는 규칙적인 호흡과 함께 잠에 빠져들었다.

Chapter 24
드러나는 신대륙

창을 들어 올린다. 숨을 들이쉬고 직선으로 내뻗는다.

콰득!

강철로 만들어진 장창이 석재 기둥에 한 뼘가량 박혀 들어간 다. 석재 기둥에 박혔던 장창이 뽑혀져 나온다.

투두둑.

바닥에 떨어졌던 돌가루가 허공에 떠오르더니 구멍이 뚫렸던 석재 기둥이 복구되기 시작했다. 구멍이 그리 크지 않았던 만큼 복구에는 그리 긴 시간이 걸리지 않았다. 그리고 다시,

콰득!

장창이 석재 기둥을 파고든다. 창을 뽑아내자 돌가루가 원위 치로 돌아온다. 그리고 다시, 그리고 다시, 그리고 다시……

지잉—!

그리고 그때 마치 기계처럼 같은 동작을 반복하던 사내 랜슬롯의 뒤로 푸른색의 마법진이 떠올라 빙글빙글 돌기 시작했다. 몬스터 소환진이었다.

쩌엉!

그리고 그 순간, 빛살과도 같은 찌르기가 마법진에서 막 튀어나온 아이언 골렘과 충돌했다. 그러나 아이언 골렘도 호락호락하지 않아서 랜슬롯의 찌르기를 맞받아쳤다.

일반적인 게임에서 필드에 리젠된 몬스터가 유저를 인식하기까지는 어느 정도 시간이 걸리게 마련이지만 디오 속 몬스터들은 그런 게 없어서 등장과 동시에 유저를 습격한다. 이렇게 리젠되는 지점에서 기다리고 있다 해도 전혀 유리할 것 없는 입장에서 정정당당히 싸워야 하는 것이다. 게다가 어떻게 아는 것인지 알 수는 없어도 리젠될 위치에 함정 같은 걸 설치하면 다른 위치에서 나타난다.

휘릭! 쩌엉!

그러나 랜슬롯은 제자리에서 한 발짝도 움직이지 않은 채 창을 회수, 번개 같은 찌르기를 내뻗었다. 석재 기둥에 내뻗었던 찌르기와는 전혀 다른 위력이다. 석재 기둥을 뚫었던 것은 순전히 육체적인 기교만으로 행했던 찌르기지만 지금의 찌르기에는 강철같이 연마된 오오라가 응집되어 있기 때문이다.

쩡!

묵직한 몸을 무기 삼아 돌진하려고 하던 아이언 골렘은 그 거센 찌르기에 무게중심을 잃고 비틀거렸다. 단순한 찌르기였지만 그 빠르기가 예사롭지 않은데다 담긴 무게가 엄청나다. 그리고 그렇게 휘청거리는 순간!

쩌엉!

네 번째 찌르기가 아이언 골렘의 복부를 관통했다. 정확히 마정석이 위치한 자리였다.

쿵!

치명적인 타격을 받은 아이언 골렘이 쓰러져 먼지로 흩어진다. 거기에 남은 것은 두 개의 아이템, 철괴와 [롯포르의 심장]이다.

"후우… 후우……. 전력을 다했는데도 네 번……."

랜슬롯은 롯포르의 심장을 들어 석재 기둥에 장착하며 중얼거렸다. 맨 처음 만났을 때에는 세 시간 가깝게 싸웠던 걸 생각하면 겨우 네 번의 찌르기로 쓰러뜨린 것만 해도 대단한 발전이지만 그는 그렇게 생각하지 않았다. 실력 그 자체로만 그렇게 발전했다면 또 모르겠지만 그동안 레벨과 능력치가 올랐다. 게다가 무려 100일이라는 시간 동안 한시도 쉬지 않고 수련하고 싸웠다는 걸 생각하면 오히려 이건 너무 늦는 속도다.

우웅—!

그때 롯포르의 심장이 장착된 석재 기둥이 공명음과 함께 푸른색의 구슬을 띄워 올렸다. 하급 정석이었다. 지금 그가 하고 있는 것은 반복 퀘스트의 일종으로, 퀘스트 아이템인 롯포르의 심장을 기둥에 장착하면 정석을 만들어내고 있는 것이다. 보통 하급 정석이 나오는데 오랜만에 중급 정석이 나왔다.

"벌써 점심이군."

랜슬롯은 품속 주머니에서 인벤토리를 오픈, 햄버거를 꺼낸

섞어 먹으며 시간을 확인했다.

　다음 장소로 갈 시간이었다.

　"크아아! 죽어!!"

　푸욱!

　"인간 놈이!!"

　푸욱!

　"크르륵! 죽여 버리겠……!"

　푸욱!

　오크라는 몬스터는 누구나 알고 있는 하급 몬스터다. 디오의 세계관에서 보면 아무리 양보해도 강력하다고는 말할 수 없는 전투력을 가진 괴물들. 그러나 그건 디오 속 몬스터나 유저들이 워낙 강력해서 그렇지 오크라는 종족 자체가 약한 거라고 말할 수는 없다.

　종족 레벨 3. 기본적으로 성인 남성의 세 배에 가까운 근력과 체력을 가진 이들은 그냥 단지 태어나서 다 자란 것만으로도 고도로 훈련된 인간(2레벨)을 우습게 해치울 수 있는 괴물들로, 1.7미터가 넘는 신장에 두려움을 모르는 용맹과 투쟁심을 가지고 있다. 거기에 천부적인 전투 감각까지 있다는 걸 생각하면 오크만 해도 일반적인 인간이 일대일로 이기기가 거의 불가능에 가까울 정도로 강력하다는 걸 알 수 있다. 이해하기 쉽게 예를 들자면, 다 자란 호랑이나 사자, 혹은 북극곰(3레벨)과도 같은 맹수들인 것이다.

　"우와! 저거 봐. 장난 아니다."

"응? 오크 잡는 게 뭘 장난 아니야? 만만한 게 오크인데. 물론 우두머리 녀석은 오크 전사인 것 같기는 하지만…… 그래 봐야 저 혼자 5레벨 아닌가?"

"그러게. 동작은 무지 깔끔한 것 같지만."

맞는 말이다. 오크는 물론 강력하지만 그래 봤자 레벨이 5를 넘어서면 별로 눈에 들어오지 않는 게 사실이다. 6레벨만 되어도 히트&어웨이 전법으로 어지간한 오크 부락은 혼자서 몰살시킬 수 있는 것이 유저라는 존재들인 것이다.

오크가 사자나 호랑이에 가까운 맹수라고는 하지만 5레벨이 넘어가는 유저는 꽉 다물어진 악어 입을 맨손으로 벌려 꺾어버릴 수 있고, 가진 능력의 종류에 따라서는 코끼리도 들 수 있다. 심지어 최강의 육식 공룡이라는 티라노사우루스조차 6레벨이니 그와 동 레벨의 유저는 충분히 그 정도의 전투력을 가지고 있다는 뜻. 완전의 무학과 마법으로 무장한데다 매일매일 수도 없이 많은 전투를 치르는 유저들은 이미 현대 병기와도 자웅을 벌일 만한 괴물이 되어 있었다.

"쯧. 잘 봐. 뭐 느껴지는 거 없어?"

"한 번에 한 마리씩 잡는 거? 그거야 나도 충분히 하는데."

사냥을 하다 근처 나무 그늘에 앉아 쉬고 있던 세 명의 유저는 멀리서 한 무리의 오크와 싸우고 있는 랜슬롯의 모습을 바라보고 있었다. 한 발짝 물러섰다가 찌르기, 다시 한 발짝 물러섰다가 찌르기. 맹렬히 분노한 오크들이 마구 덤벼들었지만 그는 최소한의 동작만으로 찌르기 한 번에 한 마리씩 해치우고 있다.

"그게 아니야, 멍청아. 너희, 쉬지 않고 얼마나 싸울 수 있어?"

"30분? 아니, 40분은 싸우려나."

"홋, 애송이. 난 한 시간은 싸울 수 있어."

태연하게 대답들 하고 있지만 한껏 부풀린 시간이다. 사실 압도적으로 약한 적과 노닥거리듯 싸우는 게 아닌 이상 전투를 길게 이어가기란 쉬운 일이 아니어서 보통 10여 분 싸우면 20분 이상은 쉬어주어야 하는 것이다. 체력이 부족하다거나 마력이 떨어지거나 한다는 단순한 문제가 아니다. 정신이 지치기 때문이다.

"흥. 그나마 오버지만 그 정도만 할 수 있어도 대단한 일이야. 싸움을 한 시간만 할 수 있어도 엄청난 노가다꾼이니까."

전투라는 건 생각보다 엄청난 스트레스를 발생시킨다. 자신을 죽이려고 덤벼드는 적. 당연한 말이지만 싸움이 시작되면 적이 날리는 공격을 피해야 하고 그 틈을 노려 공격을 가해야 한다. 그 와중에 상당한 집중력이 필요한 건 두말할 필요가 없다. 디오 속의 전투란 무성의하게 클릭하는 것만으로 공격이 나가지 않아서 상당한 수고가 필요하니까. 전략 시뮬레이션 게임을 해도 치열하게 싸우면 손발이 후들후들 떨리게 마련인데 이런 전투를 장시간 이어나가는 게 쉬울 리 없다.

"그럼 여기서 문제. 저 녀석, 얼마나 싸우고 있게?"

"왜? 두 시간 정도 싸웠어?"

"아니. 지금까지 딱 다섯 시간. 그것도 전혀 안 쉬고."

"뭐? 진짜?"

말하는 와중 마지막 오크가 쓰러진다. 하지만 소용없다. 지금 랜슬롯과 싸우고 있는 오크들의 숫자는 50마리. 게다가 찌르기한 번에 한 마리의 오크를 처리하고 있다고는 하지만 그건 압도적인 기교와 속도로 행하는 게 아니라 적의 빈틈을 살피다가 결정적인 순간에 창을 내뻗는 것이기 때문에 50마리를 다 잡을 때즈음이면 첫 번째로 죽인 오크가 리젠되어 버린다. 누군가 끼어들어 도와주지 않는 이상 무한히 이어지는 전투인 것이다.

"죽어라, 건방……!!"

푸욱!

"인……!!"

푸욱!

"죽……!"

푸욱!

무감동하게 창을 내뻗는다. 단번에 심장을 관통시키고 다시끌어당겨 창을 회수한다. 창에 심장을 찔린 오크가 창을 부여잡고 버티려 했지만 창을 뒤덮은 오오라 때문에 튕겨 나온다. 옆에서, 뒤에서 공격을 가하는 오크들의 공격도 마찬가지다. 은은한 오오라가 랜슬롯의 전신을 휘감고 있었기 때문에 어지간한공격은 모조리 튕겨 나온다.

"그래도 지쳐 쓰러지지 않는 걸 보면 꽤 고 레벨이야. 5레벨? 아니, 6레벨인가? 무공 사용자 아니면 오오라 사용자 같은데."

"그 뭐냐, 가의신공(加衣神功)이라는 무공이 내공 최대치는적은 대신에 회복 속도가 장난 아니라고 하던데."

디오에는 수많은 무학이 있지만 그중에서 최고의 회복 속도를 가지고 있다고 알려진 무공이 바로 가의신공이다. 가의신공은 매우 특이한 세외신공의 하나로, 기본적으로는 혼자서 익힐 수 없는 무공이라는 매우 기형적인 형태의 수련법을 가지고 있다.

가의신공의 수련자는 일단 정해진 수준까지 20년이고 30년이고 죽어라 내공을 키운다. 그 내공은 1갑자일 수도 있고 2갑자일 수도 있는데, 당연하지만 내공량이 많으면 많을수록 더 긴 시간이 소모된다. 그리고 정해진 내공량에 도달하면 그 내공을 남에게 송두리째 넘긴다. 많은 내공을 가진 고수가 순식간에 보통 사람이 되어버리는 것이다.

본격적인 가의신공은 거기서 시작된다. 내공을 잃어버린 수련자는 똑같은 방식으로 다시 내공을 수련한다. 다만 무슨 부상이나 공격으로 내공을 잃어버린 게 아니기 때문에 내공은 처음 수련할 때보다 더 빨리 쌓이는 상태. 그리고 목표치까지 내공이 쌓이면 다시 방출한다. 그리고 다시, 그리고 다시, 그리고 다시…… 그 과정을 반복하면 반복할수록 내공이 쌓이는 속도가 점차 빨라지다가 최종적으로 수련자의 내공은 차오르는 속도가 너무나도 빨라 아무리 많은 내공을 사용해도 순식간에 가득 차버리는 무한의 내공을 가지게 된다.

"흠. 그럴싸한 설명이긴 하지만 아냐. 가의신공은 회복 속도가 빠른 대신 그 용량이 크지 않아서 계속해서 온몸을 감싸기는 무리거든. 게다가 저 특성은 내공이 아니라 오오라 같은데…… 모르겠네. 오오라는 딱히 학파 같은 게 없으니."

오오라 사용자들의 수련법은 범용적인 것일 뿐 어느 갈래라는 것이 없다. 그것은 모든 오오라 사용자들이 다 같은 힘을 사용하기 때문이 아니라 한 명 한 명이 완전히 다른 힘을 사용하기 때문이다.

"뭐, 알 바 아니지. 솔직히 6레벨이면 상당한 수준인데 이런 곳에서 사냥하는 걸 보면 컨트롤에 자신없는 것일 수도 있고."

"경험치 노가다일 수도 있지. 고 레벨 몬스터 한 마리 잡는 것보다 저 레벨 몬스터 잡는 게 더 효율이 좋다는 말을 들어본 것 같거든."

그들은 잠시 동안 랜슬롯의 전투 모습을 바라보았지만 이내 관심을 끊고 말았다. 랜슬롯의 전투법은 깔끔하긴 했지만 매우 단순한 종류의 것이다.

푸욱!

"캐액!"

찌르기다. 단순한 찌르기. 변식 따위는 없고 그냥 정면으로 빠르게 찔러 들어갈 뿐이다. 만약 그 찌르기를 맞이한 것이 그와 동급의 적이었다면 너무나도 간단히 막아내고 반격에 들어올 정도로 단순한 직선의 찌르기. 그나마 여기에서 오크를 학살할 수 있는 것도 오크들의 육체 능력과 영력의 수준이 랜슬롯에 비해 압도적으로 뒤처지기에 가능한 일이다.

푸욱.

사실 이건 사냥이 아니다. 수련이다. 물론 이런 수련이 기형적이라는 것은 랜슬롯 역시 알고 있다. 언제까지 찌르기만 수련할 수는 없는 일 아닌가? 적이 자신의 찌르기를 막고 반격하는 상황을 가정해 방어나 회피도 수련해야 하고, 자신보다 빠른 상대를 상대하기 위한 눈썰미도 키워야 한다.

'그걸 모르지는 않지만⋯⋯.'

그러나 할 수 없다. 통탄할 정도로 둔한 그의 영감은 오오라의 이동 속도를 극도로 느리게 만들었다. 그나마 저 레벨에서는 전투 경험이나 수련으로 그 구멍을 메울 수 있었지만 레벨이 높아지면 높아질수록 그런 대처가 불가능해진다. 일단 공격에 오오라를 집중하면 그 오오라가 몸에 돌아오기 전에 반격이 들어온다. 오오라를 몸 안에서 빠르게 돌리며 공격과 방어를 해야 하는 오오라 사용자로서는 치명적인 단점이다.

'그렇다면 차라리⋯⋯.'

때문에 랜슬롯은 찌르기만을 수련했다. 최소한도의 오오라를 몸에 두르고 나머지 모든 힘을 찌르기에 집중한다. 그의 경지는 어느새 7레벨. 사실 이런 오크들과 싸울 수준은 아니다. 하지만 어쩌겠는가? '24시간 내내' 싸워 전투의 감각을 몸에 새기기 위해서는 몸에 두른 최소한도의 오오라조차 일격에 깨부수지 못할 정도로 약한 몬스터가 필요하다.

푸욱!

이번에는 목에 창을 찌른다. 모든 것은 반복이다. 찌르기 위해 움직이는 오오라 패턴. 그것을 컨트롤할 능력이 부족하기에 단지 생각하는 것만으로 공격을 가할 수 있도록 몸에 때려 박는 것이다. 더불어⋯⋯.

"경험치도 모아야 하고."

무감동하게 중얼거리며 창을 내뻗는 랜슬롯. 그리고 다시 반복이 시작된다.

푸욱!

창이 심장을 찌른다. 그리고 그 광경을 멀리서 몇 명의 유저들이 보고 있다.

"우와! 저놈 뭐야?"

무사와 성직자, 그리고 마법사로서 파티를 이룬 그들은 여섯 차례 싸우고 그 이상으로 쉬었다. 오크 군락 바깥쪽에 결계를 만들어 심법과 마법 회로를 단련하고 회복을 마치면 다시 싸우는 행위를 반복함으로써 하루 만에 200마리가 넘는 오크를 살해하는 쾌거를 이루었던 것이다. 사실 이 정도 노가다만 해도 보통 피곤한 게 아니어서 아무나 따라 할 수 있는 수준이 아닌 상황. 그런데 랜슬롯은……

"대체 몇 시간을 안 쉬고 싸우는 거야?"

"아까 다섯 시간이라고 했으니까 이제 스물두 시간인가? 스물세 시간?"

"이게 사람이 할 노가다냐……"

한 발짝 물러섰다가 창을 몇 번 내지른다. 그리고 오크들이 쓰러져서 길이 트이면 다시 앞으로 나선다. 그리고 그 동작의 반복이다. 몇 시간이고 계속해서 싸우고 있는 것이다.

"아, 우두머리 녀석이다."

"우두머리라고 해봐야 5레벨이지. 하긴 그래도 저 우두머리 녀석은 두 방은 버티던데. 나름 두목이라는 자존심이……"

푸확!

하지만 그때였다. 뭔가 날카로운 바람 소리와 함께 오크 전사의 머리가 터져 나갔다. 잔인한 정도를 넘어서 그로테스크한 광경이지만 전투에 익숙한 유저들에게 있어 흔히 보는 광경이다. 어차피 파편이 땅에 떨어지기도 전에 검은 연기로 변해 사라지기도 하고.

"어? 지금 뭐였지? 무슨 스킬?"

"아, 제길. 정신 놓고 있어서 제대로 못 봤어."

늘어져 쉬고 있던 유저들은 깜짝 놀라 자세를 바로 했다. 그만큼 대단한 공격이다. 아무리 오크라고 하지만 5레벨인데 방어째로 날려 버리는 공격이라니……

"와, 뭔가 깨달음 온 거 아냐? 부럽다."

"제기럴, 무협지에서는 깨달음 그거 금방금방 오던데 난 왜 안 오는 거야. 이건 뭐 깨달음은 둘째 치고 하루하루 쌓은 실력도 잠깐 쉬면 무뎌지니. 카메라!"

그들 중 하나는 숫제 카메라를 불러들여 촬영 준비를 했다. 물론 다른 유저들의 모습을 함부로 찍는 건 초상권 침해지만 어디 게시판에 올려서 신고가 들어오면 모를까 혼자 찍어 보는 거라면 문제가 될 요지가 적다.

"좋아, 그럼 다음 오크한테 저 기술을 또 쓰면… 응?"

하지만 그 순간 미친 듯 랜슬롯을 향해 덤벼들고 있던 오크들이 멈칫하더니 슬금슬금 뒤로 물러서기 시작했다. 언뜻 공포에 질린 모양새인데 이해할 수 없는 일이다. 우두머리가 죽어서 공포에 질렸다고 하기에는 이미 우두머리 오크는 백 번도 넘게 살해당하지 않았던가? 그런데 이제 와서 겁에 질린다니?

"뭐, 뭐가 어떻게 된 거야?"

그렇게 지켜보던 유저들이 황당해하고 있을 때 랜슬롯은 창을 늘어뜨린 채 조금 전 느꼈던 감각을 곱씹고 있었다.

'뭐였지? 뭔가 벽을 뚫고 나가는 것 같은……. 힘을 더 많이 실었던 건가?'

뭔가 알 것 같은 기분이 들었지만 그 감각은 순식간에 멀리 도망갔다. 다음 오크가 덤비면 실험해 보려고 했지만 그것도 불가능하다. 몇십 시간이고 치열하게 덤비던 오크들이 미친 듯 도망가기 시작했기 때문이다.

> 오크 학살자 타이틀을 획득하였습니다!

'이런……. 새 타이틀이 장착된 건가?'

지금의 랜슬롯은 수련을 위해 모든 타이틀을 해제한 상태였는데 거기에 새로 얻은 타이틀이 들어간 모양이다. 하지만 그래도 그렇지 몬스터들이 도망가다니? 랜슬롯은 황당해하며 타이틀 효과를 확인했다.

Title

[오크 학살자]

근력 +70 체력 +20

무수히 많은 오크를 살해해 어느새 그 숫자가 일만을 넘어섰다. 타이틀을 장착하면 단지 거기에 있는 것만으로 당신에게 살해당한 오크들의 원념이 어려 피어(Fear) 효과가 발생하기 때문에 특별히 강한 정신력이나 실력을 가지지 않는 오크는 공포에 질려 달아난다. 만약 당신이 한 명의 오크를 찍어 살기를 발한다면 그 불쌍한 오크는 공포에 질려 달아나지조차 못할 것이다.

"피어 효과 때문이었나."

하지만 상당한 효과다. 근력이 70에 체력이 20포인트나 오른다는 건 어지간한 고급 타이틀보다도 더 높은 수준이다. 하기야 아무리 오크라고는 하지만 한 유저가 일만 마리의 몬스터를 잡는 것도 쉬운 일이 아니니까.

"리자드맨의 종족 레벨이 4였던가. 슬슬 사냥터를 바꿔야겠군."

랜슬롯은 장비 변경으로 창을 거두어들인 채 몸을 돌렸다. 어차피 슬슬 아이언 골렘, 롯포르가 리젠될 시간이 되었다. 롯포르의 리젠 타임은 24시간이다.

후우우웅—

목표를 향해 걸어가며 정신을 집중한다. 강철같이 연마된 정신이 스스로를 관조하자 1/4도 채 남지 않았던 오오라가 빠르게 회복되기 시작했다. 오오라는 정신의 힘. 비록 영감이 너무 떨어져 전투력에는 치명적인 문제가 있지만 그는 강철같이 연마된 정신력으로 오오라를 빠르게 회복시킬 수 있었다. 이는 오직 오오라만이 가능한 일로 그 근간이 내공도 마력도 아닌 정신이기에 일어나는 현상이다. 만약 그가 고른 영력이 다른 종류였다면 그는 이 회복력조차 손에 넣지 못했으리라.

"아직 안 나왔군. 어디 보자……. 30분 정도 남았나?"

랜슬롯은 장비를 변경해 창을 불러들인 뒤 다시 석재 기둥 앞에 섰다. 석재 기둥은 퀘스트를 위해 준비된 물건으로 설정에 의해 아무리 파괴되어도 복구된다.

디오 속의 공용 건축물이나 식물들에는 두 가지 설정이 있다. 그중 하나가 비파괴 설정이고 또 하나가 자동 회복 설정이다. 효과는 말 그대로 '부서지지 않는' 것과 '원래 상태로 돌아오는' 것이다. 비파괴 설정은 보통 도시의 바닥이나 주요 건물들에 걸려 있고, 자동 회복 설정은 가로등이나 가로수, 혹은 수련용 허수아비나 목재를 얻기 위한 나무들 같이 모두를 위한 물건들에 걸려 있다. 현재 랜슬롯이 마주하고 있는 석재 기둥 역시 마찬가지여서 설사 완전히 박살 낸다 해도 1분 이내에 복구되어 버린다.

콰득.

마치 빨려 들어가듯 석재 기둥에 창이 박힌다. 더없이 깔끔한, 그야말로 그림과도 같은 찌르기. 그러나 할 줄 아는 것이 그것뿐이라면 그 의미도 퇴색한다. 단지 찌르기밖에 할 줄 모르는 반쪽짜리 무인.

콰득.

그러나 할 수 없다. 그의 영감은 너무나도 둔해 세밀하게 오오라를 다룰 능력이 없는 것이다. 5레벨을 갓 넘긴 오오라 사용자들도 오오라로 허공에 도형을 그릴 수 있고, 개중 뛰어난 이들은 글자도 쓸 수 있다는데 그는 그게 불가능하다. 그저 공격을 하면서 자연스럽게 오오라가 거기에 따라가도록 하는 것이 한계. 그의 능력으로는 오오라를 둘로 나누는 것은 물론 몸 여기저기로 움직이는 속도조차 너무 느리다. 다시 말해 오오라로 공격과 방어를 동시에 수행하는 것 자체가 불가능에 가까운 일이었고, 그렇기에 그는 고민에 빠질 수밖에 없었다. 공방을 동시에 수행할 수 없다고, 혹은 공방의 전환이 너무 느리다고 해서 방어만 할 수는 없지 않은가?

때문에 랜슬롯은 오직 찌르기 단 하나만을 갈고닦는 길을 선택했다. 단 한 번에 적을 쓰러뜨릴 수 있다면 방어를 위한 제어 능력은 필요없다. 나약한 그가 하기엔 너무 허황된 목표였지만 일단 정한 이상 멈출 생각이 없다.

'더 빠르게.'

콰직.

'더 정확히.'

콰직.

'더 빨리. 정확히. 누구도 막을 수 없도록!'

푸확!

그리고 그 순간이었다. 한순간 몽롱할 정도로 찌르기에 집중하던 랜슬롯은 자신이 창을 내질렀던 석재 기둥이 흔적도 없이 사라졌다는 것을 깨달았다.

"음...... 지금 방금 그건......"

랜슬롯은 손에 잡힐 듯 잡히지 않는 감각에 머뭇거렸다. 그것은 선이다. 적을 향해 이어지는 가장 이상적인 투로. 하지만 그 투로를 제대로 떠올리기 전에 마법진이 떠오른다.

지잉—!

쾅!

마법진에서 나타난 아이언 골렘은 나타나자마자 땅을 박차고 랜슬롯을 향해 덤벼들었다. 실로 무시무시한 기세였는데, 랜슬롯은 그 공세가 코앞에 도달할 때까지 멍하니 서 있을 뿐이다.

'더 빨리, 정확히, 방어가 필요없는 공격……'

몽롱한, 그러나 너무나도 차갑게 벼려진 정신이 이상적인 투로를 그린다. 창은 단지 정해진 투로를 따라 내뻗어졌을 뿐이다.

틱!

아이언 골렘, 롯포르의 주먹과 랜슬롯의 창이 마주치자 순간 둘의 움직임이 시간이 정지하기라도 한 듯 멈춰 버린다. 하지만 1톤에 가까운 아이언 골렘이 땅을 박차고 몸을 날린 공격이 슬쩍 밀어낸 창에 막히다니? 문자 그대로 물리법칙을 무시하는 것 같은 광경이지만 그게 다가 아니다.

푸확!

마치 압축된 공기가 터져 나가는 것 같은 소리와 함께 롯포르의 상체가 사라졌다. 튼튼하기로는 어지간한 고 레벨 몬스터 못지않다는 아이언 골렘이 일격에 쓰러진 것이다.

"하… 하하……"

그리고 그 모습에 랜슬롯의 손이 떨렸다. 그것이야말로 그가 바라던 것이다. 이상의 투로. 어떤 방어도 무색한 절대(絕對)의 일격(一擊).

"드디어……"

랜슬롯은 고개를 들어 쏟아지려는 눈물을 참았다. 그리고 천천히 걷기 시작했다. 1월의 막바지. 100일간의 수련, 그리고 수많은 전투 끝에.

드디어 그가 찌르기[衝]의 의미를 깨달은 어느 날이었다.

　용노는 오랜만에 배달을 시켜 치킨을 뜯어 먹고 있었다. 양념
치킨 한 마리에 프라이드치킨 한 마리. 사실 혼자 먹기에는 조
금 많은 양이었지만 원래 먹성이 좋은 그였기에 벌써 거의 다
먹은 상태다.

　"아무래도 금단선공을 쓰는 사람은 별로 없나 보네. 있는 녀
석들이라곤 PvP 전문뿐이니."

　용노의 경우, 그 경지가 높아서 잘 드러나지 않기는 하지만
금단선공은 일격에 극강의 위력을 뿜어낼 수 있는 대신 내기의
회복 속도가 느리다는 단점이 있기 때문에 그다지 인기있는 무
공이라고 말하기 어렵다. 그나마 무유생계를 깨달아 증폭을 받
을 수 있다면 또 모르겠지만 용노를 제외한 그 어떤 유저도 무
유생계를 열지 못했다.

　용노는 무공 전문 팬 사이트인 '천하무적'에 들어가 게시물
들을 읽었다. 사람들이 익힌 무공은 가지각색이어서 딱히 어떤
게 대세라고 말하기 어려울 정도였는데, 이름값 때문인지 북명
신공을 익힌 유저가 10%에 달할 정도로 많아 보였다. 긴 시간을
싸우기 위한 가의신공도 인기가 상당하다. 최근 들어서는 내공
의 회복이 빠른 가의신공을 익힌 후 보너스 포인트로 내공의 최
대치를 늘려 풍족한 내공으로 적을 상대하는, 일명 '내공 재벌'
스타일이 인기라고 한다.

　"뭐, 어차피 심법은 한 개밖에 못 다루니 더 봐도 소용없
고……. 기공술에는 뭐가 있지?"

용노는 마우스를 움직여 [기공술] 게시판을 열었다.

—총 3,241개의 게시물.

필독— 기공술에 관한 이야기를 올려주세요!　최성호

경험— 천마지존기가 가진 효용에 대해　천마　　1,200

잡담— 으악, 주화입마요 ㅠ_ㅠ　류혼　　980

잡담— 동자공, 과연 득인가 실인가?　마비노기　1,044

수련— 무공과 마법의 연결점. 양의심법.　밀레이온　3,300

공략— 내가중수를 막아주는 호신기공.　한울　　1,100

잡담— 기천 완전 짱 어려워요!!　비검　　790

잡담— 자주 사용하시는 기공술은?　쿨가이　600

수련— 마검사면 양의심법 좀!!!!!　사해문서　1,405

(1) (2) (3) (4) (5) (6) (7) (8) (9) 다음 페이지☞

온갖 게시물이 다 보인다. 기공술에 대한 이야기만 올라와 있기는 하지만 거기에 관련된 잡담이나 경험담 등도 있기 때문에 공략 자체보다는 이런저런 감상이 더 많은 편이다.

"어디 보자……. 마검사면 양의심법 좀? 필수 무공인가?"

궁금해하며 게시물을 클릭한다.

아, 정말 답답합니다. 내공하고 마력하고 복합으로 사용하시면서 도대체 왜! 왜 양의심법을 안 익히는 겁니까? 아까 우리 파티에 들어오신 분도 무공 따로, 마법 따로 쓰면서 버벅거리고. 이거 뭐, 마법은 싸우기 전에 버프용으로밖에 안 쓰시니, 원.

양의심법(兩意心法)이란 무당의 절기로, 하나의 의지를 둘로 나누어 동시에 두 가지 일을 할 수 있게 만드는 기공술이다. 원래 양의심법은 운기행공으로 축기까지 할 수 있는 심법이지만 디오로 넘어오면서 쓸데없는 부분은 쳐내 없애 버리고 의식을 두 개로 나눌 수 있는 기공술로 완성되었다. 때문에 양의심법은 두 가지 일을 하는 데 반드시 필요한 절학이 되었는데, 사해문서라는 유저는 마검사인 주제에 왜 그걸 안 익히는 거냐고 화를 내는 것이다.

아니, 대체! 쌍검술 같은 건 양의심법 아니어도 충분히 쓸 수 있으니 관두시고요. 마검사 분들, 제발 양의심법 익히세요! 양의심법을 3성만 익히셔도 싸우면서 주문을 천천히 외우는 게 가능합니다. 물론 그만큼 시간이 걸리기는 하지만 싸움에 크게 방해되지 않으면서 마법 한 방 터뜨리는 건 엄청난 전투력 상승을 불러일으킵니다. 좀 익히세요. 아, 쫌!

"거 익히면 익히는 거지 왜 자기가 열 내고 난리야."

내공과 마력을 모두 사용하면서 양의심법이라는 걸 생각해 본 적 없는, 사실상 사해문서라는 유저가 지적하는 바로 그 유저인 용노는 투덜거리며 게시물을 살폈다. 리플을 보니 [맞아요. 따로따로 쓸 거면 마검사일 필요가 없기도 하고]라든지, [가끔 인챈트 마법 배워서 개인 마법검 뻘짓하는 바보들이 있는데 이도저도 아닌 클래스라면 차라리 마법사들한테 부탁하세요.

아나 ㅡ_ㅡ 어기충검 사용할 줄 아는 내공 사용자가 검에 1클래스 주문 거는 거 보면 눈물 나옵니다! 같은 글들이 달려 있는 상태다.

"어, 그리고 보니 양의심법에 대한 게시물이 하나 더 있구나."

용노는 게시물들을 살피다가 '밀레이온' 이라는 유저가 쓴 게시물을 열었다. '무공과 마법의 연결점. 양의심법' 이라는 제목의 글이다.

보통의 사람은 한 번에 두 가지 일을 동시에 하기 힘들어하며, 그럼에도 불구하고 강행한다면 업무의 효율성이 심각하게 떨어지게 된다. 이는 동시간대에 두 가지 이상의 일을 하려고 하면 의식이 갈라지기 때문인데 멀티태스킹(Multitasking) 능력이 뛰어난 이들이라면 그 효율을 적당히 지킬 수 있겠지만, 그렇다 해도 손실이 없게 하는 건 불가능하다. 능력자들이 사용하는 이능에서 진정한 효율은 극도의 집중 상태에서만 나오기 때문이다.

"그렇겠지."

동시에 여러 가지 일을 하는 게 불가능한 일은 아니지만 한 가지가 아닌 여러 가지에 신경 쓰면 제대로 집중이 될 리가 없다. 왼손으로 네모를 그리면서 오른손으로 세모를 그리는 것도 힘든 것이 사람인데 하물며 그 이상의 것이라면 더 말할 필요가 없다. 설사 할 수 있다 해도 그 수준이 심각하게 떨어지게 되는 것이다.

하지만 그렇다 해도 방법이 없지는 않다. 인간은 궁리하는 생물이기 때문이다. 그리고 여기서 사용하는 양의심법 또한 거기에서 나온 결과라 할 수 있다.

게시물의 내용은 은근히 길다. 스크롤바를 보니 20분의 1 정도밖에 진행되지 않은 상태다.

"이런 잡담이 그렇게 길어질 것 같지는 않은데……. 뭐, 내용 첨부라도 했나?"

투덜거리면서도 용노는 내용을 계속 읽었다.

예전 아더라는 유저가 사용하는 검술을 본 적이 있다. 한 손으로 분광검법을, 한 손으로 태극혜검을 펼치는 유저였는데, 위태로워 보이기는 하지만 그 기세가 제법 단단했다. 예시가 좀 이상하기는 하지만 그의 검술이 바로 일반적인 양의심법의 결과물이라고 할 수 있다. 그렇다면 조금 더 본격적인 양의심법의 활용법에는 무엇이 있을까? 그것은 바로 무공과 마법의 결합. 내 경우가 이 케이스라고 할 수 있다.

그 후에는 이런저런 이야기가 쓰여 있었다. 전투 중 의식을 나누어 주문을 주창, 공격 마법을 사용하는 법과 여러 가지 버프 마법을 사용하는 법, 그리고 적의 몸이나 무기와 검이 충돌했을 때 막대한 전압의 전류를 흘려 보내거나 저주를 걸어 상대방을 약화시키는 법이다.

"확실히 쓸 만할 것 같기는 한데……."

물론 용노의 경우는 검술이 아닌 수공을 사용하지만 중간 중간 마법을 사용할 수 있다면 상당한 전력의 상승을 불러일으킬 것이다.

양의심법에 대한 활용은 이와 같다. 사실을 말하자면, 내가 예전 수련할 때에는 이런 기공술을 모르고 있었기에 이 방식은 꽤 신선하다.

양의심법의 구결을 수정해 마법과 무공을 동시에 사용하기 편하게 만들어보았으니 참고하길 바란다. 이해하기 어려운 부분은 주석을 붙여놓았으니 도움이 될 것이다. 그럼.

글은 거기에서 끝나 있었다. 글 자체는 3~4페이지도 되지 않았고, 나머지 부분은 모조리 구결로 빽빽하게 들어차 있다. 중간 중간에는 괄호 표시를 하고 이런저런 설명이 쓰여 있었다.

"구결을… 수정해? 헤에, 이런 고수도 있었구나."

하지만 그렇게 말하면서도 구결 부분은 슥슥 넘겨 버린다. 굳이 남이 수정한 구결에 관심 가질 필요가 없다고 생각해 리플을 보기로 한 것이다.

리플은 전체적으로 비웃는 분위기였다.

―아더님 검술이 극히 일반적이라니……. 아니, 그 개사기―_―;;; 검술이 어떻게 일반적이죠? 허세 쩌는 분이네요.

―뭐? 위태로워 보이긴 하지만 제법 단단했다? 아니, 뭐 이런 미친 허세가ㅋㅋㅋㅋ. 무슨 왼손으로 검강 뿜고 오른손으로 메테오라도 날리시나?

―게다가 주석이 좀 이상한데요. 주석은 이해하기 쉬우라고 달아주는 것일 텐데 왠지 본 구결 내용보다 주석이 더 헷갈리는 것 같아요.

옹호까지는 아니지만 신중하게 보는 내용도 있다.

―그런데 잘 보면 꽤 잘 정리한 것 같기도 합니다. 참고해서 나쁠 건 없을 것 같은데.

―흠, 지금 저 여기 양의심법 참고하고 있는데 꽤 괜찮네요. 싸우는 중간에 주문을 사용하기는 쉽지 않았는데 많이 수월해졌어요.

꽤나 논란이 된 건지 리플도 많고 조회 수도 상당했다. 변형된 구결을 가지고 이런저런 토의를 하기도 하고 쓸데없는 짓이라고 일축하기도 한다.

"대체 무슨 내용이기에 이러는 거지?"

용노는 마우스 휠을 굴려 화면을 올렸다. 그리고 턱을 괸 상태로 구결을 읽어 내려가기 시작했다. 비급 같은 경우 도서관에서 돈 받고 파는데 이렇게 인터넷상에 올려도 되는 것인가 하는 의문이 있을 수도 있겠지만 디오의 고객지원팀은 상관없다는 답변을 한 상태였기에 공략 게시판을 뒤지다 보면 비급 내용 정도는 쉽게 볼 수 있다.

"……"

그리고 그렇게 10분 정도 구결을 읽던 용노의 자세가 고쳐진다. 턱을 괸 자세를 풀고 똑바로 앉은 것이다.

"이건……"

다시 말하기도 귀찮은 이야기지만 디오 속에서 주어지는 무학과 마학은 완전하다. 비록 긴 역사와 수많은 검증을 받으며 완성되지 않고 단번에, 그야말로 느닷없이 가해진 수정과 개변의 결과물이기는 하지만 그것들 하나하나에는 무신(武神)과 마법의 신(The God of Magic)의 손길이 깃들어 있다. 극히 제한적인 것만을 볼 수 있는 유한자들로서는 자그마한 흠집조차 찾을 수 없는 완전의 무학.

그러나 사실 세상에 완전한 것이란 없다.

억지스러운가? 그러나 그것이 현실이다. 무학과 마학을 다듬은 것은 신들 중에서도 가장 위대하다는 최상위 신들이지만, 그럼에도 그걸 익혀야 하는 건 보통의 사람들이었다. 때문에 그들은 까마득하게 낮은, 인간의 수준까지 자신의 시점을 낮춰 무학을 재정립했다. 어차피 가장 이상적이며 완벽한 신들의 이론 같은 걸 풀어놔 봐야 그 누구도 이해할 수 없기 때문이다.

"양의(兩意)란 두 개의 의지를 뜻한다. 이는 굳게 다져진 자아의 이면이며 자신의 안에 숨겨진 또 다른 자신이기도 하다."

용노는 마치 홀린 듯 구결과 거기에 달린 주석을 읽어들였다.

그것을 읽는 것만으로 그는 그 구결을 적어낸 이의 생각과 지향점을 느낄 수 있었다. 지금까지 봐온 비급들은 단지 정보의 전달일 뿐 그 뒤의 것이 느껴지지 않았는데 지금 그가 보고 있는 구결에서는 그게 느껴진다.

크다.

그게 그가 느낀 감상이었다. 크다. 단지 컸다. 그로서도 채 헤아릴 수 없는 거대함이 있었다. 그것은 양의심법에 대한 새로운 해석이다. 그것도 마법과 무공의 결합에 대한.

"두 가지 모두 경지에 이르지 않은 이상 불가능하겠는데."

게시물을 닫고도 용노는 한참이나 생각에 빠져 있었다. 단지 구결을 한 번 읽었을 뿐이지만 이미 그의 마음은 두 개로 갈라지고 있다.

"아차! 지금 몇 시지?"

용노는 시간을 확인했다. 다행히 '위대한 의지'라는 NPC가 깨어나기에는 조금 이른 시간이었다.

"좋아, 당장 해봐야겠다."

용노는 망설임없이 침대에 누워 귀에 이어폰을 꽂았다. 다시 멀린으로 돌아갈 시간이다.

"후우……."

"이제야 깼어?"

눈을 뜬 멀린의 앞에 서 있는 건 뾰루퉁한 표정의 미호. 멀린은 슬쩍 몸을 일으켰다.

"무슨 일이라도 있었어?"

"없었어. 하지만 명색이 능력자라는 녀석이 아무리 불러도 안 깨다니……. 위기의식이 없는 거 아냐?"

"하하! 멀린 녀석뿐이 아니라 패신저들은 다 저렇게 자. 자기가 정해놓은 시간에 일어날 수는 있지만 외부 자극으로는 잘 깨지 않지."

멀린을 변호해 주는 것은 미리 대기시켜 놓고 간 정천이다. 사실 말이야 바른 말이지 수면 모드 상태의 유저는 외부 자극으로 깨는 것이 불가능하다. 물론 현실 세계에서 동영상 모드로 자신의 캐릭터를 보는 게 가능하다지만 12배속 동영상이어서야 위기가 닥쳐와도 반응하기가 어렵다. 때문에 유저들이 수면 모드를 취하기 싫어하는 것이다.

"어쨌든 그 의지 어쩌구 하시는 분이 예언할 시간은 다 되었어? 왠지 질질 끄는 것 같은데."

"쉿. 여기서 그분을 함부로 말하면 안 돼. 우리 모두를 창조하신 분이란 말이야."

"아니, 별로 내가 믿는 신도 아닌데."

멀린은 주변에 있는 순례자들의 시선을 의식해 목소리를 죽였지만 불만스러운 표정이다.

'모두를 창조했다고 해봐야 개발자지, 뭐.'

멀린은 고개를 돌려 주변에 서 있는 순례자들을 바라보았다. 이제 슬슬 그 '위대한 의지'라는 게 나올 시간이 된 것인지 순례자들이 홀의 중앙을 둥글게 감싸듯 서 있었다.

"정천, 여기 대빵이 과연 NPC일까, 운영자일까?"

"대빵? 아, 위대한 의지를 말하는 거라면, 글쎄. 아마 운영자가 직접 플레이하거나 하지는 않을 것 같지만 어쩌다 한 번씩 나온다는 걸 보면 또 모르지. 게다가 NPC라도 다이내믹 아일랜드의 NPC들처럼 디오에 대해 확실하게 알고 있느냐, 아니면 모르고 있느냐의 문제가 있고."

"하긴."

멀린은 고개를 끄덕이며 홀의 중앙을 바라보았다. 지금 그가 위대한 의지에 대해 신경 쓰는 것은 이 신대륙이라는 곳이 원래 유저가 들어올 수 없는 공간이라는 것을 알았기 때문이다. 일반적인 NPC라면 상관없지만 운영자나 게임의 시스템을 아는 NPC라면 멀린을 보고 뭔가 리액션을 취하지 않겠는가?

'뭐, 됐어. 설마 보자마자 당장 쫓아내거나 하지는 않겠지. 내가 무슨 버그 사용자도 아니고. 괜한 걸로 고민하기보다는 쉬는 타이밍에 양의심법이나 수련하는 게 낫겠다.'

멀린은 자리에 앉아 내기를 움직이기 시작했다. 별로 어려운 일은 아니다. 내공을 쌓고 정기신(精氣神)을 단련하기 위해 온갖 깨달음이 필요한 심법과 다르게 기공술은 일종의 기교에 가까운 무학이다. 물론 기천(氣天)이 그러하듯 종류에 따라서는 그 난이도가 천차만별이지만 기본적으로 멀티태스킹 능력이 뛰어난 멀린은 양의심법을 쉽게 받아들일 수 있었다.

'찾는 것은 또 다른 자신. 나를 두 개로 나누는 게 아니라 내 안에 숨어 있는 다른 나를 불러들이는 것.'

단순히 의식을 나누는 것이라면 평소 사용하는 멀티태스킹과 다를 게 없다. 두 가지 일을 동시에 하는 것보다 한 가지에 집중하는 게 효율이 좋은 건 너무나 당연한 일이니까. 때문에 양의심법은 정기를 모아 또 하나의 의식을 만들어낸다.

웅.

금단선공의 내공을 백회혈까지 끌어올려 고정시킨 후 미리 확인했던 구결의 심상(心想)을 담는다. 그래서 최종적으로는 자신의 마음속에 잠들어 있는 이면(裏面)을 깨운다.

기공(氣功), 양의심법(兩意心法)을 획득하셨습니다!

'됐다. 간단하군.'

멀린은 쾌재를 부르며 운기를 마무리했지만 이내 뭔가 이상하다는 걸 깨달았다. 분명 양의심법의 법칙에 따라 내공이 형태를 잡았는데도 달라진 게 없는 것이다.

"…어라?"

당황한다. 틀림없이 양의심법은 제대로 자신이 맡은 역할을 수행하고 있는데도 의식이 나눠질 기미가 보이지 않았기 때문이다.

"뭔가 잘못되었나."

"왜 그래?"

"아니, 별건 아냐. 뭣 좀 수련하려는데 잘 안 돼서. 다시 해봐야겠네."

멀린은 의문을 표하는 미호에게 고개를 흔들어 보이고 가부좌를 취했다. 조금 더 본격적으로 양의심법을 가다듬기 위해서였는데, 그러다 문득 눈앞에 누가 서 있다는 것을 깨달았다.

"바보."

대뜸 욕을 날리는 이는 열 살 정도 되어 보이는 덩치의 꼬마였다. 검은 머리카락에 검은 눈. 전형적인 동양인이면서도 시원시원하게 생긴 그는 별다른 표정 변화 없이 멀린의 모습을 보고 있다.

"쪼다."

또다시 욕이었지만 멀린은 쉽게 반응할 수 없었다. 분명히 눈앞에 있음에도 기척도, 기운도 느껴지지 않는 상대. 심지어 강화안을 써도 그 존재조차 파악할 수 없다. 이건 대체 뭐란 말인가?

"넌… 누구야?"

무심코 물었는데 반응이 좋지 않다.

"입 밖으로 말 꺼내지 마, 삽대가리야. 미친놈 취급당하는 게 취미냐?"

"미친놈 취급이라니? 무슨 소…….."

"왜 그래, 주인? 귓속말이라도 해?"

하지만 그런 멀린을 정천이 이상하다는 표정으로 바라본다. 물론 독수리의 얼굴에 표정이랄 게 있겠냐는 문제가 있기는 하지만 어쨌든 중요한 건 그가 소년의 모습을 보지 못하는 것 같다는 점이다.

'…유령?'

그러나 말도 안 되는 소리다. 도력을 쌓은 정천은 유령이 아니라 살아 있는 사람의, 그러니까 육체 안에 감춰진 영혼도 볼 수 있다. 미호의 경우는 주술의 종류에 따라 유령을 다룰 수도 있을 정도니 더 말할 필요도 없고 말이다.

망자의 대지에서 나오는 고스트들만 해도 6레벨 유저의 주력 사냥감일 뿐인데 이 정도 능력자들이 영체를 못 본다는 건 말도 안 되는 일이다.

"아, 음, 미안. 귓속말이 샜네. 나도 모르게 말로 했다."

"주변 봐가면서 해. 미친놈 취급받기 딱 좋다고."

멀린은 정천의 충고를 뒤로하고 다시 소년을 바라보았다. 소년이 말했다.

"찐따, 병신, 찌질이."

'왜, 왜 욕질이야?'

일단은 생각으로 물어본다. 둔한 그였지만 슬슬 그 정체가 짐작이 가고 있었다.

"그야 네 수준이 딱 그 정도니까 그렇지."

'내가 뭘?'

"닥쳐. 시끄러워, 쪼다야."

'……'

멀린은 할 말을 잃었다. 무슨 일인지 소년은 그를 매우 싫어하는 것 같았다.

'이, 이게 내 내면이란 말이야? 내가 이렇게까지 자학적인 성격이었나?'

그렇다. 그야말로 멀린의 양의심법에서 파생된 그의 이면이다. 하지만 양의심법이 사용자의 또 다른 의식을 만드는 기공술이라 해도 이런 식으로 아주 새로운 성격을 만들어내지는 않는다. 전혀 새로운 인격, 그것도 스스로를 싫어하는 인격이 태어나 버리다니 이래서야 그냥 이중인격이 아닌가?

"뭘 봐, 멍청아."

"……."

한심하다는 듯 자신을 바라보는 소년의 표정에 멀린은 결심했다.

'그만두자. 이런 건 쓸 수 없어.'

그렇게 생각하며 백회혈까지 끌어올렸던 진기를 풀어버리려 한다. 하지만 소용없다. 이미 그 진기는 멀린의 통제에서 벗어나 스스로 움직이고 있었다.

"아, 안 되잖아. 취, 취소가 안 돼. 아, 안 돼……!"

"뭐라고?"

무심코 내뱉은 멀린의 말에 미호가 눈을 동그랗게 떴다.

"응? 아, 별거 아냐. 하하."

"뭐 하는지 잘 모르겠지만 조용히 해. 명색이 성지라고."

"네, 사모님."

"또 이상한 말 한다."

투덜거리며 고개를 돌리는 미호. 그리고 멀린은 그녀가 고개를 돌리자마자 사나운 표정으로 소년을 쏘아보았다. 세상에 한 번 운용하면 취소할 수 없는 기공술이라니. 뭐 이런 거지같은 경우가 다 있단 말인가? 그러나 소년은 그가 어떤 마음이든 상관없다는 표정이다.

"바보. 내가 쉽게 사라질 것 같아?"

"으으……."

뜬금없이 생겨난 골칫거리에 신음하는 멀린. 그리고 그때 정천이 나직이 중얼거린다.

"나온다."

"응? 뭐가?"

"봐."

우우우우우—!!

순간 거대한 공명과 함께 천장에서부터 홀의 중앙으로 빛의 기둥이 내리꽂혔다. 그것은 이차원으로 연결되는 차원의 문!

"오오, 위대한 의지시여!"

"위대한 의지시여!"

순례자들이 하나둘 무릎 꿇기 시작했다. 당연히 멀린은 그럴 생각이 없었지만 미호가 그의 옆구리를 꼬집어 강제로 앉혀 버렸다.

샤아아앙!

위에서 내리쬐던 빛이 마침내 절정에 달한다. 그리고 그 순간!

> 시스템 점검 중…… 대기. 대기. 특수 명령에 의거해 점검 시간을 연장합니다. 앞으로 남은 시간 74시간 57분…….

"…엉?"

그야말로 상상도 못한 상황에 멀린은 기가 막혀 입을 떡하니 벌릴 뿐이다.

"아, 아직 나서실 때가 아니라니…….”

"조금 더 기다려야겠군요."

그러나 황당해하는 건 멀린뿐이고, 나머지 순례자들은 그냥 아쉽다는 듯 한숨 쉬고 각자의 자리로 흩어졌다. 느닷없는 시스템 메시지를 이상하게 여기는 이 하나 없다.

"뭐, 뭐야? 아쉽다 하고 넘어갈 문제야?"

"무슨 소리야? 우리 입장에 기다리라면 기다려야지."

"시, 시스템 점검에 특수 명령 언급을 하고 있잖아! 안 이상해?"

"시스템 점검? 대기 시간? 무슨 소리야?"

"무슨 소리라니……. 저 글자 안 보여?"

"글자?"

전혀 모르겠다는 미호의 표정에 멀린은 그제야 그 글자가 유저인 자신에게만 보인다는 것을 깨달았다. 아무래도 텍스트가 보이는 건 멀린뿐 다른 순례자들에게는 다른 방식으로 전달되는 모양이었다.

"바보. 자신의 정체조차 모르는 녀석들이 저런 정보를 얻을 수 있을 리 없지."

'안 들려… 안 들려……'

구석에 있는 소년이 그를 비웃었지만 멀린은 애써 외면하고 손가락을 꼽았다.

"74시칸이면… 대충 3일이네."

"왜? 기다리기 지루해?"

"아무래도 그럴 수밖에 없지. 돌아가는 분위기는 퀘스트인데 뭐 이리 질질 끄는 건지. 경험치도 없고."

멀린은 미호와 함께 환요마도의 순례자들을 위해 배정된 자리로 돌아왔다. 하지만 그렇다고 해도 별다른 시설도 없는 곳에서 3일이나 있어야 한다니, 멀린은 이마를 감싸고 고민에 빠졌다. 그리고 그 모습에 미호가 말했다.

"저, 저기, 기다리기 지루하면 나랑……."

하지만 그때 딩동! 하는 효과음과 함께 텍스트가 떠오른다.

확인하지 않은 공지사항이 있습니다.

"응? 아, 잠깐만."

멀린은 뭔가 말하려던 미호에게 양해를 구하고 인벤토리를 오픈, PDA의, 혹은 스마트폰의 모습을 가지고 있는 비홀더(Beholder)를 꺼내 들었다. 텍스트를 본 것인지 어느새 멀린의 머리 위에 앉아 있던 정천이 묻는다.

"난데없이 무슨 공지사항이야?"

"글쎄. 아무래도 지금 막 뜬 공지사항 같지는 않은데……. 설마 또 스타팅에 몬스터가 쳐들어오거나 한 건 아니겠지? 와장창 깨져서 접속 불가 되는 사태는 사양인데."

멀린은 투덜거리며 비홀더를 조작해 공지사항을 열었다.

한 번도 보지 못했던 환상의 세계 D.I.O(Dynamic Island On line)! 그 흥미진진한 섬에 오신 것을 환영합니다!

오는 2월 1일! 다이내믹 아일랜드의 먼 남쪽, 지금까지 공개되지 않았던 신대륙을 개방합니다! 하지만 거기까지 가는 길은 험난해 보통의 방법으로 갈 수 없기 때문에 다음과 같은 이벤트를 시작하겠습니다.

이벤트 1. 잼 포인트(Gem Point)를 모아라!

오늘, 그러니까 1월 27일~29일(현실 기준), 남쪽 바다에서부터 보석으로 만들어진 물고기 무리가 매일 오후 7시(현실 기준)에 세 번에 걸쳐 출현합니다! 해안에서 무료로 나눠 드리는 보트를 타고 바다에 가득한 보석 물고기들을 잡아주세요! 물고기를 잡는 만큼 잼 포인트를 얻게 되며 그 잼 포인트를 소모해 온갖 방식으로 사용이 가능합니다.

이벤트 2. 미션을 수행하라!

스타팅을 포함한 모든 도시에 있는 경비병들에게서 미션을 부여받아 수행할 시 상당량의 잼 포인트를 받을 수 있습니다. 미션은 개인당 3회 참여 가능하며 난이도에 따라 얻을 수 있는 보상이 달라집니다. 참고로 고 레벨일수록 더 많은 보상을 받을 수 있게 되니 렙업해 주세요! 디오는 고 레벨만 대우하는 더러운 게임입니다.

이벤트 3. 비공정을 만들어라!

그렇게 모아놓은 잼 포인트를 활용하여 비공정을 구입하실 수 있습니다. 비공정 자체를 구입하는 것도 가능하지만 부품을 사서 조립할 수도 있는데다 잼 포인트를 활용하여 부품이나 선체를 강화하는 것도 가능하니 일석이조!

그러나 만약 난 비공정을 만들고 싶지 않다, 신대륙은 너무 멀다 하시는 분들이 있다면 역시 걱정 마시라! 잼 포인트는 여러 아이템과 거래 가능한데다 장비를 강화하는 데에도 사용할 수 있습니다!

새롭게 모습을 드러내는 신대륙, 그리고 거기에서 벌어지는 대단위 전투와 수많은 세력과의 투쟁! 새로 선보이는 신대륙의 모습을 기대해 주시길 바랍니다!

    신대륙이라는 건 너무나도 당연하지만 지금 멀린이 있는 곳은 아틀란티스. 멀린은 왼쪽 눈을 쓰다듬어 시계를 불러들였다. 시계에는 현실 시간과 게임 속 시간이 표시되어 있었는데 현재 시각은 오후 6시다. 즉, 현실 시간으로는 한 시간, 디오 속 시간으로 열두 시간의 여유가 남았다는 말이다.

    "공지 시간은… 아침이네. 이건 뭐 이벤트 공지가 당일치기라니 친절이 장난 아니군."

    "그래도 게임에 접속한 사람들한테는 며칠 전에 한 효과가 나오니까. 어차피 유저가 너무 많아서 이벤트 참가 인원이 적을까 봐 걱정하지는 않을 테고."

    "그러고 보니 지금 유저 수가 4억을 넘어섰다고 했지. 심지어 과도기도 아니어서 점점 많아진다는 소리도 들리고."

    그건 실로 엄청난 숫자다. 지구 전체의 인구라고 해봤자 70억이 채 안 되는데다 PC 보급 자체가 잘 이루어지지 않은 국가 역시 얼마든지 있는데 4억이라는 유저는 문자 그대로 상식을 벗어났다. 심지어 디오의 유저는 몇 주 전만 해도 2억이었다. 그 짧은 사이에 인프라가 확장되고 여러 나라들과 계약을 하게 되면서 두 배로 늘어난 것이다.

    "이거 이대로 가다간 10억도 찍겠는데. 끝까지 허가가 안 나는 나라나 지역도 있을 테지만 결과적으로 다섯 명당 한 명 꼴로 디오 유저인 시대가 열리는 건가."

게임이나 인터넷 보급률, 그리고 기본적으로 온라인 게임 유저들이 많던 한국의 경우는 이미 70% 이상의 국민이 디오에 접속하는 상황이다. 사실상 아주 어린 아기나 아주 늙은 노인의 경우를 제외하고는 모두 플레이를 하는 것과 마찬가지다. 심지어 게임을 못하게 억압당해야 하는 학생들조차 열두 배의 시간 흐름에―심지어 수면 효과까지 있는― 힘입어 디오 속에서 수업이나 강의를 진행하는 경우가 많았으면 하는 관련법이 그 어느 때보다 빠르게 집행되고 있었다.

"흠. 나는 잘 모르겠지만 파급이 큰가 보네."

"엄청나지."

멀린은 잘 몰랐지만 이미 여러 대기업, 정보 단체, 심지어는 국가기관들도 디오에 자신의 세력을 만들고 있다. 개중에는 디오의 기본 시스템을 알아내기 위해 동분서주하는 이들도 많았지만 핵심 기술은 모두 베일에 싸여 있다.

"저기, 지금 무슨 말을 하고 있는 거야?"

"아, 우리 패신져에 대한 이야기. 어쩌면 나 말고도 패신져들이 여기에 오게 될지도 모르겠다."

그렇게 말하며 멀린은 미호가 패신져에 대해 이런저런 이야기를 물어볼 것이라고 생각했다. 기본적으로 주술사들은 세상의 진리를 탐구하는 이들로서 자신이 잘 모르는 영역에 대한 호기심이 매우 강하기 때문이다. 심지어 인구에 대한 이야기가 나온 다음 4억, 10억 이야기가 나오는데 총명한 미호가 그게 사람 수라는 걸 모를 리는 없지 않은가? 당연히 노이즈 벨트 위에 그렇게나 많은 사람이 있다는 사실에 놀랄 거라 생각한 것이다.

하지만 미호는 그저 고개를 끄덕일 뿐이다.

"뭐, 알았어. 그나저나 무슨 할 일이라도 생긴 거야?"

"웅? 어? 아, 뭐… 그렇지. 패신져들끼리 모임 같은 게 있어서. 다행히 위대한 의지인가 하는 분이 3일 후에 나타날 것 같으니 갔다 오려고."

어쩐 일인지 전혀 궁금해하지 않는 미호의 모습에 멀린은 순간 의문을 느꼈지만 뭐 그럴 수도 있지 하는 마음으로 왼쪽 검지에 껴 있는 게이트 링을 빼 그 안쪽을 들여다보았다. 거기에는 [진리의 탑]이라는 글자가 쓰여 있다.

'흐음. 다행히 여기도 저장이 되긴 하는구나. 하지만 여기서 스타팅을 저장한 게이트 링을 꺼내면 말짱 꽝이겠지?'

게이트 링은 반지의 소유자가 마지막으로 들른 도시를 저장해 언제든지 돌아갈 수 있게 만드는 마법 물품이다. 다만 문제가 있다면 반지에 위치를 저장하는 게 임의가 아닌 자동이라는 것. 만약 지금 인벤토리 속에 있는 게이트 링을 꺼내 귀환을 사용하면 스타팅이 아니라 진리의 탑으로 이동될 것이다.

"지금 가려고?"

"그래야 할 것 같아. 흠. 같이 가면 좋겠는데."

하지만 불가능한 일이다. 혼자라면 몰라도 둘인 상태에서 노이즈 벨트를 넘는 건 불가능에 가까우니까. 게이트 링은 동행을 인정하지 않기 때문에 직접 가야 하는데 아무리 멀린의 헤엄 속도가 빠르다 해도 신대륙 아틀란티스에서 스타팅 남부 해안까지의 거리는 무려 1,000킬로미터가 넘는다. 심지어 그들이 있는 곳은 내륙지방이 아닌가? 바다에서는 화살보다 더 빠른 멀린이지만 물에서는 빠르게 이동할 수 없다.

"뭐, 어차피 순례자인 난 여기서 떠날 수 없어. 받은 것과 얻은 걸 갈고닦으며 시간이나 보내야지."

뭔가 말하고 싶은 게 있는 듯 머뭇거리는 미호였지만 마침내 체념한 듯 한숨 쉬고 자리에 앉는다.

"아직도 못 받아들인 게 남았어?"

"요력이라면 다 소화했어. 다만 마안술이 좀 남았지. 전혀 예상하지 못한 성장을 했거든."

키잉―!

그렇게 말하며 미호는 마안술을 발동한 자신의 눈동자를 가리켰다. 원래 마안술을 발동하면 단순히 눈동자 색만 달라지던 예전과는 달리 그녀의 눈동자에는 육망성의 문양이 새겨져 있다. 마안술을 제대로 수련한 게 아니라 미호의 방식을 대충 따라 한 멀린은 관련 지식이 없어 몰랐지만 그것은 눈동자 하나로 만물을 제압할 수 있다던 적요의 비전이다.

"극예안(極銳眼)이라고 해. 적요의 마안술에서는 두 번째 단계지."

"단계도 있어?"

당연하지만 전혀 아는 바가 없는 멀린의 질문에 미호가 한숨 쉰다.

"에휴. 언제 한번 제대로 가르치든지 해야……. 하지만 그런 근본없는 마안술로 날 골탕 먹이기까지 한단 말이야!"

"하하! 원래 내가 좀 그렇잖아."

"워, 원래 좀 그래?"

미호는 그야말로 기가 막혀서 헛웃음을 지었지만 언젠가 마리가 그랬듯 포기하고 설명을 시작했다.

"적요의 마안술은 세 단계로 나뉘어. 첫째가 지금 네가 도달해 있는 적안(赤眼)이고, 둘째가 지금 내가 도달한 극예안(極銳眼)이야. 기록에 따르면 단순히 적의 정신에 침투하는 것만이 아니라 실질적인 현상(現象)을 일으킬 수 있다고 해."

"현상을 일으킨다니 무슨 뜻인데?"

"물리적인 타격을 줄 수 있다거나 불꽃을 일으킨다거나. 이건 시전자마다 다르다고 하니 나도 어떻게 될지 잘 몰라."

미호 역시 극예안을 얻은 지 얼마 되지 않은 상태였기에 그 효용에 대해서는 잘 알지 못하는 상태다. 하지만 수련법에 대해서라면 모두 알고 있기 때문에 곧 그 결과가 나타나게 되리라.

"아차. 그러고 보니 단계는 세 단계라고 했잖아? 지금보다 더 대단한 마안이 있어?"

"흥. 이제 와서 관심 가지는 척하기는. 세 번째 단계는 적요가 도달했던 보석마안(寶石魔眼)이야. 흔히 그냥 보석안이라고 부르는데, 그 안력이 너무 강해 완전히 개방되면 수백, 수천의 적이라도 일시에 홀려 버릴 정도였다고 해."

미호의 말에 멀린은 고개를 갸우뚱거렸다. 정도였다고 한다는 것은 누군가에게 전해 들었다는 말이기 때문이다.

"직접 본 적은 없는 거야?"

"당연하지. 나한테 마안술을 가르쳐 주신 어머니도 극예안이셨거든. 우리 여우일족은 기본적으로 숫자가 많지 않은데다 적요의 후예는 우리 핏줄뿐이니까. 게다가 보석마안은 마안술이 궁극에 달해야만 완성할 수 있기 때문에 적요 외에는 도달한 이가 없어. 나도 기록으로만 아는 정도니까."

멀린은 가볍게 마력을 돌려 눈에 집중시켰다. 마력 설계를 미호와 동일하게 맞추어보았지만 눈은 적안 상태를 유지할 뿐 극예안으로 넘어가지 않는다. 마안술은 순수한 마력의 집격체라고 할 수 있는 세븐 쥬얼의 마정석과 달라 생물학적인 변화도 필요하다. 단지 마력을 맞춘다고 변할 수는 없는 것이다.

"급한 것도 아니고 천천히 하지, 뭐."

멀린은 슬쩍 고개를 들어 주변을 둘러보았다. 출구를 찾기 위해서이다. 물론 멀린은 게이트 링을 가지고 있지만 세이브 포인트라고 할 수 있는 진리의 탑에서 꺼내 들 수 없는 만큼 일반 필드로 나가야 하는 것. 이 근처에서는 유일하게 멀린의 상황을 아는 정천이 말한다.

"스타팅으로 가려고?"

"응. 그런데 나가는 길이 없네."

"바보. 들어온 곳으로 나가면 되잖아."

정천의 말에 멀린은 아하! 하는 탄성과 함께 투시안을 발동, 자신이 들어왔던 문을 바라보았다. 문들은 다 닫혀 있었지만 잠긴 것 같지는 않다.

"오케이. 정천 너는 미호랑 같이 있어."

"어라? 왜?"

"둘 다 가면 여기 상황을 알 수가 없잖아. 너랑 나랑은 심령이 연결되어 있으니 소식도 전할 수 있고."

보통의 게임에서는 주인과 펫이 멀리 떨어질 수 없지만 디오 속에서는 펫을 잃어버릴 상황을 대비한 리콜 기능이 있을 뿐 아무리 멀리 떨어져도 상관없다. 게다가 멀린과 정천은 감각을 공유하는 게 가능하고 멀린의 말을 정천의 입을 빌어 할 수 있으니 소식을 전달하기에는 최선. 정천 역시 동의하는지 고개를 끄덕였다.

"하긴, 나도 너처럼 칙칙한 녀석보다는 미호 쪽이 낫지."

"좋아. 그럴 리는 없지만 상황 꼬이면 전투를 해서라도 도와줘."

"내가 뭐 얼마나 도움이 될지는 모르겠지만, 알았어."

순순히 고개를 끄덕이는 정천의 모습에 멀린은 다시 미호를 바라보았다. 어쩐 일인지 조금 뾰루퉁한 표정이다.

"그럼 다녀올게."

"흥. 아주 가서 오지 말든지."

"후후후, 우리 귀여운……."

키잉!

능글맞은 미소를 지으며 막 미호에게 다가서려던 멀린의 몸이 멈칫한다. 미호의 눈동자는 어느새 육망성이 그려진 적안, 극예안으로 바뀌어 있다.

"홀딱 벗겨서 순례자들 사이를 뺑뺑 돌게 해버린다?"

"…아오! 저놈의 극예안, 나도 만들어 버리든지 해야지."

물론 미호가 적이라면 아무리 극예안이라도 쉽사리 제압당하거나 하지는 않는다. 미호가 극예안으로 마안술을 걸고 몸을 제압하기까지 못해도 3초에서 4초 정도의 시간이 걸리기 때문에 그사이에 밀종대수인 같은 걸 갈겨 버리면 마안술을 유지할 수

있을 리 없으니까. 하지만 당연히 그럴 수 없는 멀린은 투덜거
리며 정천에게 말했다.

"미호 잘 지켜줘."

"흥! 누가 누굴 지켜?"

베~ 하고 혀를 내밀더니 가부좌를 취해 버리는 미호의 모습
에 멀린은 너털웃음을 지으며 자신이 들어왔던 문으로 향했다.

Chapter 25
미션과 만남

"…와! 사람 정말 많네."

스타팅에 도착한 멀린은 사람으로 가득 찬 주변 풍경에 질린 표정을 지었다. 그야말로 북적북적, 와글와글. 스타팅은 도로도 넓고 잘 정비되어 있었는데도 퇴근 시간의 전철처럼 사람들이 가득하다.

슈웅!

"우왁! 조심하세요!"

"우측 비행해 주세요! 교통사고 나면 머더러 됩니다!"

머리 위로도 수많은 유저들이 날아다니고 있다. 빗자루를 타고 날고 있는 이도 있고, 비행 환수를 타는 유저도 있었으며, 정령들로, 오오라로 바람을 일으켜 날아가는 유저도 있다.

"날아다니는 녀석도 엄청 많네."

그래도 걸어다니는 사람보다는 날아다니는 사람이 적어서 염체라도 사용해 날아볼까 고민한 멀린이었지만 금단선공의 내공을 먹고 큰 영휘와 샤이닝의 물리력은 지속성보다 즉발성에 치중되어 있다. 지속적으로 힘을 발휘하는 것보다는 단번에 큰 힘을 내는 데 특화되어 있다는 말이다. 작은 힘이라면 지속적으로 내도 별 타격이 없겠지만.

"아, 그러고 보니 이게 있었지."

멀린은 인벤토리를 열어 넬에게 받았던 저장석을 꺼내 들었다. 중력계 마법을 다루던 넬이 넘겨준 저장석에는 세 개의 주문이 담겨 있었는데, 이는 중력을 거꾸로 적용시키는 역중력 주문 리버스 그래비티(Reverse Gravity)와 중력을 더하거나 줄이는 중력 왜곡 주문 그래비티 디스토션(Gravity Distortion), 그리고 일그러뜨린 중력탄을 발사해 큰 타격을 입히는 중력포 그래비티 캐논(Gravity Cannon)이다.

"역중력은 범위 지정 주문이라 이동용으로 쓰기에는 별로군. 그렇다면 그래비티 디스토션(Gravity Distortion)!"

주문과 함께 마력이 정해진 설계에 따라 틀을 이룬다. 중력 왜곡 주문은 중력을 가중시키거나 반대로 경감시키는 등 여러가지 응용이 가능한데 멀린은 그중 경감시키는 효과를 발휘한 것이다.

탁!

가볍게 땅을 박차자 마치 무중력 공간처럼 멀린의 몸이 하늘로 날아오른다. 물론 멀린이 사용한 주문은 그의 몸무게를 2킬로그램 남짓으로 가볍게 해준 것뿐으로, 정말 무중력 상태에 들어갈 수 없어 곧 떨어져야 하지만 영휘와 샤이닝이라도 2킬로그램의 멀린은 얼마든지 장시간 들 수 있었다.

"염체를 쓸 게 아니라 주문을 섞어, 바보야. 기껏 중력 계통 술식을 배워놓고 뭐 하는 거야?"

불만스러운 목소리로 말하는 건 멀린의 이면으로서 태어난 소년. 멀린은 황당한 표정으로 자신의 옆에 둥둥 떠 있는 소년을 바라보았다.

"와, 너 진짜 유령 같다. 기척도 없어."

"당연하지. 이 모습은 머릿속의 심상일 뿐이야. 존재하지 않는 것에서 기척을 느끼면 문제 아니야?"

그리고 한마디 덧붙인다.

"병신아."

"……."

머리가 아파온다. 그냥 말을 안 섞는 게 상책일 것 같다.

"신경 쓰지 말고 일정이나 볼까? 물고기 잡는 이벤트는 시간이 좀 남았고…… 경비병들이나 찾아야겠군."

멀린은 염체를 조종하며 하늘을 날아다녔다. 주변에 사람이 너무 많아 찾기 힘들 것 같았지만 의외로 발견은 빨랐다. 경비병들 주위에는 하나같이 유저들이 우글거렸기 때문이다.

"아, 너무 복잡해!! 그리고 거기 아가씨! 제 향기로운 몸을 함부로 만지지 마요!"

그리고 그때 유저들을 통제하고 있던 디왈리11이 버럭 소리를 지른다. 반짝거리는 금발에 활기찬 인상의 소유자인 디왈리는 단지 서 있는 것만으로 화보를 찍어낼 수 있을 것 같을 정도의 미남자다. 때문일까? 주변에는 카메라를 들고 연신 그의 모습을 찍어대는 이도 있었다.

펑!

"엉?"

그런데 그때 한쪽에 있던 유저 100여 명 정도가 통째로 사라진다. 뜻밖의 일이었던 듯 디왈리11도 놀라서 게인11을 바라봤다.

"지금 뭐 한 거야?"

"그냥 한꺼번에 모아서 이벤트 내용을 설명해 준 다음 시험장으로 보냈다. 괜히 한 명씩 잡고 씨름할 필요가 없지."

"아하! 이 녀석, 의외로 똑똑하네."

디왈리11은 가볍게 경탄하더니 이벤트를 위해 모인 유저들을 한자리에 모았다. 물론 그중에는 멀린도 있다.

"자, 여러분. 공지사항에는 제대로 설명이 안 되어 있으니 이벤트에 대해 설명해 드릴게요. 일단 이 미션의 참여 횟수는 3회이며 그중 2회 이상을 성공적으로 마치면 최종 미션을 수행할 자격이 주어집니다. 다만 중요한 건 일반 미션도, 최종 미션도 파티를 만들어 수행해야 한다는 것이죠."

거기까지 설명하자 갑옷을 입은 유저가 질문했다.

"저기, 파티를 만든다고 했는데, 파티는 자유롭게 만들 수 있나요?"

"그렇지는 않군요. 세 번의 미션 전에 배치 전투를 하게 되는데, 거기에서 유저의 수준을 가르게 됩니다. 저 레벨에서부터 점점 더 강한 몬스터가 나오게 되는데 거기에서 몇 번이나 승리

했느냐에 따라 단계가 나눠지죠."

"그럼 도저히 못 이길 몬스터가 나오면요?"

"항복! 이라고 말하시면 됩니다. 쉽죠?"

디왈리11은 경쾌한 목소리로 설명하며 주변에 포진한 유저들을 바라보았다. 사방이 시끄러운 곳이지만 그의 목소리는 묘한 울림이 있어서 한마디도 놓칠 것 없이 들린다.

"자, 그럼 다 알겠다는 분 왼손을 드세요. 네, 그렇게요. 감사합니다. 아, 이쪽 분은 못 들으신 부분이 있나요? 아, 네. 들었으면 손 들어주세요."

디왈리11이 유저들에게 미션에 대한 내용을 설명해 주고 제대로 아는지 확인했다.

"구체적인 미션 내용은 퀘스트 형식으로 하달될 겁니다. 자, 그럼 모두 숙지하셨죠?"

"네, 형!"

"얼른 보내줘요!"

성격 급한 유저들은 벌써부터 몸을 풀고 전투를 준비하는 상황. 멀린은 만약을 대비해 금옥을 꺼내 샤이닝에게 들려 어깨 위에 떠 있도록 조절했다. 인벤토리를 여는 데에는 약간의 집중력이 필요하기 때문에 준비해 놓는 것이다. 진리의 탑에서 가해진 시련에서 전령환명단(轉靈還命丹)의 수련법을 깨우치면서 금옥에는 무려 105년의 내공이 담겨 있다. 금옥이 가진 '그릇'으로의 한계가 2갑자라는 걸 생각하면 거의 완전에 가깝게 개발한 것이다.

"자, 그럼 갑니다!"

웅―!

디왈리11의 말과 함께 순식간에 배경이 변했다. 마치 레벨 업을 하기 위해 승급장을 들어가는 것과 비슷한 느낌이었다.

크르르르!!

"어머나! 오랜만이다, 너."

멀린의 눈앞에는 송아지만 한 늑대가 사납게 으르렁거리고 있다. 덩치도 덩치인데다 침을 질질 흘리는 그 모습은 누가 봐도 정상적인 짐승의 것이 아니라 담이 약한 사람이라면 그대로 질려 버릴 정도. 하지만 멀린은 피식 웃으며 한 발짝 내디뎠다.

빡!

깨갱!!

내공조차 담지 않은 손바닥에 얻어맞아 십수 미터 날아간 늑대의 몸이 검은 연기로 흩어졌다.

1단계 클리어! 1미분 후 다음 몬스터가 나타납니다!

"아니, 뭐, 2레벨 몬스터 주고서 쉬는 시간까지."

별다른 힘도 쓰지 않았기에 황당해하는 멀린이었지만 모든 유저를 상대로 하는 이벤트였기에 당연한 조치. 10분을 기다리자 다음 몬스터가 나온다.

쉬이이익!!

"오, 거대 거미다."

그것은 4레벨 자이언트 스파이더. 다리 굵기만 해도 멀린의 허벅지에 가까운 이 괴물 거미는 번개 같은 속도로 머리를 물어

뜯기 위해 덤벼들었지만 멀린은 자세를 낮춰 피한 후 오히려 돌진, 순식간에 자이언트 스파이더와 10미터 이상의 거리를 벌렸다.

"장비 4번!"

부름에 응답해 멀린의 손에 미스릴 활이 잡힌다. 상대가 상대인만큼 멀린은 거기에 싸구려 나무 화살을 걸었다.

"활활 타라, 활활. 아이, 뜨거워. 너무 뜨거워 살 수가 없구나."

이게 무슨 주문이냐 싶을 성의없는 영창이었지만 마력은 틀림없이 움직여 정해진 설계대로 완성, 화살이 발사된다.

화아악!!

캬아아!!

자이언트 스파이더가 미친 듯 몸부림치며 덤벼들려고 했지만 덩치가 크다 해도 4레벨 몬스터에 불과하다. 기본적으로 곤충인데다가 불에 약해서 금방 쭈그러지듯 타버리고 말았다.

2단계 클리어! 1마분 후 다음 몬스터가 나타납니다!

"흠, 경험치는 나오는 것 같은데 아이템은 없나?"

장비 변경으로 활을 되돌리며 중얼거리는 멀린이었지만 앞의 늑대도, 거대 거미도 아이템은 드랍하지 않는다. 그가 운이 없든지 아니면 시험인만큼 아이템을 주지 않는 것이리라.

세 번째로 나온 것은 역시나 반가운 얼굴이다.

크아아앙아!!

"오, 너도 오랜만이다."

나타난 것은 백악기 후기 지구를 점령하고 있던 공룡 중에서도 최상위 포식자라 불리는, '폭군 파충류의 제왕'이라는 명칭을 가진 티라노사우루스다. 몸길이가 15미터에 달하고 몸무게만도 7톤이 넘는 괴물이 나타난 것이다.

퍼억!

크엑!

그러나 슥 다가선 멀린이 미처 티라노사우루스가 반응하기도 전에 가슴팍에 손을 올리자 고통의 소리와 함께 티라노사우루스의 거대한 몸이 휘청거린다.

쿵!

굉음과 함께 쓰러진 티라노사우루스의 몸이 검은 연기로 변한다.

3단계 클리어! 1분 후 다음 몬스터가 나타납니다!

"훗. 역시나 침투경을 쓰니 별 내공도 안 드는군."

어지간한 상위 몬스터보다도 더 큰데다가 무시무시한 박력을 자랑하는 티라노사우루스지만, 결국 일반적인 생물의 메커니즘에서 벗어나지 못하는 공룡은 영적인 방어력이 약하다는 약점을 가지고 있다. 멀린뿐이 아니라도 영적 공격 능력이 강한 유저라면 4~5레벨이라도 상대적으로 쉽게 티라노사우루스를 잡을 수 있다.

"어디 보자. 다이어 울프가 2레벨, 거대 거미가 4레벨, 티라노사우루스가 6레벨이니… 다음 몬스터는 8레벨이겠군. 오거나 하급 마족 클래스가 나오겠네."

여기까지 오면 멀린으로서도 그리 만만한 적이 아니기 때문에 마력이 걸린 단창을 꺼낸다.

"장비 3번. 장비 4번."

마법사 로브가 사라지고 멀린의 몸을 미스릴 풀 플레이트 메일이 뒤덮는다. 온몸을 덮는 디자인인 데다가 눈 부분마저 13센티미터쯤 되는 수정이 一자로 설치되어 있어 밖을 볼 수 있도록 만들어져 있기 때문에 갑옷이라기보다는 로봇 같은 디자인이다.

"뭐가 나오려나. 오거? 미노타우르스?"

대형 몬스터를 떠올리며 시간에 맞춰 시위를 당기는 멀린. 하지만 나타난 건 생각보다 작은 인간형 몬스터다. 물론 작다는 건 3미터를 훌쩍 넘는 오거나 미노타우르스 기준이지 어지간한 덩치보다 더 크다.

"크르르, 인간이로구나!"

"그러는 너는 웨어울프구나!"

쐐엑!

단창이 쏘아진다. 그러나 상대방의 반응은 보통이 아니다. 눈앞까지 날아든 화살을 급격하게 자세를 낮춰 피해낸 것이다.

"어림없다!"

촤악!

자세를 낮췄던 웨어울프의 주먹이 매서운 기세로 멀린의 머리를 노린다. 놀랍게도 이 웨어울프는 복싱 기술을 구사하고 있는 것이다.

[찰나의 깜빡임.]

그러나 그 순간 단창에 새겨져 있던 즈믄누리의 이성(二星) 주문이 발동한다. 분명히 피했음이 분명한 단창이 공간을 뛰어 넘어 날아든 것이다. 문자 그대로 눈앞에서 나타났기 때문에 회피고 뭐고 할 틈이 없다.

빠악!

"아, 그놈 참 튼튼하다!"

그러나 그 최악의 상황에서도 웨어울프는 놀라운 반사신경으로 고개를 움직여 창날을 머리로 받아냈다. 물론 화살을 머리에 맞으면 그건 명중이 아닌가 하는 생각도 할 수 있겠지만 지금 멀린에게 덤벼든 건 보통의 웨어울프가 아닌 웨어울프 전사다. 물론 웨어울프 전사치고는 내공도 사용하지 않고 전투법도 단조롭지만 전투력은 틀림없다. 아무래도 진혈(眞血) 급의 귀족 웨어울프인 것 같다.

콰득!

"컹……!"

그러나 금빛이 번쩍이자 날아드는 날카로운 단창조차 머리로 받아낼 정도로 튼튼한 웨어울프 전사가 우그러진다. 그 결과는 즉사. 멀린은 손을 털면서 뒤로 물러섰다.

"아, 깜짝이야. 결국 수공 쓰게 만드네."

4단계 클리어! 1□분 후 다음 몬스터가 나타납니다!

멀린은 웨어울프 전사의 몸이 검은색 연기로 흩어지는 모습을 보며 호흡을 골랐다. 웅혼한 내기가 금단선공의 묘리를 따라 온몸을 휘돌며 소모된 진기를 보충하기 시작한다.

"그나마 한 놈씩 오니까 수공을 사용하기에는 좋네."

멀린이 익힌 금단선공은 진기의 최대치나 회복 속도에서 패널티를 받는 대신 일격필살의 진기 운용을 가능하게 해준다. 게다가 그가 열어낸 무유생계, 즉 수성, 금성, 지구의 경우 사용 대기 시간, 즉 쿨 타임이 있기 때문에 연속으로 사용할 수 없다. 물론 제1계 수성의 경우 대기 시간이 없다시피 하고, 금성의 경우는 0.5초에 지나지 않지만 지구에 와서는 약 30초의 대기 시간이 필요하다. 연속으로 덤빈다면 제대로 된 증폭을 받을 수 없는 것이다.

"그러고 보니 슬슬 화성도 만들어야 하는데……. 이것 참 분위기상 80년 내공이랑 비슷한 규모의 마력이 들어갈 것 같단 말이야."

몸 안을 관조해 무유생계들의 현 상태와 메커니즘을 분석해 데이터를 뽑아낸다. 원래대로라면 금단선공에서의 무유생계는 잘해봐야 1계, 혹은 2계가 한계이지만 그는 마력과 내공을 결합시키는 방식으로 제3계 지구를 열었다.

캬오오오—!

"어이쿠! 벌써 10분이야?"

그리고 그렇게 그가 스스로를 가늠하고 있을 때 다음 몬스터가 등장했다. 그는 뼈만 남은 몸에 강대한 마력을 두르고 있는 언데드, 리치다. 다만 좀 특이한 게 있다면…….

"아, 아니, 왜 이렇게 멀리서 시작해?"

황당하게도 리치가 나타난 장소는 멀린을 기준으로 100미터 이상 떨어진 자리. 게다가 리치는 당연히 그럴 줄 알았다는 듯 100미터 밖에서 주문을 외우기 시작한다.

"그렇군. 몬스터들이 자꾸 코앞에서 나타나서 마법사들한테 불리한 거라고 생각했는데… 이제 보니 무조건 몬스터한테 유리한 거리에서 시작하는 거구만?"

쒜엑!

그러나 리치에게는 미안하게도 장거리는 멀린에게도 그렇게 나쁘지 않다.

쩡!

쏘아진 철시가 마력 장벽에 충돌해 꺾인다. 그러나 거기에 실린 물리력이 만만치 않았던 만큼 외우고 있던 주문이 풀려 버린다. 멀린은 달려가며 다음 화살을 시위에 걸었다. 마찬가지로 철시였는데 이번에는 한 대가 아닌 두 대다.

쩌정!

쾅!

리치는 역시나 마력 장벽을 일으켜 그것을 막았지만 그 순간 화살이 폭발했다. 리치의 강력한 마력 장벽을 무너뜨릴 정도는 아니었지만 주문 외울 여유를 빼앗기에는 충분했다.

팡!

고대에부터 존재했다는 뱀파이어에서부터 썩어가는 몸을 가진 좀비나 구울, 뼈만 남은 스켈레톤, 유령 상태인 레이스나 스펙터 등 언데드의 종류는 매우 다양하지만 그중 가장 강력하다

알려진 언데드는 누가 뭐라고 해도 리치와 데스 나이트다.

리치와 데스 나이트는 종족—물론 그들을 종족이라 부르기에는 많은 어려움이 있기는 하지만—레벨은 무려 10, 즉 가장 낮은 수준이라 하더라도 일단 데스 나이트거나 리치라면 마스터 급의 전투력과 뛰어난 검술과 마법 능력을 가지고 있다.

'그러고 보니 이 녀석 레벨은 10이지?'

멀린은 빠르게 달려나가며 리치의 마력을 가늠했다. 물론 10레벨이라고 해도 멀린보다 훨씬 높지만 리치이면서 10레벨이라는 건 리치 중에서 가장 떨어지는 수준이라는 걸 의미한다. 리치라고 생각하면 으레 대마법사만이 될 수 있다고 생각하기 쉽지만 소드 마스터라면 얼마든지 데스 나이트로 재탄생—물론 스스로 그걸 원하는 소드 마스터는 없겠지만—할 수 있듯 5클래스 마법사만 되어도 충분히 리치가 될 수 있다.

'좋아, 10레벨이면 그 인어왕자보다 조금 더 강한 정도야. 적당한 타이밍에 대력금강수를 먹이면……'

그러나 미처 도달하기도 전에 리치의 주문이 완성된다. 멀린은 잠시도 화살을 쏘는 걸 멈추지 않았는데도 그 모든 방해를 무릅쓰고 마력을 엮어내는 데 성공한 것이다.

"거기서 굳어라! 나약한 필멸자여!"

"웃!"

매섭게 달려가던 멀린의 몸이 멈칫한다. 리치의 구속 주문이 멀린의 항마력을 뚫고 그 육체의 자유를 빼앗은 것이다. 사실 멀린의 항마력은 대단찮은 수준이 아니어서 대상을 특정 지은 주문에 저항할 수 없다. 하물며 그 상대가 고위 마법사인 리치라면 더더욱 그런 상태. 그리고 그렇게 멀린의 움직임이 멈추자 리치가 다음 주문을 외우기 시작했다.

"영혼을 멸하는 검은 번개여! 지금 명하니, 지금 이 자리에 내려쳐라! 모든 공포는……."

낭랑한 영창과 함께 심상치 않은 마력이 몰려들기 시작한다. 리치의 몸에서부터 검은 영기가 피어오르고 주변 마나가 공명한다.

'으악! 이러다 한 방에 죽겠다!!'

멀린은 온몸에 내력을 휘돌리며 마음속으로 비명을 질렀다. 지금의 그는 항마력이 뛰어나다는 미스릴 갑주를 걸쳤지만 별다른 주문이 걸려 있거나 한 상태는 아니어서 전력을 다한 리치의 주문을 막기는 불가능하다.

웅—!

그러나 그 순간 중단전에서 시작된 내공이 하단전으로 내려가 증폭되기 시작한다. 10년의 내공이 제1계 수성에서 증폭되어 20년의 내력으로 화하고, 그 20년의 내력이 금성에서 40년의 내력으로, 최종적으로 제3계 지구에서 80년의 내력으로 화한다.

콰득!

검은색 로브에 감싸 있는 리치의 뼈가 와장창 부서져 나갔다. 마력 장벽이 일어나 방어했지만 멀린은 리치의 마력 장벽을 해석해 관통, 이어 경천동지할 위력의 대력금강수를 때려 넣은 것이다.

> 5단계 클리어! 1분 후 다음 몬스터가 나타납니다!

"헉헉! 큰일 날 뻔했네."

멀린은 다시 장비 변경을 한 후 가부좌 자세로 호흡을 골랐다. 물론 금단선공은 어떤 자세에서도 운공을 할 수 있다는 강점을 가진 심법이지만 내상을 치료할 때에는 어느 정도 안정되게 심법을 운용할 필요가 있다.

"후우. 그래도 내공이 좀 늘어서 그런지 예전보다는 타격이 덜하네. 금단선공의 화후도 올라간 것 같고."

다행히 80년의 내력을 뿜어내 얻은 내상은 금세 가라앉았다. 전령환명단의 이치를 깨닫고 금단선공이 9성에 이르면서 이루어낸 결과다. 내공이 70년을 넘어선 것도 그 이유 중 하나일 것이다.

"다만 위력이 80퍼센트, 아니, 70퍼센트까지 떨어졌어. 뭐, 각오하고 있던 일이긴 하지만……."

멀린은 전령환명단의 방식으로 자신이 가지고 있는 내공을 비워냈다. 여기까지는 틀림없이 정상이지만, 그 직후 그가 벌린 일은 정상이 아니다. 북명신공의 이치를 사용해 잃어버린 내공보다 더 많은 내공을 응축시킨 후 괴물 같은 이미지 메이킹 능력으로 새로운 금단을 만들어 버린 것이다. 이건 문자 그대로 상식을 벗어난 일로 오직 멀린만이 할 수 있는 일이긴 하지만, 그렇다고 해도 무슨 치트기를 친 것도 아닌데 아무런 대가 없이 수행될 리 없어서 진기의 순도가 크게 떨어졌다. 그나마 시간이 좀 지나서 안정이 된 것이지 처음에는 더 심했다.

"이제 나오는 녀석은 12레벨……. 흠, 슬슬 버거워지는데. 그런데 12레벨 몬스터는 뭐가 있지?"

당장 떠오르는 몬스터가 여럿 있다. 사실 조금 전에 싸웠던 리치만 해도 수준만 조금 늘리면 12레벨이니까. 사실 리치가 갓 5클래스짜리 마법사라면 그야말로 가장 낮은 수준이라고 할 수 있다.

"그 밖에는… 오거 투사? 사이클롭스 전사?"

내공을 다듬으며 나올 적들을 생각한다, 그리고 그들을 물리칠 수법 또한. 그리고 그때 그는 깨닫는다.

"결국 무공뿐이라니."

언젠가 보았던 아더의 검격을 떠올린다. 빛이 나 보일 정도로 선명하던 영기, 자신과 너무나도 다른 사람들 속에서 처음으로 보았던 동류(同類). 그는 그의 빛나는 검기에 무공으로 그를 따라잡는 게 불가능하다는 것을 알았다. 물론 그때 보았던 수준이라면 언젠가 따라잡게 되지만 그때쯤이면 그는 더 앞서 나간다. 더 빨리 달리지 못하는 이상 뒤처진 자는 영원히 선두의 뒤통수만 보게 되는 법. 그리고 실제로 그 짐작은 맞아서 그는 완전하다는 분광검법을 뜯어고친 광검결을 들고 나온 것이다.

"마법을 써야 하는데……."

물론 지금도 멀린은 상당한 수준의 마법사다. 세상에 이미지만으로 마법을 발동시킬 수 있는 마법사는 흔치 않은 수준인 것이다. 하지만 그럼에도 그의 마법은 극히 제한적인 상태에서만 가능하다. 그는 좌표 계산을 할 수 없는 반쪽짜리 마법사. 전문 인챈터(Enchanter:부여술사)를 할 거라면 또 모르겠지만, 아니, 설사 전문 인챈터를 한다고 해도 좌표 계산을 전혀 하지 않는 마법사는 제대로 된 마법을 쓸 수가 없다.

"하지만 수학이 싫다는 말이지."

싫은 건 할 수 없다.

다른 이유조차 없다. 그저 싫어서, 싫어서 할 수 없다. 그는 좋아하는 일이라면 홀린 듯이 할 수 있지만 반대로 싫어하는 일은 전혀 할 수 없다. 시작조차 못하는 것이다.

"그야말로 거지같은 이유군."

"……."

갑자기 툭 튀어나오는 실력이 일품이다. 어느새 그의 앞에는 작은 소년이 서 있다.

"왜? 이번에는 또 뭐가 불만인데?"

"보자보자 하니까 어이가 없어서."

"뭐가?"

멀린의 물음에 소년은 냉소했다.

"수학을 못해서 마법을 못 쓰다니, 이 자라다 만 등신이 정신이 나갔군."

"……."

몇 번을 들어도 익숙해지지 않는 독설이다. 양의심공을 익혀 나타난 그는 분명히 멀린의 이면이었음에도 어째서인지 그를 매우 경멸했다.

"싫어서 할 수가 없다……. 좋아, 그럼 물어볼게. 수학이 왜 싫지?"

"왜 싫은 게 어디 있어, 그냥 싫은 거지. 세상에 공부 좋아하는 사람도 있나."

한심한 멀린의 말에 소년이 으르렁거린다.

"웃기지 마. 범재들의 학문은 우리에겐 산수만도 못해. 숨 쉬는 것만큼이나 쉬운데 그게 싫다고? 귀찮은 게 아니라 싫어? 반드시 필요한 상황에서조차 못할 정도로 싫다는 말이야?"

그는 화를 내고 있었다. 항상 냉소를 담고 있던 얼굴에 분노가 어린다.

"너한테 수학이 왜 어려운지 가르쳐 줄까? 친구들이 어렵다고 해서 그렇지! 영어는 왜 못하는지 말해줄까? 주변 사람들이 배우기 어렵다고 해서 그래! 대체 왜! 왜 보통 사람들의 발걸음에 그렇게까지 맞춰야 하는 거야?"

"……."

멀린은 할 말을 잃고 소년을 바라보았다. 왜냐하면 너무나 다르기 때문이다. 그와 소년은 다르다. 소년은 틀림없이 멀린의 이면이었지만, 그럼에도 마치 다른 사람 같은 이질감이 느껴진다.

"됐어! 멋대로 해!"

마침내 소년은 버럭 소리를 지르고 사라져 버렸다. 그리고 그와 동시에 백회에서 제멋대로 움직이고 있던 내기가 그의 통제하에 들어온다.

"…어?"

멀린은 양의심공의 운용이 멈추었다는 것을 알았다. 그의 이면이 사라져 버린 것이다.

"대체……."

멀린은 혼란스러운 표정을 지었다. 상황을 이해할 수가 없다. 원래 양의심법이라는 게 이런 효과를 가지고 있는 것일까? 하지만 공략 사이트 어디를 봐도 이런 식의 반응이 있다는 말은 없다. 전투 중에 술식을 계산하게 한다거나 오른손잡이가 비슷한 수준으로 왼손을 쓰게 하는 정도가 전부다.

"멋대로 떠들다 멋대로 사라져 버리다니."

하지만 그렇다고 다시 양의심법을 운용하기도 애매하다. 게다가 자신의 의지로 사라져 버린 이상 다시 운용한다고 같은 효과가 날지도 알 수 없는 일이니까.

웅—!

그리고 그때 다음 몬스터가 등장할 시간이 되었다. 멀린은 고개를 흔들었다.

"일단 전투에나 집중해야겠군."

허공에 마법진이 떠올라 빙글빙글 돌더니 이내 구 형태로 변했다. 마법진의 크기를 보니 쓸데없이 크기만 한 대형 몬스터는 아닌 모양이다.

"종족 레벨이 높다기보다 실력있는 녀석이 나올 것 같은데. 리자드맨 영웅 같은 거라도 나오려나?

그렇게 생각하며 진기를 움직일 때 마법진에서 한 사내가 나타나 착지했다. 물론 인간은 아니다. 머리에는 비비 꼬여 있는 두 개의 뿔이 솟아 있고 등에는 작은 날개가 달려 있다. 악마일까? 멀린은 차분하게 그 기색을 살폈다. 다만 특이한 점은 그가 나타나자마자 공격을 시작하는 다른 몬스터들과 다르게 고개를 들어 멀린을 바라보았다는 것이다.

"놀랍군. 여기까지 오는 유저는 흔치 않을 텐데."

"아, 자의식이 있는 몬스터군. 그 뭐더라. 유니크 몬스터라고 했던가?"

그것은 마치 검존 성묵처럼 단 한 마리만 존재하는 몬스터를 뜻한다. 자신이 몬스터라는 것도 알고, 대단한 실력을 가지고 있는 몬스터들. 그리고 멀린은 상대방의 정체도 알 수 있었다. 느껴지는 것은 진득한 마기.

'마족이군.'

그렇다. 그는 마족이다. 그것도 중급 이상의 마족.

'중급 마족이 11레벨부터였지.'

최하급 마족의 종족 레벨은 5이며 마족은 3레벨마다 등급이 높아진다. 즉, 하급 마족은 8레벨, 중급 마족은 11레벨, 상급 마족은 14레벨이라는 말이다. 12레벨인 눈앞의 마족은 아마 중급 마족 중에서 적당한 수준일 것이다.

"뭐 오랜만에 사람을 본 김에 이런저런 잡담이라도 하고 싶지만, 우리가 그럴 사이는 아니지?"

까드드드득—!

마치 거대한 괴물이 이를 가는 것처럼 거슬리는 소리와 함께 사내의 양팔에서 두꺼운 뿔이 돋아난다. 어지간한 보검보다 예리해 보이는 뿔이었다.

"확실히."

중급 마족과의 간격은 대략 10미터. 멀다면 멀다고도 할 수 있는 거리지만 활을 쏠 만한 간격은 아니다. 심지어 높은 지능과 능력을 가진 중급 마족이 빤히 보이는 화살을 맞는다는 건 있을 수 없는 일. 물론 빈틈을 노려 찰나의 깜빡임을 쓴다면 명중시킬 수도 있겠지만 6레벨의 웨어울프도 이마로 받아내는 화살 따위, 중급 마족의 눈동자에 맞아도 타격을 주지 못할 것이다.

웅!

금단선공의 내공이 움직인다.

'일격에 끝낸다.'

여유있어서가 아니다. 상대방을 무시해서도 아니다. 한 방에 끝내지 못한다면 오히려 스스로가 위험하다.

"후후후! 어차피 매인 몸. 신나게 춤춰볼까!"

화륵!

중급 마족은 유쾌하다는 듯 웃으며 앞으로 나섰다. 그의 손에 잡힌 두 개의 뿔, 아니, 쌍검을 뒤덮은 검은색 불꽃이 거세게 타오르기 시작한다.

쩌엉!

황금빛으로 빛나는 멀린의 왼손과 중급 마족의 검이 충돌했다. 남아 있던 1갑자의 내공 중 10년 내공을 수성과 금성으로 40년의 내력으로 증폭시켜 일차적인 공격을 막아낸 것이다. 지구는 사용하지 않는다. 지구의 재사용 시간은 30초, 그리고 이 정도 적과의 전투에서 30초의 시간은 치명적일 정도로 길다.

파앗!

진각을 밟으며 삽시간에 중급 마족의 옆으로 파고든다. 이미 사고를 가속시킨 상태이기 때문에 중급 마족의 움직임이 느릿느릿하게 보였다.

'좋아. 여기서 전력을 다해……'

쒜엑!

그러나 중급 마족의 검은 하나가 아니다. 물론 멀린이 바보도 아니고 그걸 잊을 리는 없지만 쌍검 중 하나는 순식간에 그 형태를 낫으로 바꾸더니 멀린의 목을 노리고 날아들었다. 가만히 있다면 추수를 당하듯 머리를 잘릴 판이다.

쩌엉!

"큭! 무슨……!"

공격을 하려던 오른손으로 검을 쳐올리자 어마어마한 타격에 중급 마족의 팔이 통째로 부러지며 검이 화살처럼 하늘 높이 날아올랐다. 중급 마족은 그 상식 밖의 위력에 경악했지만 멀린도 좋은 상황은 아니다.

'악! 야단났다!'

세 개의 무유생계를 이용해 증폭해 낸 80년 공력의 대력금강수가 허무하게 사용되었다. 금단선공은 절대적인 안전성을 자랑하는 심법으로 증폭을 안 한 상태에서야 한 번에 모든 내공을 다 사용할 수 있지만 증폭을 이용하려면 10년 이상의 내공을 사용할 수 없다. 금단이 받는 부담과 외계들이 받는 부담은 전혀 별개이기 때문이다.

'금단선공의 내공이 조금만 더 정순해도 15년, 아니, 20년 내공을 증폭하는 게 가능할 텐데……'

그러나 헛된 바람일 뿐이고 지구의 재사용 시간까지 이제 29초 남았다. 강력한 공격에 놀란 중급 마족은 방어를 탄탄하게 굳히기 시작했고, 심지어 내상까지 입었다. 유일한 위안이 있다면 아직 40년의 내공이 남았다는 것 정도다.

스윽.

그리고 그렇게, 멀린이 온갖 생각으로 괴로워하고 있을 때 이제 하나가 된 중급 마족의 검이 천천히 미끄러져 내려온다. 물론 그렇게 보인 것은 어디까지나 그가 사고를 가속시킨 상태이기 때문일 뿐 검끝 속도만 치자면 음속에 가깝다.

쩌엉! 쩌저정!

매화수가 펼쳐진다. 한 호흡 만에 검을 흘려내고 소나기 같은 난격을 중급 마족의 몸에 쏟아낸다. 그러나 중급 마족의 몸에서부터 마기가 피어올라 그 모든 공격을 막아낸다. 물론 그래도 타격이 적지 않은 듯 몸이 비틀거렸지만 그 정도로는 보람이 없다. 또 10년 내공을 사용해서 30년의 내공밖에 남지 않았다. 게다가 금성의 재사용 시간 0.5초도 이런 초고속 근접전에선 너무나 컸다.

'크윽! 무슨 일격 일격이 이렇게……!'

그러나 상황은 중급 마족도 그렇게 좋지 않았다. 멀린에게서 느껴지는 기세가 빈약해 약간 경시하는 마음이 없지 않았는데, 그의 손이 검에 닿을 때마다 뼛속까지 울릴 정도로 무지막지한 타격이 흘러들어 온다. 심지어 중간에 날린 공격은 얼마나 강력했는지 일격에 한 팔이 부러지고 칼은 하늘 높이 날아가 버렸다.

'제길! 서비스 시작한 지 얼마나 되었다고 이런 괴물 같은 인간이 튀어나오는 건지! 일단 거리를 벌리지 않으면……!'

덜컥.

"큭?"

그러나 그 순간 뭔가 알 수 없는 물리력이 중급 마족의 몸을 틀어잡았다. 그 정체는 멀린의 주위를 맴돌던 두 개의 염체. 사실 거기에서 전해지는 힘은 그리 강하지 않다. 평소였다면 얼마든지 떨쳐 낼 수 있는 수준. 그러나 긴박한 상황 속에서 일순간의 멈칫거림은 치명적이었다.

쾅!

현재 멀린이 가장 능숙하고 강력하게 펼칠 수 있는 수공 대력 금강수가 매화수를 맞아 흩어졌다 모이고 있던 마기를 부숴 버리며 중급 마족의 가슴을 때렸다.

"컥!"

신음과 함께 중급 마족의 몸이 허공에 뜬다. 그러나 각오한 것보다 타격이 적다. 멀린이 매화수를 날리기 위해 금성의 증폭을 받은 지 0.5초가 채 지나지 않아 어쩔 수 없이 수성의 증폭만으로 20년 내력의 수공을 사용했기 때문이다.

'좋아, 이대로 거리를 벌리면……'

중급 마족은 허공에서 수인을 맺은 채 마력을 짜 올렸다. 이지를 가지고 있는 마족이 대개 그러하듯 그 역시 상당한 수준의 마법사. 이대로 장거리에서 주문으로 인한 타격을 준다면 충분히 반격의 기회를 잡을 수 있다는 게 그의 판단이다. 그 판단은 크게 나쁘지 않았지만, 그 순간 멀린의 손이 부드럽게 내뻗어진다.

쩡!

튕겨 나갔던 중급 마족의 얼굴이 움푹 들어가며 손바닥 자국이 새겨진다. 멀린의 밀종대수인이었다.

6단계 클리어! 1①분 후 다음 몬스터가 나타납니다!

"허억… 허억… 허억! 아이고……."

중급 마족이 확실하게 죽은 걸 확인한 멀린은 바닥에 주저앉아 죽는소리를 냈다. 남은 내력은 10년이다. 내공을 완전히 다 소모하면 주화입마에 걸려 일순간 전투 불능 상태에 빠진다는 걸 생각하면 정말 아슬아슬했다.

"12레벨만 되도 진짜 힘드네. 마안술을 사용했으면 좀 나았을까?"

멀린은 어깨 위에 떠 있던 금옥을 잡아 내공을 전달받았다. 무슨 일이 벌어질지 알지 못하는 상태에서 내공이 없으면 곤란하다. 금단선공은 회복 속도가 썩 빠르지 않아서 10분 만에 1갑자의 내공을 회복시키는 일 따위는 불가능에 가깝다.

"다음 레벨은 14인가? 어영부영 너무 멀리 온 것 같은데."

멀린은 가만히 앉아 14레벨 몬스터에 대해 생각했다. 그러나 떠오르는 게 없다.

"성묵이 몇 레벨이더라?"

잠시 고민에 빠지는 멀린. 그리고 그때 상당히 먼, 거리로 치면 대략 200~300미터 정도 거리를 두고 마법진이 떠오른다. 지금까지의 마법진과는 그 규모가 다른 크기다.

"어라? 설마?"

콰드드드……!

머리에 날카로운 뿔을 달고 있는 거대한 구렁이가 모습을 드러냈다. 몸길이는 대충 봐도 200미터가 넘는 거대 괴수. 기묘하게도 이번에도 눈에 익은 몬스터다.

"독각화망……."

크오오오—!!

그 무식한 크기의 대요괴는 너무나 당연하다는 듯 멀린을 인식하고 포효했다. 언젠가 보았던 독요 정희보다는 조금 작아 보이지만 풍기는 기세는 비슷하다. 독요 정희와 환요 천류화가 15레벨이었으니 수준 차도 고작 1레벨에 불과하다.

"훗, 후후후."

하지만 그런 독각화망의 포효에도 멀린은 여유있게 웃을 뿐이다. 그리고,

"항복."

그는 배치 시험을 빠져나왔다.

*   *   *

공간의 문이 열리고 훤칠한 키의 여인이 모습을 드러냈다. 붉은색으로 화려하게 치장된 롱 드레스를 입고 있는 그녀는 행성의 모습을 축소시켜 놓은 커다란 모형 앞에 있는 중년 사내에게 다가갔다.

"오랜만이야, 탄."

"그렇군, 사장. 요즘 바빠 보이던데."

"그냥 이런저런 일로 복잡해서."

사장이라 불린 여인 제니카는 피식 웃으며 자리에 앉았다. 물론 앉을 만한 자리 따위 주변 어디에도 없었지만 그녀가 앉을 때쯤에는 어느새 근사한 디자인의 소파가 자리하고 있다.

"요새 신계가 꽤 소란스럽더군. 왜인지 모르게 성역을 선포

해 신계에서 벗어나는 신들이 꽤 있는 것 같기도 하고. 공교로운 건 그런 신은 대부분 중급 이하라는 거지."

세계, 흔히 대차원(大次元)이라 불리는 공간은 여섯 개의 세계로 나뉜다. 그것이 바로 천족들이 살고 있는 천계(天界)와 마족들이 거주하는 마계(魔界), 정령, 환수 등 영적인 존재들이 모여 사는 수많은 차원이 모여 있는 영계(靈界), 죽은 자들이 가게 되는 명계(冥界), 궁극에 이르러 세계를 조율하는 상위 차원인 신계(神界), 그리고 가장 거대하며 일반적인 정명자들이 살아가는 물질계(物質界)를 합한 육계(六界)다.

"중급 이하라고 하니까 뭔가 상당히 폄하하는 것 같다. 그래도 명색이 신인데."

"그래 봤자 신계에서 그 수준이 떨어지는 존재인 건 부정할 수 없는 현실이지."

어떤 생물이 9클래스 마스터나 그랜드 마스터 같은, 즉 세계의 법칙을 이해해 그 한계를 넘어선 존재가 되면 그는 [초월자]로서 하급 신위를 손에 넣게 된다. 물론 신위라고는 해도 하급 신위는 초월자의 범위 안에 들어가기만 하면 어느 누구라도 간단히(?) 획득할 수 있는 비교적 저열한 신위이기 때문에 그것을 얻은 것만으로 그 대상을 신이라고 부르기는 어렵다. 말하자면 신이라기보다는 일종의 신선이나 반신 같은 존재인 것이다.

그리고 하급 신위 위에 있는 것이 바로 중급 신위로 10클래스, 혹은 생사경 등의 수준을 넘어선 존재들이 얻을 수 있다. 또한 [개체]를 관리하는 신들, 즉 한 행성을 관리하는 성계신이나, 혹은 종족의 동물신들이 이에 속한다.

"상급 이상의 신들은 어때?"

"뭔가 심상치 않게 느껴지기는 한데 모르겠군. 쉽게 파악당할 상대가 아니니까."

중급 신위 위에 존재하는 상급 신위는 11클래스, 혹은 그 이상의 경지에 이르러 있는 이들로, 어떠한 [개념]을 지배하는 초월자들을 뜻한다. [마법의 신], [무의 신], [시간의 신], [죽음의 신] 등이 여기에 속한다고 볼 수 있다. 사실 엄밀히 말하자면 이 상급 신위를 얻은 시점부터 진짜 신이라고 할 수 있다.

"그 하얀 녀석은 뭔가 소식이 없나? 다리안이라면 상급 신들 중에서 얼마 안 되는 인간 애호가인데."

"아쉽게도 모르나 봐. 뭔가 우리가 모르는 어떤 정보를 신들이 숨기고 있는 것 같은데. 고민이 있는 분위기이긴 하던데."

"훗. 우리 따위는 동맹의 대상조차 못 된다는 뜻이지. 자기들의 고민거리는 우리와 힘을 합쳐도 전혀 해결될 리 없다는 거야."

"자학적이군."

"틀린 말은 아니지. 편의상 육계라고 불러서 혼동하기 쉽지만……. 신계는 어떤 차원과도 같은 선에 서지 않아. 단지 위에서 내려다볼 뿐이지."

육계는 그 크기부터 성질까지 모두 다르다. 그중 가장 거대하며 수많은 존재를 품고 있는 것은 누가 뭐라고 해도 물질계. 그에 반해 마계나 천계의 크기는 기껏해야 은하계 한두 개 합친 것 정도에 불과하다. 무궁무진하게 넓은 물질계에 비하면 그야말로 티끌만 한 크기. 영계나 명계 같은 경우는 물질계 반쯤 겹

친 존재라는 걸 감안하더라도 그 규모가 작은 것은 틀림없는 일이고, 신계는 물리적인 개념으로 존재하지 않기 때문에 비교 대상이 될 수 없다.

문제는 크기나 규모가 아닌 내용물이다.

물질계는 거대한 규모나 구성체 숫자에도 불구하고 언제나 침략이나 보호의 대상이었다. 왜냐하면 약하기 때문이다.

"육계, 육계……. 참 우스운 소리지. 나머지 차원이 전부 다 덤벼도 신계가 나서면 모조리 쓸려 나간다. 알고 있지 않나? 나는 노블레스 중에서도 정점에 위치해 있지만 그래 봐야 대체 몇 명이나 있는지 짐작조차 할 수 없는 무수한 상위 신 중 하나도 감당하기 힘들어."

"멍청한 소리야, 탄. 그 신들이야말로 이 세계를 지탱하는 기둥이라는 걸 잊은 건가? 게다가 대부분의 신들은 속세에 아무런 관심도 없어. 전지전능(全知全能)의 권능을 가진 이들은 세계에 녹아든다는 걸 모르지도 않으면서 투정이라니."

마침내 제니카의 눈살이 찌푸려진다. 디오의 이름없는 제작사, 흔히 컴퍼니(Company)라고 불리는 집단에서 그녀 다음으로 큰 권한을 가진 그가 신계에 불만이 많은 것은 알고 있었지만 서로 뻔히 아는 이야기를 이렇게 하는 건 이상한 일이다.

"홋. 괜한 소리를 했군. 어쨌든 이렇게 온 건 유저들 때문이겠지?"

탄의 말에 제니카는 고개를 끄덕였다.

"너무 빨리 활용하는 것 같아서. 제대로 된 활용은 1년 이상의 시간이 흐른 다음이라고 생각했거든."

"나도 처음에는 그렇게 생각했지만……. 미안하군. 네가 신계에 밉보일 수 없는 입장인 것처럼 나 역시 연합에 매인 몸이야. 그리 큰일도 아닌 만큼 테스트한다는 마음으로 참가시키기로 했다."

"뭐, 어차피 네 관리하에 있는 상태에서 너무 참견할 필요는 없겠지만, 주의하는 게 좋아. 이 시스템을 곱지 않은 눈으로 보는 세력이 제법 있으니까."

"명심하지."

"그럼."

자리에서 일어나 슬쩍 물러서는 제니카의 몸이 흐릿해진다. 그리고 완전히 사라질 때 마지막으로 그녀의 목에 걸려 있던 목걸이가 살짝 반짝였다.

'뭐지? 특이한 문양이군.'

탄은 일순간 호기심을 느꼈지만 이미 제니카의 모습은 사라진 후다.

"멜튼, 준비는 끝났겠지?"

"네. 다행히 레벨 분포가 나쁘지 않군요. 물론 고 레벨 층이 너무 얇다는 문제가 있기는 하지만 다행히 아더 같은 돌연변이가 있어줘서 괜찮을 것 같아요."

슥 나타난 야구모자 소년, 멜튼의 말에 탄은 다시 물었다.

"아, 그리고 보니 나머지 두 백경은 어떻지?"

"그게… 좀 미묘하네요. 크루제의 경우 다른 유저들보다는 높지만 심히 어정쩡하고, 그 뭐더라? 멀린? 하여튼 그 녀석의 경우에는 그냥 낮아요. 특이사항이 있다면 수영이 S랭크라서 신

대륙에 들어선 모양이에요. 덕택에 신대륙 개방이 앞당겨졌
죠."

그건 탄 역시 보고받았던 사항이었기에 순순히 고개를 끄덕
인다.

"그렇군. 그 골치라는 유저가 녀석이었던 건가……. 결과적
으로 신대륙 개방이야 요번 이벤트랑 엮어서 아무래도 상관없
지만 기대하고 있던 백경이 부진하다는 건 곤란하군."

핑!

가벼운 손짓과 함께 멀린에 대한 정보를 담은 자료들이 허공
에 떠오른다. 탄은 잠시 자료를 살피다 말했다.

"스트레스를 좀 줘볼까?"

"흠. 하지만 그러다가 아예 포기해 버리기라도 하면 강제할
수단이 없어요. 애초에 디오의 시스템 자체가 포기에 별다른 리
스크가 없고요. 디오를 접어버리기라도 하면 곤란하기도 하
고."

맞는 말이었지만 탄은 고개를 흔들었다.

"오히려 그렇기에 부담이 없지. 정말 스트레스를 느끼는 상
황이라면 로그아웃하면 그만이니까. 게다가… 어차피 망가질
녀석이라면 곱게 감싸며 키워봐야 소용없어. 자, 이거."

탄은 손을 움직여 자료의 한 부분을 가리켰다. 그리고 그 모
습에 멜튼의 고개가 위아래로 끄덕여진다.

"알았어요. 뭐, 스트레스라고 하시기에 긴장했는데 별거 아
니네요."

슉.

마치 지우개로 지우듯 멜튼의 모습이 사라진다, 그리고 탄의 모습 역시.

"과연 그럴까?"

작은 웃음소리와 함께 흔적도 없이 사라져 버린다.

*　　　　*　　　　*

슈웅!

공간이 약간 일그러지나 싶더니 마법사 로브를 걸친 청년 하나를 뱉어내고 안정된다. 나타난 것은 붉은색 로브에 큰 챙 모자를 쓰고 있는 전형적인 마법사 복장의 유저, 멀린이다.

"휴, 놀라라."

배치 시험을 빠져나온 멀린은 독각화망이 움직이면서 일어난 먼지를 털어냈다. 조금만 늦게 빠져나왔어도 독각화망의 몸에 깔리고 말았으리라. 바다에서야 UFO 같은 움직임으로 독각화망이 뭘 하든 다 피해내던 멀린이지만 일단 땅을 딛고 서면 잠시도 버틸 수 없다. 회피 속도보다 독각화망의 이동 속도가 훨씬 더 빠르기 때문이다.

후웅!

멀린이 들어온 곳은 눈에 익은 대기실이다. 승급 시험을 마치고 행하던 합동전투의 대기실. 그리고 그 대기실에는 단 한 명의 유저가 있을 뿐이다.

후웅!

창이 직선으로 내뻗어지자 주변 공기가 밀려나면서 바람 소리가 난다. 보는 사람의 가슴까지 시원할 정도로 묵직한 찌르기. 그 모습을 멍하니 보던 멀린은 창을 든 상대의 얼굴을 보고 깜짝 놀랐다. 아는 얼굴이기 때문이다.

"랜슬롯님! 와, 오랜만이네요!"

"무슨……. 저를 아십니까?"

"기억 안 나세요? 2레벨 승급 시험 때 만났는데."

"아……."

마리와 기나긴 입문 시험을 마치고 나온 멀린에게 디오에 대한 이런저런 지식들과 아이디를 생성하는 법을 가르쳐 준 것이 바로 랜슬롯이다. 완전 지나가듯 만난 인연이지만 멀린은 랜슬롯의 이름을 보고 자신의 아이디를 만들었었다.

"그나저나 휑하네요. 사람이 없어요."

"배치 전투에서 6단계를 클리어하는 유저가 많지 않은 모양이더군요. 12레벨 몬스터를 잡았다는 건 마스터라는 뜻이기도 하고. 하지만 그래도 세 명은 됩니다."

멀린은 이해할 수 없는 랜슬롯의 말에 고개를 갸웃거렸다.

"세 명이라니, 둘이잖아요?"

"한 분은 숨어 계신 듯합니다."

오오라 사용자인 랜슬롯은 다른 사람의 기척을 읽는 데 능하다. 기척 그 자체를 읽는다기보다 정신과 사념을 느낄 수 있는 것이다. 하지만 주변에 은신한 이의 솜씨가 어찌나 좋은지 기척을 찾을 수 없다.

"훗! 누가 숨어 있다는 것만 알면 찾는 거야 금방이지!"

씩 미소와 함께 멀린의 눈동자가 금색으로 물든다. 찾는 데 걸리는 시간은 그리 길지 않다. 대기실에는 연습용 허수아비라든지 나무, 혹은 석판 같은 이런저런 물건들이 있었지만 그리 넓지는 않았다.

척!

움찔.

멀린의 손이 한 장소를 짚어내자 깜짝 놀란 듯 약간의 기척이 전해진다. 그러나 그뿐 뭔가 나타나거나 하지는 않는다.

"이런, 걸렸으면 나오셔야죠, 금발 누나."

"……."

그러나 상대는 나타나지 않는다. 오히려 슬금슬금 옆으로 움직인다. 멀린이 가리키고 있는 방향에서 은근슬쩍 벗어나려는 것이었지만 강화안을 발동한 이상 그녀의 모습을 확연하게 볼 수 있는 멀린의 손가락은 그녀의 움직임을 따라 움직인다. 반대쪽으로 움직여 보지만 멀린의 손가락을 벗어날 수는 없다.

"아, 나, 이 누나 현실 외면 장난 아니네."

한숨 쉬며 앞으로 걸어나간다. 그리고,

딱!

"흠!"

신음 소리와 함께 단숨에 은신이 풀리고 인영이 모습을 드러낸다. 그녀는 몸에 착 달라붙는 검은색 무복에 타오르는 불꽃이 그려진 장갑을 차고 있었는데, 검은색 복면으로 눈 아래를 가리고 있어 제대로 얼굴을 확인할 수 없었지만 멀린은 드러난 눈과 머리카락으로 20대 초, 중반의 금발여인이라는 걸 알 수 있었다.

"제법 훌륭한 은신술이지만 저한테는 안 됩니다. 제 통찰안에 걸리면……."

그러나 멀린의 자랑 따위 다 들어줄 이유가 없다는 듯 복면여인, 이리야의 목소리가 흘러나온다.

"암흑(暗黑), 중문(重門) 개방(開放)."

"차크라?"

멀린이 의문을 표하는 순간 대기실이 어둑어둑해진다. 연막을 뿜어낸다거나 그런 수준이 아니라 문자 그대로 대기실을 밝히고 있는 빛 자체가 약화된 것이다.

슥!

그리고 그 순간 사라져 버리는 이리야. 그러나 멀린은 가당찮다는 표정을 지으며 손가락으로 연습용 허수아비를 가리켰다.

"흠. 전혀 안 보이는군요. 거기에 그 아가씨가 숨어 있는 겁니까?"

"네. 아, 또 슬금슬금 옆으로 이동하시네!"

움찔.

그의 말 그대로 슬금슬금 이동하고 있던 이리야의 모습이 다시 멀린과 랜슬롯 앞에 드러났다. 약간 화가 난 듯 아미가 곱게 찡그러져 있다.

"제법이네. 강화안을 쓰는 녀석은 많이 봐왔지만 내 은신을 찾아낸 녀석은 많지 않았는데."

"그거야 은신을 찾아내는 건 강화안의 유무 문제가 아니라 수준의 차이거든요."

"……."

틀린 말은 아니었지만 이리야는 발끈했다. 이미 그녀의 은신 능력은 일가(一家)를 이룬 수준이다. 현실에서조차 시선과 시선의 사각을 통해 자신의 모습을 숨길 정도인데 이렇게 간단히 걸리는 건 도저히 참을 수 없는 일이다.

파팟!

양손을 사용해 빠르게 수인을 맺는다. 그리고 '앎'의 깊이를 더해 차크라를 연다.

"신체(身體), 암흑(暗黑), 중문(重門) 개방(開放)."

이리야의 몸이 뒤로 빠지며 점점 흐릿해진다.

"잠행(潛行)."

깨끗한 물에 검은 잉크 한 방울 떨어뜨린 것처럼 그녀의 몸이 사방으로 번지듯 흩어지더니 이내 어둠 속으로 사라져 버린다. 모습은커녕 기척조차 느껴지지 않는다.

"흠, 이건……."

이제야 멀린의 표정이 진지해진다. 통찰안과 투시안을 발동해 주변을 훑어보아도 이리야의 모습이 보이지 않았던 것이다.

"놀라운 은신 능력이군요. 빤히 보고 있는 앞에서 사라지다니."

랜슬롯도 놀라서 주변을 둘러본다. 그러나 어디에도 그녀의 모습은 없다. 랜슬롯의 감각과 멀린의 감지 능력에서조차 벗어난 그 실력은 실로 대단한 수준. 그러나 멀린은 포기하지 않고 내기를 안구에 집중했다.

키잉—!

멀린의 눈동자가 황금색으로 타오른다. 그 빛이 어찌나 밝은

지 주변이 잠시 밝아질 정도다. 그리고 마침내 그의 눈이 한쪽 구석을 향한다.

"찾았다!!"

"말도 안 돼⋯⋯!"

신음 소리와 함께 이리야의 모습이 드러났다. 그리고 텍스트가 떠오른다.

> 시력 강화 스킬이 A랭크로 상승하였습니다!

> 꿰뚫어 보는 자 타이틀을 획득하였습니다!

> 특수 능력 '심안'을 획득하였습니다!

수영을 제외하고는 처음으로 얻어낸 마스터 랭크다. 하지만 그건 바꿔 말해 그만큼 이리야의 은신이 대단하다는 말이기도 하다.

"은신이라⋯⋯. 쓸 만하네요. 이렇게 대놓고 사라질 정도라면 전투 중에도 사용할 수 있을 테고."

멀린으로서는 솔직한 칭찬이었다. 은신이라는 건 기습을 하기 위해 몸을 숨기는 기술이라고 생각하고 있던 멀린에게 이리야의 은신술은 그야말로 신선한 충격. 그러나 받아들이는 쪽은 그와 생각이 좀 다르다.

"쓸⋯ 만하다고?"

이리야의 어깨가 살짝 떨린다. 그리고 묵직한 압력이 퍼져 나간다. 이렇게나 강렬한 기도를 가지고 몸을 숨길 수 있다는 것이 신기할 정도다.

후웅!

랜슬롯은 어느새 찌르기 연습으로 복귀한 상태다. 물론 랜슬롯으로서는 12레벨 몬스터, 오거 용사와의 전투에서 얻은 영감(靈感)을 잊어버리지 않기 위한 몸부림이다. 재능이 없는 그는 단 한 번의 경험도, 느낌도 허투루 지나칠 수 없기 때문에 기회가 있을 때마다 그 경험을 체득하기 위해 명상과도 같은 찌르기를 하는 것이지만 외부에서 보면 기묘해 보이는 것도 사실이다.

"뭐야, 여기. 다 정상이 아닌 것 같은……."

가장 비정상적인 멀린의 설득력없는 한탄 따위 상관없다는 듯 이리야의 양손이 수인을 맺었다.

"신체(身體), 암흑(暗黑), 거문(巨門) 개방(開放)."

그리고 다시 차크라를 열어버린다. 조금 전보다 더 높은 단계다. 지금까지 한 번도 도전해 본 적 없는 수준이었음에도 분노로 활짝 열려진 차크라가 그것을 가능하게 했다.

"무령(無靈)."

한 발짝 두 발짝 소리조차 없이 물러서던 이리야의 몸이 완전히 사라진다. 조금 전 분노로 뿜어내던 기도조차 전혀 느껴지지 않는다. 분노하던 와중에도 얼음같이 냉철한 이성으로 자신의 기적을 갈무리했다는 말이다.

"여기!"

"큭!"

"어디… 찾았다!"

"음……!"

"천장 모서리! 허수아비 뒤!"

이리야의 은신술은 점점 더 은밀해져만 간다. 어지간한 능력자는 은신한 상태로 눈앞에 서 있어도 느끼지 못할 정도. 원래 그녀의 실력이 이렇게까지 뛰어나지는 않았다는 걸 생각하면 그녀는 지금 무시무시한 속도로 성장하고 있다는 뜻이다. 하지만 멀린의 강화안 역시 빠른 속도로 성장하고 있었다.

"신체(身體), 암흑(暗黑), 역문(易門) 개방(開放)!"

그리고 마침내 시도조차 못했던 제4문 역문의 연속 개문이 이루어진다. 신체와 암흑의 '앎'은 그리 깊지 않아 절대 불가능한 일이었는데, 그녀는 마치 뭐에 홀린 것처럼 차크라를 열고 자신 깊숙한 곳에 있던 가능성을 붙잡았다.

"은천(隱天)."

스륵.

소리도 기척도 없이 사라진다. 그 순간 그녀는 자신의 존재조차 잊었다. 진정한 무(無)의 이치를 깨달은 것이다.

그리고 그 순간 그녀는 자신의 은신 스킬이 마스터 랭크에 들어섰다는 것을 깨달았다.

> 은신 스킬이 A랭크로 상승하였습니다!

> 무영존자 타이틀을 획득하였습니다!

> 특수 능력 '동화'를 획득하였습니다!

'아…….'

이리야는 열락과도 같은 깨달음에 부르르 떨었다. 그 순간 그녀는 자신이 가지고 있던 어둠에 대한 속성력이 크게 성장했음을 알았다. 주위의 어둠이 포근한 이불처럼 친숙하게 다가온다.

'없어……?'

그리고 그 상황에서 멀린은 혼란에 빠져 있었다. 이리야의 모습이 완전히 사라졌기 때문이다. 없다, 어디에도 없다. 마치 그녀라는 존재가 소멸한 것 같다.

'그럴 리 없지!'

멀린은 두 눈을 감았다. 그리고 정신을 가다듬었다. 날카롭게 벼려진 정신에 따라 영기가 집약된다.

그리고 본다.

그것은 단순히 내공을 주입한 눈에 의지하는 강화안이 아니다. 스스로를 중심으로 반경 100미터 정도가 위에서 내려다본 것처럼 선명하게 시야에 들어온다.

저벅저벅.

천천히 걸어간다. 그리고 조용히 서 있는 이리야의 어깨에 손을 올린다.

"찾았다."

"아……!"

시력 강화 스킬이 AA랭크로 상승하였습니다!

떠오르는 텍스트를 무시하고 멀린은 강화안을 풀었다. 지속적으로 내기를 소모하는 만큼 제대로 된 증폭도 못 받는 강화안이었기 때문에 은근히 내공의 소모가 크다.

혹—!

차크라가 닫히고 어둑어둑하던 대기실이 밝아진다. 이리야는 아직 멍한 표정이다.

"괜찮아요?"

"아… 괜찮아. 고마워."

시비에서 시작된 경쟁이었지만 전혀 예상치도 못한 상황에서 마스터의 경지에 올랐다. 은신 마스터. 이리야는 그 무시무시함을 깨달았다.

'이 수준이라면 정면대결에서도 활용이 가능해.'

사실 지금 같은 경우 멀린 같은 강화안 사용자의 코앞에서조차 몸을 숨길 수 있었던 건 그녀가 주변에 어둠의 차크라를 열었기 때문이다. 만약 멀린이 마법이나 무공을 발휘해 차크라를 강제로 닫히게 했다면 애초에 이 기묘한 대결은 성립조차 되지 않았을 것이다.

딩동!

그때 묘한 소리와 함께 한쪽 벽에서 텍스트가 떠오른다.

> 인원 문제로 배치 전투 6단계, 7단계, 8단계 클리어 유저들을 통합합니다.

"여기가 6단계 클리어 대기실이었죠?"

"응. 하지만 7단계 8단계라니……. 8단계라면 16레벨 몬스터를 혼자 잡았다는 말인데 그게 가능한 건가?"

16레벨이라면 명계의 사냥개인 헬하운드(Hell Hound)나 오우거 영웅, 혹은 단신으로 수십만의 유저가 있는 스타팅에 쳐들어왔던 검존 성묵처럼 터무니없이 강력한 괴물이다. 수백 명의 유저가 모여 레이드를 해도 모자랄 판에 그걸 일대일로 잡는다니? 하지만 그 순간 찌르기를 멈춘 랜슬롯이 말한다.

"…왠지 누가 나타날지 알 수 있을 것 같군요."

"아, 나도."

"저도 알 것 같은 느낌이……."

그리고 과연 짐작대로의 대상이 나타난다.

"말도 안 돼! 힘들게 잡아서 등급을 올렸더니 사람 없다고 저 레벨에서 통합? 그럴 거면 미리 말이라도 해줘야지! 심지어 그 녀석들, 아이템도 안 주던데!!"

그녀는 백인이다. 160센티미터 정도 되는 키에 갈색 빛이 약간 감도는 적발, 새파란 눈동자는 크고 맑아 순수한 인상을 만들어내고 있지만 투덜거리는 표정 때문에 전체적으로 불만이 많아 보이는 인상이다. 그녀는 풍성한 적발을 늘어뜨린 채 금속으로 만들어진 경갑을 입고 있었는데 몸에 착 달라붙는 디자인을 가지고 있는 경갑은 척 봐도 군복을 바탕으로 만들어졌다는 걸 알 수 있다. 그 외향이 묘하게 디테일한 것이 그녀가 밀리터리 계열에 관심이 많다는 걸 알려주고 있다.

"뭐, 전투 경험 쌓았다고 생각해. 만나기 쉽지 않은 녀석들이 나오던데."

그리고 그 옆에 서 있는 것은 180센티미터가 넘는 훤칠한 키에 까만색의 롱코트를 멋들어지게 걸치고 있다. 게다가 그 안에 입고 있는 것은 와이셔츠. 그건 누가 봐도 '유저'의 복장이 아닌 그냥 '현실'의 복장이다. 다만 중요한 게 있다면 그런 물건들조차 심상치 않아 보이는 마력을 품고 있다는 것이다. 못해도 3급 이상의 마법기다.

"유명인들을 만났군요. 반갑습니다. 랜슬롯 듀락이라고 합니다."

"어? 원탁의 기사시군요. 아더 팬드래건입니다."

깜짝 놀란 듯 웃는 아더에게 랜슬롯이 말을 잇는다.

"원탁의 기사와 관련된 이름이라면 하나 더 있죠, 멀린님?"

"하하, 공교로운 일이군요. 멀린 엠리스입니다."

성(姓:Family name)은 비교적 최근에 생긴 시스템이다. 디오를 플레이하는 유저가 너무나 많아지면서 아이디가 부족한 사태를 피하기 위해서 성을 추가한 것이다. 그리고 아더나 랜슬롯, 그리고 멀린은 과거 원탁의 기사들이 사용했다는 성을 차용했다.

"이리야 아인츠야."

"어?"

"왜 그래?"

갑자기 기묘한 소리를 내는 멀린에게 의문을 표하는 이리야. 멀린은 물었다.

"아니, 저기… 그 성, 뭔가 좀 잘린 것 같은데. 그 뭐냐, 게임 캐릭터를 본떠서 만든 거 아니에요?"

"아니, 맞아. 그런데 다른 사람이 먼저 선점했지 뭐야!! 아, 잠

간 방심했을 뿐인데!'

"헐……."

그러나 종종 있는 일이다. 유저들에게서 자신을 나타내는 아이디란 상당히 중요한 문제이기도 하니까. 멀린은 잘 모르지만 유저들 사이에서는 좋은 아이디를 선점해서 비싼 값에 파는 이들도 있었다. 엄밀히 말하자면, 아더나 랜슬롯, 멀린의 아이디 또한 비싼 값에 팔릴 만한 이름들이다.

"크루제 슈미트야."

그리고 그렇게 자기소개를 하고 있을 때 새로운 텍스트가 떠오른다.

미션 수행 인원이 충족되었습니다! 미션을 시작하시겠습니까?

"어쩔까요?"

아더가 대표로 다른 유저들을 둘러보자 다들 고개를 끄덕인다. 애초에 미션 때문에 모인 이들이었던 만큼 거절할 이유가 없다.

"시작."

접수되었습니다. 필드 추적 시작. 완료. 미션 스타트.

'추적? 예전에는 생성이라고 하지 않았었나?'

슈욱!

멀린의 의문과 상관없이 배경이 변한다. 때는 깜깜한 밤. 어쩐 일인지 여기저기에서 불길이 피어오르고 있다.

'…응?

하지만 거기에 도착해 멀린은 기묘한 감각을 느꼈다. 주변은 특이할 게 없다. 물론 배경 자체는 전혀 처음 보는 곳이지만 SF 세계관으로도 갈 수 있다는 게 디오 속 필드가 아니던가? 하지만…….

'뭔가 달라.'

주변에서 불어오는 바람, 단단한 땅. 모두 평범하지만 그럼에도 뭔가 다르다. 설명할 수 없지만 지금까지 돌아다니던 세계와 다르다. 잘 느끼기 힘든 수준이지만 디오 속에 들어서면 느껴지는 약간의 이질감이라는 게 있었는데 여기에는 그게 없는 것이다. 마치 로그아웃을 한 상태처럼. 하지만 그때 비명 소리가 터져 나왔다.

"살려줘! 살려줘! 으아악!"

"꺄아악!"

여기저기 시체들이 쓰러져 있고 살아 있는 한 무리의 사람들이 유저 일행을 신경 쓰지 못하고 뒤쪽으로 달리고 있었다.

"뭐야, 여기?"

"건물이 동양풍이네. 무림인 것 같아."

"일단 퀘스트를 확인……."

쾅!

그러나 그때 건물 한 채를 박살 내며 새까만 어둠이 밀려들어온다. 어둠의 정체는 3미터가 훌쩍 넘는 덩치를 가진 마수다. 언뜻 사족보행 동물로 보이지만 골격이나 신체 구조가 묘하게 비정상적이다. 뼈와 살로 되어 있는 게 아니라 어둠 그 자체가 뭉쳐진 마수다.

캬아아아아―!!

포효와 함께 듣는 이를 공황에 빠뜨리는 살기가 주변을 잠식했다. 그 살기는 실로 강렬해 어지간히 강한 정신으로는 버틸 수 없을 정도였지만 다섯 명의 유저 중 누구도 거기에 휩쓸리지 않는다. 크루제는 코웃음까지 지었다.

"뭐야, 이 개 대가리는?"

탕!

데저트 이글 Mark XIX이 불을 뿜자 포효하던 마수의 머리에 구멍이 뚫리며 입이 벌어진다. 그리고 그 직후 벌어진 입으로 수류탄이 빨려 들어갔다.

쾅!

폭음과 함께 마수의 몸이 박살 나 무너져 내렸다. 하지만 마수의 몸을 이루고 있던 검은 기운이 뭉치더니 크루제를 향해 덤벼들었다.

"조심……!"

"어머. 내가 이런 거에 당할 것 같아? 딜리트(Delete), 그리고 로딩(Loading)!"

화아악!

새롭게 크루제의 손에 잡힌 화염방사기에서 어마어마한 화염이 뿜어져 나와 검은 기운을 모조리 태워 버린다.

"흠. 치명적인 타격을 입으면 영체로 변해 다른 생물에 기생하려고 하는군요. 능력자들이야 영체도 해할 수 있으니 상관없지만 그렇지 못한 이들에게는 악몽 같은 존재겠어요."

"어? 잠깐 이것 좀 봐. 암흑석(暗黑石)이야!"

그때 이리야가 다른 유저들을 불러 활활 타고 있는 마수의 시체 쪽을 가리켰다. 거기에는 주먹만 한 크기의 돌멩이 하나가 있다. 밤이라고는 해도 활활 타고 있는 건물들 때문에 꽤 밝은 도시였음에도 주변 빛을 빨아들이듯 어둡다.

멀린은 감정을 사용했다.

Item

[암흑석(暗黑石)]　　　　　　　　　7급　　Uncommon

　암흑의 기운이 깃들어 있는 마법석. 정체를 알 수 없는 암흑마수를 쓰러뜨려 얻어냈다. 150테라의 마력이 담겨 있다. 복용할 시 마력의 최대치를 상승시킬 수 있으나 마력의 속성이 어둠으로 기울게 되며 과다 복용 시 마력의 순도가 떨어진다.

　5랭크 이상의 연금술 스킬을 가진 유저나 마법상점에서 정석(精石), 코어(Core), 내단(內丹)으로 변환시킬 수 있다.

　암(暗)의 속성을 가지고 있다.

"제법 괜찮은데? 이런 거 하나 잡았다고 7급에 언커먼, 그것도 가장 활용도가 많은 정석 종류라니."

"게다가 드랍률도 100%야. 보아하니 이건 이 괴물 녀석들의 시체 비슷한 거거든. 승급 시험에서 약탈 허용 대상은 아무리 털어도 상관없다는 것쯤은 알고 있지?"

"어쨌든 이건 내 거."

크루제가 암흑석을 줍는다. 당연한 말이지만 누구도 불만을 말하지 않는다. 어차피 소유권 자체가 그녀에게 있기 때문에 다른 사람은 취득하지도 못한다.

"다만 이 괴물들이 다른 사람 옆에 있을 때는 주의하십시오. 다른 몸에 기생해서 부활하면 곤란하니."

아더의 설명을 들으며 멀린은 비홀더를 꺼내 퀘스트 창을 열었다. 멀린이 퀘스트 창을 열자 다른 유저들의 시선도 비홀더로 향한다.

Mission

[호위/구출/단체전 복합]

제한시간:02:59:11

목표:몬스터 처치. 인명구조.

정체를 알 수 없는 괴물들이 도시를 습격했습니다! 괴물들의 수준은 6레벨에서 10레벨까지 다양하며 모두 처치할 시 마수들을 소환하는 마더(Mother)가 등장합니다.

약탈 허용 / 대상 : 정체불명 괴물.

미니맵 가동 / 생존자 1,670명. 정체불명 괴물. 130체.

잼 포인트는 클리어 타임과 생존자 수에 따라 정산, 지급됩니다.

"앗! 타임어택이다! 게다가 생존자가 적을수록 잼 포인트가 깎이잖아?"

"마지막 마더라는 보스 몬스터는 모르겠지만 기본적으로 전부 10레벨 이하의 몬스터로군요. 게다가 전장은 도시 전체……. 흩어지죠."

"찬성입니다."

"찬성! 피해자는 100명 이하로!"

"그럼 가죠."

쾅!

다섯 명의 유저는 더 말할 필요도 없다는 듯 다섯 갈래로 흩어져 달렸다. 그리고 그중 멀린은 품속에서 유리잔 한 개를 꺼내 들었다. 그것은 비탄의 잔(The Goblet of Sorrow). 무리해서 사용하지 않는다면 무제한적으로 치명적인 맹독을 만들어내는 비보다.

"그래비티 디스토션(Gravity Distortion)."

마력을 발동. 자신의 무게를 1킬로그램까지 줄여낸 후 땅을 박차 날아오른다. 경공술만 사용해도 수십 미터를 뛰어오를 수 있는 그였던 만큼 강하게 땅을 박차 거의 100여 미터 가깝게 떠오를 수 있었다.

슥.

그리고 허공에서 두 개의 염체 중 영휘를 조종해 자신의 몸을 붙잡는다. 100미터 상공이라는 게 별것 아닌 것처럼 들릴지도 모르지만 국내 어지간한 번지점프대도 50미터 안팎에 불과하다는 걸 생각하면 엄청난 높이다.

"일단 물방울을 띄우고……."

멀린은 속성력을 발동, 주먹만 한 물방울을 만들어 비탄의 잔에 담갔다. 비탄의 잔에 들어간 물은 삽시간에 붉게 물들었다가 다시 투명해졌다. 독기를 완전히 흡수한 것이다.

"장비 4번."

미스릴 활을 불러낸다. 그리고 일반 활들을 꺼내 시위에 메긴다. 비탄의 잔에 담겨 있던 물방울은 방울방울 허공에 떠올라 화살촉에 묻었다. 역시 물 제어 능력을 사용한 묘기다.

"일단 한 놈."

피잉!

하늘에서 쏘아낸 멀린의 화살이 중력의 도움까지 받아 인간을 덮치고 있던 마수를 향해 벼락처럼 내리꽂힌다.

크아아—!

막 몸을 날리려다가 화살을 맞은 마수가 고통에 몸부림친다. 인간 형태였던 마수는 팔을 움직여 화살을 뽑아내려 했지만 독이 어찌나 지독한지 이미 그 몸은 태반이 녹아내린 상태다.

"역시 통하는군."

암흑마수들이 일반적인 생명체가 아닌 일종의 영적 기생체라는 걸 알기에 약간 불안했던 멀린의 얼굴에 미소가 피어오른다. 역시나 독각화망, 독요 정희의 독은 영적인 존재에게도 통한다. 하긴 인면오공 인엽의 독도 염체인 영휘와 샤이닝을 녹였는데 그보다 급이 몇 급은 높은 독각화망의 독이 통하지 않을 리 없다.

푸욱!

캬아악!

그리고 쓰러진 마수에게서 뛰쳐나와 근처 사람을 습격하려던 영체에게 다음 화살이 떨어진다.

"한 마리당 두 발이면 되는군. 이 맹독, 생각보다 더 치명적인데?"

다음 화살을 꺼내 시위에 건다. 당연하지만 비탄의 잔에서 떠오른 독방울은 절대 몸에 닿지 않도록 조심해야 한다. 마음대로 화살에 발라 쏘고야 있지만 멀린은 독에 저항하는 그 어떤 수단도 없다. 단 한 방울이라도 몸에 튄다면 목숨이 위험하다. 중독속도가 엄청나기 때문에 손가락 끝에 독이 묻었을 때 머리까지 독기가 오르는 데 0.3초가 채 걸리지 않는다. 진짜 일순간 망설여도 팔을 잘라낼 틈조차 없다.

피피핑!

비탄의 잔에서 만들어낼 수 있는 독의 종류는 두 가지다. 하나는 뭐든지 녹여 버리는, 일종의 산(酸)이라고 할 수 있는 독이고, 또 하나는 무생물체에는 별 영향이 없어도 생명체에는 치명적인 생체독.

지금 멀린이 사용하는 것은 생체독으로 무생물에는 별 피해를 못 준다. 즉, 화살에 묻혔을 때 화살을 녹이지 않아 적에게 쏘아내기 편한 대신 적이 방패 같은 걸로 막으면 쉽게 막힌다는 단점도 있는 것이다.

"열한 마리, 열두 마리……. 에잇! 너무 느려! 어차피 화살 속도는 상관도 없잖아?"

멀린은 숫제 시위를 한 번 당길 때마다 화살을 세 개씩 메겼다. 화살이 쏘아지는 순간 염체로 각 화살의 방향을 조절, 전혀 다른 방향으로 쏘아내는 그 실력은 그야말로 신기(神技)에 가까운 것이지만 그는 마음에 차지 않는다는 표정이다. 멀리서 보이는 아더의 신위 때문이다.

번쩍!

캬아악!!

"시끄럽군."

번쩍!

그야말로 휘황찬란하다. 아더의 검이 휘둘러질 때마다 주변에는 검광(劍光)만이 가득하다. 아더의 검에는 유형화된 마나, 즉 검기(劍氣)가 맺혀 있어서 별다른 보조 기술조차 필요없이 그냥 휘두르는 것만으로 주변 모든 마족들이 휩쓸려 나간다.

번쩍!

콰콰가가가!!

"와, 저게 뭐냐. 검이라면 모름지기 근접 무기에 일대일 전문 아닌가?"

그러나 아더의 검격은 중장거리에 있는 모든 적을 커버하는데다가 매 순간순간 어지간한 상급 마법에 가까운 범위 데미지를 자랑한다. 그냥 번쩍하면 주변 적이 우수수 쓰러져 나간다. 이미 본 적 있는 수법이긴 하지만 이런 말도 안 되는 검술이 있다는 사실에 황당해질 지경이다. 마수들의 공격에 비명을 지르며 도망가던 사람들조차 그 모습에 황당해져서 멍한 표정을 짓고 있다.

"모두 비켜, 멍청이들아! 야호~!"

위이이잉!

그런데 그때 한쪽에서 헬기가 떴다. 농담이 아니라 진짜 헬기. 그것도 AH-64 아파치 헬기!

두두두두두!!

아파치 헬기에 탑재된 M-230 30mm 체인건이 30mm 탄환을 분당 625발씩 쏟아내기 시작한다. 암흑마수들은 어떻게든 반항하려고 했지만 쏟아지는 탄환 앞에 너덜너덜하게 부서져 나갈 뿐이다.

"질 수 없지!"

피피피핑!!

크에에엑!

캐액!

암흑마수들이 문자 그대로 학살당하기 시작한다. 아더와 크루제, 혹은 멀린만큼 편하지는 못했지만 이리야와 랜슬롯도 착실하게 마수들을 처리했다. 마수들이 삽시간에 다 쓸려 나가니 피해자도 잘 나오지 않았다.

탁.

"사, 사람이 하늘에서 내려왔어."

"세상에! 무림인을 처음 보는 건 아니지만 이런 이들은 처음이군. 괴물들이 모조리 쓸려 나가고 있잖아?"

멀린이 땅에 내려서자 주변에 있던 사람들이 웅성거렸지만 멀린은 아랑곳하지 않고 움직였다. 그가 걸어나가자 주변에 떨어져 있던 모든 암흑석이 허공에 떠올라 그에게 모여든다.

"세상에! 허공섭물!!"

"어떻게 저런 나이에!"

허공섭물(虛空渉物)이라는 것은 공력이 극에 달해 진기만으로 물리력을 발휘하는 경지를 말한다. 물론 당연하게도 지금의 묘기는 허공섭물이 아니다. 단지 눈에 보이지 않는 영휘와 샤이닝이 멀린의 의지대로 아이템을 수거해 왔을 뿐이다.

"어디 보자. 몬스터 남은 게…… 3개채? 끝났군. 어차피 독도 더 없지만."

멀린이 쏘아낸 화살은 64발, 그리고 잡은 몬스터는 스물네 마리다. 개중에는 화살 한 방에 안 죽는 녀석들도 있어서 몇 발씩 더 소모된 것이다.

"이보게, 자네들은 대체······."

그런데 암흑석을 다 수거할 때쯤 한 무리의 무인들이 멀린에게 말을 걸어왔다. 청색 복장의 검수들과 붉은 복장의 도수들이었는데 치열한 싸움 때문인지 다들 상처투성이에 지친 표정이다.

"아, 죄송하지만 잠시 후에 저 마수 녀석들의 우두머리가 나올 테니 사람들 좀 대피시켜 주실래요?"

"우두머리?"

"부탁해요!"

"아니, 잠······."

팡!

중년 사내는 돌아서는 멀린을 잡으려고 했지만 땅을 박차는 순간 멀린의 몸은 수십 미터 이상 날아올랐다. 별다른 힘의 소모조차 없다. 내공을 사용하는 멀린이 몸무게를 1킬로그램까지 줄이면 이 정도 움직임은 숨 쉬듯 자연스러운 것이다. 다만 중력계 주문은 그 어렵다는 마학 중에서도 가장 난이도가 높기로 악명이 자자하다는 문제가 있었지만 적어도 멀린에게는 상관없는 일이다.

> 모든 마수가 처리되었습니다. 1차 목표 클리어! 16만점의 잼 포인트가 정산됩니다!

> 보스 몬스터 마더(mother)가 등장합니다!

연속으로 떠오르는 텍스트와 함께 도시 한가운데로 어마어마한 어둠이 몰려들었다.

크오오오—!

새까만 어둠으로 이루어진 100미터 정도의 거대 괴물이 모습을 드러낸다.

"어서 오세요~!"

슈슈슈우—!

하늘을 날고 있던 아파치 헬기에서 2.75인치 로켓탄과 유도 헬 파이어 미사일이 쏟아져 내린다. 결과는 전탄 명중!

콰과과과과—!!

"꺄아아아아악!!"

어마어마한 폭염과 함께 마더의 몸이 뒤틀린다. 거대한 덩치를 가진 괴물이었지만 오히려 그랬기에 크루제의 공격에 더 큰 상처를 입었다.

쿠오오!!

고통에 몸부림치던 마더의 몸으로 어둠이 몰려든다. 그리고 이내 충격파가 되어 사방을 후려쳤다.

쩌엉!

멀린은 5년 내공을 40년 내력으로 증폭한 대력금강수로 충격파를 정면에서 파괴했다. 아더는 광검결로 베었고, 크루제는 헬 파이어 미사일을 날려 상쇄시켰다. 이리야는 처음부터 몸을 숨기고 있었기에 마더가 충격파를 날리지도 못했다.

"엇?! 위험해!"

"이런……!"

그러나 단 한 명, 랜슬롯만은 충격파에 무방비로 노출되었다.

하필이면 마더가 나타난 위치가 랜슬롯과 가까워 회피도 불가능하다.

슉.

그리고 그런 상황에서 랜슬롯은 창을 들었다. 끌어당기고 다시 밀어내어 찌른다. 더없이 간단하지만 그 모든 동작이 너무나도 깔끔하고 안정적이다. 더할 것도 없고 덜할 것도 없는, 그야말로 이상적인 찌르기. 말하자면, 그것은 찌르기[衝]의 [완성형]이라고 할 수 있으리라.

푸확!

그 찌르기는 충격파와 충돌하지 않았다. 단지 약간의 바람 소리와 함께 충격파에 구멍이 뚫렸을 뿐이다. 그리고 그 충격파를 쏘아냈던 마더의 몸에도 커다란 구멍이 뚫렸다.

"오! 저 녀석, 제법인데!"

"대단하군. 나름 한 수가 있는 건가."

그 광경을 본 크루제와 이리야는 랜슬롯에 대한 평가를 다시 했다. 경신법도 기세도 별게 없다고 느껴졌지만 공격력 하나는 일품이라고 인정한 것이다. 나름대로 대단한 평가였지만 아더와 멀린의 반응은 전혀 다르다.

"어… 어?"

"저건……."

할 말을 잃어버린다. 그리고 조금 전 보았던 랜슬롯의 동작을 떠올린다. 창을 당겨서, 그래서 찌르는 단순한 동작. 그러나 그 동작은 마치 각인처럼 그들의 각막에 새겨진다.

"크윽! 뭐야? 대체 뭐야? 도대체 어디에서 너 같은 녀석들이

나온 거냐!!"

"뭐야, 지능도 있었네?"

"하긴 보스몬스터니까."

콰콰쾅!!

마더가 원망스럽다는 듯 괴성을 내질렀지만 크루제와 이리야, 그리고 랜슬롯은 아랑곳 하지 않고 공격을 계속한다. 미사일이 폭발하고 불꽃이 일어나며 찌르기가 반복되자 마더의 몸이 점점 너덜너덜해지기 시작한다.

"찌르기… 찌르기…….그렇군. 저거야말로 근원(根源)의 무리(武理)인가."

"하지만 나한테 찌르기는 의미가 없지. 그렇다면…….."

치열한 전투 중에도 아더와 멀린은 움직이지 않는다.

[아더! 멀린! 뭐 하는 거야?]

한참 공격하고 있던 크루제가 헬기 위에서 귓속말을 날렸지만 아더와 멀린은 신경 쓰지 않고 생각에 빠져 있다. 그리고 그렇게 잠시 있었을까? 아더와 멀린의 고개가 동시에 들렸다. 그리고 말했다.

"실험해 봐야겠다."

"실험해 봐야 해."

아더와 멀린은 경공을 사용해 순식간에 마더에게 접근했다. 당연한 일이지만 마더로서는 반길 만한 상황이 아니었기에 문어의 그것과 닮은 거대한 다리를 휘둘러 그들을 쳐내려 했다.

"죽어라!"

다리의 두께는 거의 5미터에 가깝다. 게다가 속도도 엄청나

집 한 채는 우습게 박살 낼 만한 위력. 그러나 그 순간 아더의 손에 검룡 더스틴이 잡힌다.

쩍!

마치 혼자 잘려 나가기라도 하는 것처럼 마더의 다리가 베어진다. 다른 한쪽 다리에 노려지는 멀린 역시 천천히 오른손을 내뻗었다.

펑!

마치 보이지 않는 거대한 방망이가 후려치기라도 한 것처럼 마더의 다리가 튕겨져 나간다.

"뭐야? 새로운 기술인가? 아더 저 녀석, 왜 갑자기 약한 기술을 쓰는 거야? 천광이면 저 녀석 다리 다 잘라 버릴 텐데."

크루제는 이해할 수 없다는 듯 중얼거렸다. 그녀의 눈썰미가 부족하기 때문이 아니라 그녀가 무학에 대해 무지하기 때문에 나오는 말이다. 그녀 역시 체술 정도는 수련하지만 무공의 영역과는 전혀 다른 종류니까. 하지만 랜슬롯은 그들이 사용한 기술의 정체를 알고 있다.

"맙소사……!"

아더는 생각하고 있다.

베기[斬]의 진정한 의미를.

멀린은 생각하고 있었다.

치기[打]의 진정한 의미를.

하지만 아더는 고개를 흔들었다. 멀린의 표정도 밝지 않다.

"잘… 안 되는군."

"어렵네."

다행이랄까? 초식의 진정한 의미, 아더의 말에 따라 근원의 무리라 불리는 것은 그들의 천재성으로도 단숨에 잡을 수 없을 정도로 난해하다. 그러나,

"몇 번 더 해보면 될 것 같은데."

"흠. 조금만 연습하면……."

그렇다. 근원의 무리는 쉽게 얻을 수 있는 종류의 것이 아니다. 그들조차 단번에 손에 넣지 못했다. 하지만 그래 봐야 과연 얼마나 버틸 것인가?

"진짜… 진짜 괴물들이군."

랜슬롯은 기가 막히다 못해 헛웃음까지 나오는 것을 느꼈다. 어떻게 이럴 수가 있는가? 대체 어째서, 도대체 어떻게 이렇게까지 불공평할 수가 있지? 수많은 수련으로 그 형태를 잡고 그 하나에 닿기 위해 모든 것을 잊고 매달리고 매달려 간신히 끄트머리나마 볼 수 있었던 무의 이치를 어떻게 저들은 그렇게도 쉽게 볼 수가 있는가?

"뒤덮어라. 천광(千光)!"

번쩍!

빛이 번쩍인다. 그리고 마더의 전신에 수백 개의 검상이 생겨난다.

"이것은 소림 최강의 수공. 밀어내고자 하면 능히 만근의 거석을 밀어내며 부수고자 하면 금강석(金剛石)도 부수나니……."

쩡!

10년의 내공이 80년의 내력으로 증폭되어 어마어마한 물리적 충격으로 마더의 몸을 후려쳤다. 움직인 힘으로만 치자면 아

더의 천광조차 넘어서는 타격이다.

"크아아아아!! 인간! 하찮은 인간들이……"

아더와 멀린이 남긴 타격은 너무나도 커서 거대한 마더조차 도 생명의 위협을 받았다. 아니, 생명을 위협을 받은 정도가 아 니라 정말로 목숨이 위험한 상황. 그리고 그걸 깨닫는 순간 마 더의 눈에 독기가 어린다.

"죽어라! 전부 죽어버려—!!"

"웃?!"

"뭐야!"

"모두 조심해!"

순간 마더의 몸에서 흑광(黑光)이 일어나는가 싶더니 그녀를 공격하는 다섯 유저를 정확하게 노리고 뿜어졌다. 유저들은 움 찔했지만 흑광은 에너지라고 하기보다는 빛 그 자체에 가까웠 기에 회피가 불가능하다. 문자 그대로 광속인 것이다.

키잉!

그러나 아더의 몸에서 투명한 기운이 일어나자 그의 몸을 감 싸던 흑광이 깨져 나간다. 강대한 항마력으로 저항에 성공한 것 이다.

"어딜!"

크루제도 저항에 성공했다. 그녀는 방대한 양의 오오라를 상시 유지하고 있기 때문에 외부의 기운이 그녀에게 해를 주기 어렵다.

"흠……!"

랜슬롯 역시 저항에 성공했다. 그의 강철같이 연마된 정신으 로 완성된 오오라는 외부의 기운에 쉽게 흔들리지 않았다.

"깜짝이야!"

이리야는 사실 흑광을 이겨낼 수준이 되지 못했지만 이겨냈다. 왜냐하면 그녀의 목에는 1급 유니크(Unique) 아이템 수호(守護)의 월석(月石)이 걸려 있었기 때문이다. 수호의 월석의 항마력은 엄청나서 거의 모든 계통의 주문에 저항한다. 결과적으로 마더의 공격에 당한 것은 단 한 명뿐이다.

"큭! 허억!"

멀린은 바닥에 쓰러져 신음했다. 시야가 캄캄하게 물들고 온몸이 말을 듣지 않는다. 그것은 강력한 저주. 멀린은 거기에 저항할 어떤 수단도 없었다.

"이런, 정신 차려!"

거대 몬스터에게 날릴 공격 수단이 부족해 다른 유저들에 비해 상대적으로 한가하던 이리야가 멀린에게 다가왔다. 멀린은 벌써 죽어가고 있었다.

"윽! 난 마법사도 아니어서 마력 충전도 어려운데……. 할 수 없지. 깨어라!"

팡!

순간 이리야의 외침과 함께 그녀의 목걸이에 걸려 있던 수호의 월석이 하얗게 빛났다. 그리고 멀린의 몸에 깃들어 있던 흑광은 그 하얀 빛에 밀려 사라졌다.

"허억… 허억……. 죽을 뻔했네. 고마워요."

"뭘, 네 덕에 은신 마스터도 했는……. 아, 끝낸다."

이리야는 말을 하다 말고 아더를 바라보았다. 아더의 손에는 10미터 가깝게 솟아오른 검기 때문에 휘황찬란하게 빛나는 검이 들려 있다.

"크게 베어라. 십망(十亡)."

키잉!

그것은 광검결 제삼초식. 마치 숫돌로 칼을 가는 것 같은 소리와 함께 열 개의 빛줄기가 마더의 몸을 잘라낸다. 버티지 못하고 무너져 내리는 마더. 멀린은 그 광경을 보며 간신히 몸을 일으켰다. 다행히 별다른 타격은 남아 있지 않다.

> 보스 몬스터 마더(mother)를 쓰러뜨리셨습니다! 2차 목표 클리어! 140점의 잼 포인트가 정산됩니다!

> 다음 미션 지역까지 쉬는 시간 1마분.

"아니, 뭐 이렇게 쉬는 시간이 짧아."

투덜거리는 멀린. 하지만 어쩌겠는가? 합 300점의 잼 포인트가 많은지 적은지는 몰라도 비행정을 얻기 위해서는 모아놓을 필요가 있다.

"좀 쉬어. 난 별 힘의 소모가 없었으니까."

"고마워요."

멀린은 이리야에게 꾸벅 고개를 숙이고 가부좌를 취하고 호흡을 골랐다.

다음 전투를 위해 스스로를 추스를 시간이다.

"수고하셨습니다."

"수고했어."

첫 번째 미션 이후 일행은 두 번의 미션을 더 수행했다. 한 번의 전투로 익숙해졌기 때문일까? 다음 전투부터는 전투 시간은 짧아지고 생존자는 많아져 최종적으로 그들은 개인당 1,100점의 잼 포인트를 획득했다.

"아, 그런데 이리야 누나."

"왜?"

비록 대결 비슷한 구도로 만났지만 이제는 제법 친해진 이리야에게 멀린이 다가섰다. 슬슬 파티도 파장 분위기였기에 이리야는 의아한 표정이다.

"저기, 그 목에 건 목걸이요, 이름이 뭐죠?"

"아, 이거? 수호(守護)의 월석(月石)이라고 해. 모든 적대적인 이능으로부터 몸을 보호해 주는 유니크 아이템인데, 포레스트 웜을 레이드 했을 때 나왔지. 사실 9레벨인 내가 12레벨 몬스터였던 리치를 잡은 것도 이것 때문인데……."

이리야는 목에 걸린 엄지손가락만 한 크기의 목걸이를 가리키며 자랑질을 시작했다. 보통 저런 보물을 가지면 자랑하기보다 숨기고 싶어하는 게 정상이라는 걸 생각해 보면 그녀가 냉정, 침착한 외모와 다르게 활기찬 성격이라는 것을 알 수 있는 상황. 그리고 그런 그녀에게 멀린이 말했다.

"파세요."

"그러니까 말이야, 이 목걸이를 끼고만 있어도… 뭐라고?"

막 반짝거리던 눈빛이 단숨에 서늘한 칼날로 변한다. 당연히 거절이다. 수호의 월석은 이리야가 가진 다른 모든 장비를 합한

만큼이나 대단한 보물이다. 그런데 그걸 팔라니? 물론 무슨 추억이 있다거나 한 게 아니라 단순히 성능 때문에 아끼는 장비이니 가격을 매기자면 못 매길 것도 없지만 거의 전 세계에서 통용되는 디오의 1급 유니크 아이템의 가격은 한두 푼의 돈으로 해결될 수준이 아니다. 심지어 근래에 들어서는 거대 기업이나 국가에서까지 그 안에서 영향력을 발휘하려 들고 있었기 때문에 수호의 월석 정도의 장비라면 고급 건물 한 채, 땅 몇백 평, 거의 그 정도의 가치는 있다.

"하! 은신 마스터가 되도록 도와준 건 물론 감사하지만 그건 어디까지 계기일 뿐이야. 무슨 기술을 가르쳐 준 것도 아닌데다가 너도 상당히 성장한 것 같은데 그런 억지는……."

"화내기 전에 이걸 보시죠."

그렇게 말하며 꺼내 든 물건은 한 쌍의 신발. 정확히 말하면 가죽 부츠였다. 그 부츠는 마치 군화처럼 목이 길었는데 어두운 곳에서 보면 시야에 들어오지 않을 정도로 새까만 색을 가지고 있다. 베타 테스트 종료 때 남문을 공격해 왔던 리치를 잡고 얻은 유니크 아이템이었지만 그 정체를 알 리 없는 이리야는 싸늘한 반응이다.

"아니, 설마 물물교환을 하자는 거야? 미안하지만 수호의 월석은……."

"감정해 보세요."

"나 참, 무슨 속셈인지……."

투덜거리며 이리야는 모든 유저들이 가지고 있는 감정 스킬을 사용했다.

Item

[나이트 워커(Night Walker)]   1급   Unique

어둠 속을 걸을 수 있게 해 주는 부츠. 자체적으로 이동 시의 기척을 제거해 주며 그림자에서 그림자로 이동하는 것을 가능하게 만든다. 처음에는 연결된 그림자에서만 사용할 수 있지만 익숙해지면 익숙해질수록 응용이 가능하다.

암흑 속성력이 30포인트 이상일 시 3레벨부터 사용 가능.

"어때요? 일단은 이것도 1급 유니크 아이템인데. 게다가 이렇게 속성력을 활용하는 아이템은 관련 속성력을 가지고 있으면 활용성이 더 크다고 하더……."

하지만 멀린이 말을 잇기 전에 이리야가 떨리는 목소리로 그의 목소리를 자른다.

"…잠깐. 그, 그거 잠깐만 줘봐."

"그러죠."

멀린은 순순히 넘겨주었다. 물론 그 순간 이리야가 아이템을 들고 도망쳐 버리면 많은 문제가 있겠지만 멀린이 본 이리야는 그런 인물이 아니었고, 실제로 이리야 역시 그런 생각 따위는 전혀 없다.

휙!

이리야는 자신이 신고 있던 신발을 대충 던져 놓은 채 나이트 워커를 신었다. 그녀는 신발을 신은 채 생각에 빠지는 것처럼 눈을 감더니……

그대로 사라졌다.

"오호?"

그리고 그 순간 멀찍이 있는 나무 그림자에서 이리야의 모습이 나타난다. 그림자에서 그림자로 이동하는, 소위 말하는 쉐도우 점프(Shadow Jump) 능력은 원래부터 나이트 워커에 달려 있는 기능이면서도 쉽게 쓸 수 없는 능력이다. 하물며 처음 그것을 신은 사람이 그 능력을 끌어낸다는 건 거의 불가능한 일인데 그녀는 연결된 그림자에서만 사용하다 익숙해져 응용한 것도 아니라 단번에 쉐도우 점프를 사용했다.

'역시 어둠을 다루던 능력자라 그런가?'

실로 놀라운 일이었지만 멀린은 잘되었다고 생각했다. 어차피 자신은 사용하지도 못하는 물건이 올바른 주인을 찾은 것이다.

"이리야 누나는 영력 위주로 키우신 것 같은데 그러면 굳이 그게 없어도 항마력이 충분하지 않나요? 수호의 월석이 대단한 보물인 건 사실이지만 수호의 월석보다는 그게 더 누나한테 어울리는……."

"가져!"

그러나 말을 다 잇기 전에 이리야가 함성을 내지른다. 멀린이 황당해 반문한다.

"네. 네?"

"가져! 가지라고! 와하하하! 너, 맘에 드는데! 하압!"

팟! 팟! 팟!

이리야의 몸이 다시 사라지더니 사방에 있는 그림자에서 나타났다 사라졌다가 나타나기를 반복하기 시작했다. 두 번째인 만큼 눈썰미가 좋은 멀린은 그녀의 움직임을 파악했다. 자신의 기척을 숨긴 후 그림자 속으로 스며들었다가 5미터에서 10여 미터 이상 떨어진 그림자에서 나타난다. 은신 마스터인 이리야 가 이런 아이템을 얻었으니 이제 그녀는 암살의 신이나 도적의 신이라 불릴 능력을 갖추게 된 것이나 다름없다.

팟!

"웃?"

어둠 속에서 뭔가 날아오는 것을 본 멀린은 손을 뻗어 그것을 잡았다. 조금 전만 해도 이리야의 목에 걸려 있던 수호의 월석 이다.

멀린은 감정을 사용했다.

Item

[수호(守護)의 월석(月石)]   1급   Unique

포레스트 웜의 눈동자를 가공해 만든 보물. 적대적인 이능에 저항하는 역장을 24시간 유지하기 때문에 저급의 주문은 별다른 수고 없이 걸러내 버린다.

또한 월석 내부에 마력을 충전시켜 놓으면 그 마력을 소모해 중급, 혹은 상급 이상의 이능조차 저항하거나 약화시킨다. 소유자가 능숙하게 마력 을 조절한다면 되돌려 보내거나 타인에게 걸린 적대적 이능을 제거하는 것도 가능하다.

5클래스 이상의 마법사는 3레벨부터 사용 가능.

멀린은 수호의 월석을 목에 걸었다. 그러자 온화한 영력장이 몸을 감싸는 게 느껴진다.

'다행히 세븐쥬얼 학파 5성을 5클래스 이상이라고 인정해 주는군. 뭐, 비율상으로 쳐도 높으면 높았지 낮은 건 아니지만.'

현재 멀린의 보석은 옥, 자수정, 에메랄드, 스피넬을 넘어선 사파이어, 즉 제5단계에 들어섰다. 입문이라고 할 수 있는 언노운 단계와 궁극이라고 할 수 있는 제로샤이닝까지 포함해 9단계 중 여섯 번째 계단을 밟은 것이다.

"어쨌든 고마워! 그럼 귀환!"

멀린 때문에 마지막까지 남았던 이리야까지 대기실에서 사라진다. 딱히 멀린과 함께 가는 사람은 없다. 평소 누구와도 어울리지 않고 살아왔으니 당연한 업보라 하겠다.

"혼자 걷는 길. 오오, 그것이 인생."

헛소리를 지껄이며 스타팅으로 귀환한다. 도시에서 어영부영 시간을 보낸 데다 미션도 수행한 상태이기 때문에 다음 이벤트까지 시간이 얼마 남지 않았다.

Chapter 26
이벤트 강림

멀린은 새로 익힌 비행술… 이라기보다 중력 주문의 활용으로 선착장까지 이동했다. 이벤트를 하기 위해 이동하는 사람이 워낙 많아서 길을 헤맬 필요는 없다.

"어디 보자……. 다음 이벤트는 스타팅의 남쪽 바다에서 낚시 이벤트던가?"

멀린은 비홀더를 조작해 공지사항을 확인하며 중얼거렸다. 하지만 물고기를 잡는다는 점에서만 동일할 뿐이지 어디까지나 나타나는 것은 보통 물고기가 아니라 보석으로 만든 물고기이며, 그걸 잡는 사람들 역시 온갖 능력을 사용하는 유저들이라는 점에서 낚시와는 크게 다르다.

"줄 서세요, 줄! 배는 무한히 주어집니다!"

"배 하나당 인원은 열 명입니다! 운전은 알아서 하세요!"

"탑승 마친 배들은 출항! 대기 인원 많습니다!"

통제를 맡기 위해서인지 상시 스타팅을 지키던 경비병들 중 상당한 숫자가 유저들 앞에서 소리치고 있었다.

"저 녀석들도 고생하네. 그나저나 배?"

수많은 사람들 때문에 시야가 가려져 앞으로 슬슬 나아간다. 투시안이나 원격안을 사용할 수 있는 멀린이지만 하나같이 마법 장비로 온몸을 두르는 유저가 이만큼이나 많이 몰려들면 시야가 제한당할 수밖에 없다. 억지로 하려고 하면 못할 것도 없겠지만 필요 이상으로 많은 힘이 드는 것이다. 그리고 그렇게 사람들을 넘어서 보게 된 것은······.

"헐. 모터보트잖아?"

그것도 재질이 고무다. 검은색 고무로 만들어진, 미군에서 상륙용으로 흔히 쓰는 물건. 선체가 워낙 가볍기에 조금만 무게중심을 잘못 잡아도 뒤집힌다는 단점이 있기는 하지만 모터가 달려 있는 만큼 속도는 상당하리라. 타고 있는 사람이 마법사라서 이런저런 주문을 사용한다면 바다도 건널 수 있는 물건. 하지만 그때 경비병 중 하나가 소리친다.

"배의 소환 시간은 열다섯 시간이니 시간이 다 지나기 전에 물으로 돌아오셔야 합니다!"

들려오는 목소리에 멀린의 눈이 모터보트를 향한다. 과연 일반적인 모터보트가 아닌 영기의 집결체로 선착장에서 경비병 중 하나가 중얼중얼 주문을 외워 소환하고 있었다.

"아니, 무슨 소환 기술을 써야 저런 걸 불러내는 거야? 차라리 정체불명의 괴물을 소환했다면 또 모르지만 모터보트 소환술이라니……."

멀린은 투덜거리며 조금 더 앞으로 나가보았다. 바다에는 언뜻 봐도 수백 척이 넘어 보이는 배들이 바글바글 자리하고 있었는데, 그럼에도 선착장에는 무수하게 많은 유저들이 남아 새로 소환되고 있는 모터보트에 탑승하고 있다.

"스타팅도 그랬지만 사람 참 버글버글 많군. 굳이 뚫고 저걸 타야 하나?"

사실 멀린은 배에 탈 이유가 없다. 이 세상에 존재하는 그 어떤 배보다 멀린 그 자체의 속도가 빠르기 때문이다. 심지어 그는 땅보다 물속이 더 편하고 일단 잠수하면 몇 개월 정도는 웃으며 버틸 수 있다.

'흠. 그래도 이벤트에 참가했다는 증표 같은 게 필요할지도 모르니까 배에는 타자. 적당한 타이밍을 봐서 내리면 되겠지.'

하지만 그렇게 생각했을 때 유저 중 하나가 소리친다.

"게인 형, 죄송하지만 그 배 꼭 타야 하나요? 차라리 소환수 쪽이 나을 것 같은데."

"아, 다른 수단이 있으신 분들은 꼭 이 배를 타실 필요없습니다. 요는 이벤트 장소까지 갈 수 있기만 하면 되죠."

그 말에 유저들이 웅성거리기 시작한다. 물론 사람을 태우고 장시간 날 수 있는 소환수를 다루는 유저는 많지 않지만 유저가 하늘을 날 수 있는 수단이 꼭 소환수로 국한되지는 않는다. 비행 마법이 걸린 마법 물품이라는 것도 얼마든지 있는 법이고, 능력 종류에 따라서는 비행 자체가 특기인 이들 역시 얼마든지 있다.

"에에잇! 그게 되면 빨리 말했어야지! 날아라, 아스라다!"

유저 중 하나가 인벤토리에서 꺼낸 양탄자를 하늘에 던지자 둥글게 뭉쳐 있던 양탄자가 깔끔하게 펴지며 단단하게 그 위로 뛰어오른 주인을 받아낸다. 제법 신기한 광경이었기에 주변에 있던 유저들이 오오, 하고 휘파람을 불었지만 그 모습을 보던 흑마법사 중 하나가 코웃음을 친다.

"헹! 그깟 구시대적인 마법 양탄자 따위! 나의 세련되고 아름다운 팬텀을 보고 열폭이나 해라!"

[히히힝!]

마법사 하나가 허공으로 뛰어오르자 검은 연기가 뭉쳐지더니 푸른 안광을 뿜어내는 검은 갑주의 말로 변한다. 그것이야말로 유령군마(幽靈軍馬) 팬텀 스티드(Phatom Steed)다.

"하하하! 기껏해야 1인에서 4인이 한계인 잡것들은 가라! 소환! 베칼리온!"

[우우우웅!!]

소환사로 보이는 유저의 외침과 함께 멀린이 보았던 모비딕 정도의 크기는 아니어도 거의 집 한 채는 됨 직한 덩치의 고래가 모습을 드러낸다.

"에라이, 나는 그냥 난다!"

"실프 전대! 제4형태!"

"나의 하르페이온은 귀엽고도 카와이하다는!!"

그것을 시작으로 여기저기에서 유저들이 날아오르기 시작한다. 유저들 특유의 과시욕과 경쟁심이 불붙기 시작한 것이다. 심지어 개중 몇 명은 수면 보행 주문을 사용해 바다 위를 달리기 시작한다.

"어이구, 저래서는 오래 못 갈 텐데."

멀린은 중얼거리며 사람들을 헤치며 앞으로 걸어갔다. 그는 보통의 유저들과 달리 사람들의 시선을 끄는 걸 좋아하지 않기 때문에 시야에 잘 안 보이는 위치를 찾았다. 마침 선착장에 서 있던 등대 아래가 한산해 보인다.

퐁!

덩치가 절대 작지 않은, 그것도 펑퍼짐한 로브까지 입고 있는 멀린이 물에 뛰어들었음에도 마치 조약돌 하나 던진 듯 물방울 하나만 튀어 오른다. 물론 기본적으로 디오 속 바다는 수정처럼 맑고 깨끗하기 때문에 이대로 움직이면 사람들 눈에 띄게 될 것이다.

'다른 팀의 배 아래쪽에 숨어야겠다.'

동작은 생각과 함께 이루어진다. 물론 바닷물은 여전히 맑고 깨끗해 바닥까지 비쳐 보이지만 물속에서 멀린의 움직임은 너무나 빨라 그냥 검은 그림자가 쉭 하고 움직이는 느낌이다. 심지어 물속에서 뭔가 고속으로 움직일 때 발생해야 하는 물결 같은 게 전혀 없기 때문에 아무도 그의 모습을 잡아내지 못했다.

위이이잉—!

멀린이 몰래 숨어든 모터보트는 시끄러운 소리를 내며 선착장에서 멀어지고 있다. 모터보트라고는 하지만 10인용에 열 명이 다 탔으면 무게 때문에 주춤하게 마련인데 파도를 가르며 빠르게 나아간다.

뚝.

그런데 그때 갑자기 모터의 소음이 사라진다. 속도가 줄어든 건 아니다. 배는 여전히 나아가고 있는데다 진동은 느껴지고 있으니 배에 탄 유저 중 하나가 마법을 사용해 소리를 막은 것이리라.

"시끄러워 죽는 줄 알았네. 딱 보니 순수한 모터보트도 아닌데 왜 이렇게 만든 거야?"

"뭐, 리얼리티 그런 거 바란 게 아닐까?"

배 위에 타고 있던 유저 중 한 명의 말에 처음 투덜거린 유저가 반박한다.

"이런 중세적인 사람들이 모터보트를 타는 게 더 리얼리티를 해친다는 걸 알아야지."

"무슨 헛소리를……. 늑대 녀석 복장은 현대인 거 안 보이냐? 심지어 곰 녀석 복장은 SF잖아!"

'늑대? 곰?'

이해할 수 없는 단어에 의아해하던 멀린은 문득 그 목소리가 기억에 있는 종류라는 걸 깨달았다. 처음으로 바다를 건넜을 때 망자의 대지에서 만났던 사령술사 전갈이다.

'아하! 늑대랑 곰도 아이디구나.'

그렇다면 다른 호칭도 쉽게 이해 가능하다. 하지만 게임 속에 들어와 만난 동료들과 아이디를 맞추는 건 불가능에 가까우니 아마 현실에서도 아는 사람들이었을 것이다.

"아, 저기, 형들. 잠깐 상의하고 싶은 게 있는데……."

그때 배에 타고 있는 유저들 중 뒤쪽에 앉아 있던 청년의 목소리가 들려온다. 뭔가 알 수 없는 시름이 잠긴 목소리다.

"엥? 참새 녀석, 요새 조용하더니… 왜?"

"그냥 묻고 싶은 게 있어서……. 저, 저기 혹시 여자 친구하고 5급 마법기 세트 중 하나를 고르라면 뭘 고르시겠어요?"

약간은 뜬금없는 질문이었지만 대답은 즉시 돌아온다.

"5급 마법기."

"5급 마법기요."

"당연히 5급 마법기 세트 아닙니까?"

"5급 마법기 세트."

"마법기."

"장난하는 것도 아니고. 5급 마법기."

"……"

그야말로 만장일치. 고민하는 기색조차 없다. 너무도 수월한 대답에 잠시 침묵에 빠지는 참새. 그러나 잠시 후 그는 '내가 왜 이런 반응을 예상하지 못했단 말인가?'라는 마인드가 절절이 느껴지는 목소리로 신음했다.

"내가 잘못했어요……."

잠시 배에 침묵이 깃든다. 아마도 다른 유저들이 참새라는 유저를 바라보고 있기 때문이겠지 하고 멀린은 짐작했다. 과연 잠시 후 전갈이 침묵을 깨고 말한다.

"왜 그러는데?"

"아니, 별건 아니고, 제 여자 친구가……."

"뭐라! 너 설마 여자 친구가 있었어?"

순간 모터보트가 들썩인다. 멀린은 잘 몰랐지만 듣고 있던 유저들 중 곰이라는 유저 하나가 노호성을 지르며 일어났기 때문이다.

"그러니까! 애인 아니고 여자인 친구요! 중학교랑 고등학교 다 남녀 합반이었는데 친하게 지낸 여자애 정도는 있을 수 있잖아요!"

"나는 없었어!!"

잠시 보트 위에 소란이 있었다는 건 중요하지 않다. 그 소란 때문에 보트가 뒤집어질 위기가 있었기에 멀린이 물 제어 능력으로 잡아줘야 하긴 했지만, 하여튼 상황이 진정되자 참새가 말을 이었다.

"하, 하여튼 여자인 친구. 네! 여자인 그 친구가 갑자기 장비를 맞춰 달라고 하더라고요. 근데 우리가 친하긴 해도 그렇게 돈 들이고 그런 관계는 아니어서……."

차분한 상담이었지만 답변은 시릴 만큼 차갑고 간단명료하다.

"꽃뱀이다."

"꽃뱀이네."

"꽃뱀."

"당연히 꽃뱀 아닙니까?"

"꽃뱀이요."

"이런 등신아, 누가 봐도 꽃뱀이야!"

그야말로 만장일치. 고민할 가치조차 없다는 그들의 반응에 참새가 발끈한다.

"하, 하지만 제법 친하다고요! 요새 같이 사냥도 많이 했고 전화도 매일매일 해요! 그리고 또……."

"쯧. 그렇게 친해지기 시작한 건 언제부터인데?"

"네, 네? 그거야 제가 7레벨이라는 걸 알려주고서죠."

"거봐! 그 여자는 네 레벨을 보고 접근한 거야! 우리야 이렇게 뭉쳐 다니니까 흔하게 느껴지겠지만 일반적인 파티에서 7레벨 유저는 거의 없는 거나 마찬가지라고! 우리 시에 나 포함해서 두 명이고, 우리 도에 있는 사람 다 쳐도 일곱 명이라더라!"

"맞아! 게다가 그 여자 레벨이 몇이야?"

5급 장비라는 것은 5레벨부터 장비 가능한 물건들을 말한다. 물론 장비 자체에는 별다른 자격이 필요하지 않지만 레벨이 모자라다면 거기에 설치되어 있는 마법적 기능이 작동하지 않으니 저 랭크 아이템을 장비하는 것과 다를 게 하나 없다. 즉, 5급 장비를 원한다는 건 그녀도 어느 정도 수준이 된다는 말이지만 참새는 조금 찔리는 표정을 지었다.

"레, 레벨이라면 4요. 하지만 궁술 랭크가 5랭크라서 조건부 장비라면 5급도 착용 가능해요!"

틀린 말은 아니었지만 곰은 코웃음을 칠 뿐이다.

"뭐? 조건부 아이템? 조건부 아이테에에엠~? 이봐, 세트라는 건 적어도 다섯 개라는 이야기잖아? 세상에 5급 장비 다섯 개. 그것도 전부 조건부 아이템이라니, 그게 얼마인지 알아? 차라리 명품 백을 사 달라고 해!"

멀린은 참새의 말을 들으며 유저들의 수준을 파악했다. 물론 레벨에 있어서는 멀린이 오히려 그들보다 떨어졌지만 멀린은 슬쩍 영명안을 사용하는 것만으로 그들의 수준을 일목요연하게 파악할 수 있었다.

'전갈 형이 8레벨… 아니, 9레벨? 그리고 나머지는 대부분 7레벨 정도네.'

멀린은 별로 실감하지 못했지만 상당히 높은 수준의 파티다. 곰의 말대로 7레벨 유저만 해도 인구 50만 이상의 시에도 두 명 이상인 경우가 드문 것은 사실이었으니까. 10레벨, 즉 마스터 정도의 경지라면 국가 단위로 쳐도 한 손가락으로 셀 수 있을 수준. 대한민국의 경우 현재 마스터에 이른 유저가 세 명이 되었는데 이건 세계에서도 유래가 없을 정도로 많은 마스터 보유국(?)이라 할 수 있다.

"그, 그렇지만 수영이는 양궁 선수라고요! 기본기가 튼튼하니 전투에만 익숙해지면 금방 고 레벨이 될 거예요!"

"헹! 양궁 선수라고 해봤자 궁수들 중에서 양궁 선수가 얼마나 많은지 알아? 게다가 단순히 표적을 맞추는 걸로 전투 능력이 나오면 우리나라에는 마스터 급 궁수가 수두룩하지!"

양궁 선수들이 상대적으로 레벨을 쉽게 올리는 건 사실이지만 그렇다 하더라도 어느 선을 넘어가게 되면 단순한 명중률 이상의 것이 필요하다. 멀린은 잘 몰랐지만 디오의 승급 시험은 무조건 유저에게 최악의 상성을 가진 적이 최악의 상황에서 등장하기 때문이다.

만약 마법사가 승급 시험을 진행한다면 근접 전투 능력을 가진 몬스터가 코앞에서 나타난다. 그리고 전사가 승급 시험에 들어선다면 저격이나 마법 능력을 가진 몬스터가 멀찍이에서 나타나는 것이다. 게다가 5급 이상의 아이템이나 일회성 소모 아이템을 사용하는 것도 금지에 마스터 스킬이나 마스터 웨폰도 사용하지 못한 채 오직 실력으로 상대를 제압해야 한다. 이벤트의 배치 전투에서 9레벨인 이리야가 12레벨의 몬스터를 쓰러뜨릴 수 있었던 것은 그런 제한이 없었기 때문이다. 상황만 맞는다면야 저 레벨이 고 레벨을 이기는 것도 불가능한 일은 아니기 때문인데 심지어 이리야는 암살이 가능하다.

말이 길어졌지만 결론적으로 근거리에서도 활을 쏠 수 있을 정도로 뛰어난 기교를 가지고 있거나 다른 근접 전투 수단을 가지지 않은 이상 단순한 원거리 저격 실력으로 레벨을 올리기 어렵다는 말이다. 하다못해 경공 실력이라도 갈고닦아서 거리를 벌릴 수라도 있어야 한다. 저격으로 필드에서 2~3렙 높은 몬스터를 잡을 수 있더라도 그게 승급 시험과는 완전히 별개인 것. 하지만 맞는 말이라고 순순히 수긍할 수는 없는 일이다. 심지어 곰의 경우에는 참새의 여자 친구가 어떤 실력을 가지고 있는지도 모르지 않는가?

"너, 너무하시네요! 애초에 잘 알지도 못하는 여자를 왜 이렇게까지 매도하시죠?"

"그건……."

일순간 말문이 막혀 더듬는 곰에게 참새가 쐐기를 박았다.

"그냥 여자 친구가 없어서 그러는 것 아닌가요?"

"뭐, 뭐라고?"

"제 친구들이 그러는데, 30년 이상 여자 친구가 없으면 솔로부대 원수라고 하더라고요. 그러고 보니 곰 형, 올해로 솔로 부대 원수 아니신가요? 이 파이브 스타!"

"이, 이런 고얀! 여봐라! 이 건방진 놈을 데려다가 매우 쳐라!!"

보트 위는 시끌벅적 시끄럽다. 게다가 웅성대는 분위기를 듣던 멀린은 왜인지 모르게 이 열 명의 유저에게 하나같이 여자 친구가 없다는 사실을 알 수 있었다. 단순한 게임 폐인도 아니고 현실에서도 통용되는 실력이 필요한 디오의 고 레벨 유저는 어디 가서 꿇릴 만한 이들이 아닌데도 이렇다는 건 능력 이전에 뭔가 다른 게 문제 된다는 말이다.

"흥! 이렇게 된 이상 제가 만들어서라도 줄 겁니다! 이런 냄새 나는 남정네 길드에서 커플이 되어주겠어요!"

"뭐, 뭐라! 이런 배반자가!"

"반동이다!"

"솔로 까지 마! 수련은 혼자 해야 몰입이 잘되고 사냥도 혼자 해야 실력이 느는 거야!"

"뭐 하냐……."

티격태격하는 길드원들의 모습에 한숨 쉬는 전갈. 그러나 곰 은 그런 그마저 놔두지 않았다.

"뭘 자기 일 아니라는 듯 보고 있어! 자기도 솔로면서!"

"시, 시끄러워! 난 그래도 사귄 경험은 있다고!"

"그래 봐야 뻥! 하고, 그냥 뻥하고 차였지! 환영한다, 돌아온 솔로!"

"뭐라고!"

투닥투닥. 이제는 보트가 위태롭게 흔들리기 시작했지만 모두 이능을 익혀 인간을 벗어난 초인이었던 만큼 보트가 뒤집어 지는 개그는 일어나지 않았다.

'재미있는 사람들이네.'

멀린은 배 밑에서 그들의 소란을 들으며 생각에 빠졌다. 그들의 말을 듣다 보니 문득 떠오르는 얼굴이 있었다.

'은혜 녀석, 잘 지내려나?'

어느새 은혜가 해외로 나간 지 한 달이 지났다. 물론 그건 현실의 시간일 뿐 멀린이 체험한 시간은 반년이 훨씬 넘었다. 꽤나 긴 시간 동안 그녀를 보지 못한 것이다.

'그러고 보니 전화 한 통 없군. 아니, 뭐, 그런 성격도 아니지만.'

멀린은 머릿속으로 은혜의 모습을 그려보았다. 어릴 때부터 운동을 해서 그런지 175라는, 어중간한 남자라면 오히려 내려다보는 훤칠한 키에 늘씬한 몸을 가지고 있는 그녀는 초등학교 때부터 친구들에게 상당한 관심을 받았지만 언제나 무감각한 표정으로 그 관심을 떨쳐 냈다.

'후후, 어릴 적에는 내 뒤만 졸졸 따라다녀서 정말 귀여웠는데……'

하지만 그때 어느 영상이 떠오른다.

"가, 가지 마. 가지 마아. 용노야, 용노야. 우우… 으…….."

울고 있다. 너무나 작고 가여운 소녀가 자신을 보며 울고 있다. 그 뒤에는 그의 가족이 죄악감에 물든 표정으로 자신을 바라보고.

지끈!

순간 멀린은 밀려드는 두통에 움찔했다. 머릿속에서 알 수 없는 영상이 떠오른다.

"이런 기억은 없는 게 낫겠지?"

말하는 것은 중년 사내다. 얼굴은 보이지 않는다. 다만 처음
보는 얼굴은 아닌 것 같은 친숙감이 느껴질 뿐 모든 기억이 흐
릿하다.

'뭐, 뭐지, 이건? 게다가 은혜가 내 뒤를 졸졸 따라다닌 적이
있었나? 심지어 어릴 때부터 무표정하던 은혜가 울다니······.'

정체를 알 수 없는 영상에 당황한다. 그러나 그 기억은 이내
사그라지고 그의 표정이 몽롱해진다.

'···어? 내가 방금 무슨 생각을 한 거지?'

그러나 기억은 완전히 사라져 흔적조차 없는 상태. 멀린은 잠
시 생각에 빠졌다가 손바닥을 쳤다.

'아, 맞다, 은혜. 그러고 보니 은혜 녀석이 디오를 하면 어디
에서 살든 만날 수 있잖아?

맞는 말이다. 아무리 해외에 나가 있다 해도 지금의 디오 열
풍은 한국에 국한된 것이 아닌 전 세계적인 사건. 아이디만 알
아도 귓속말을 하는 게 가능하고 만나려 한다면 얼마든지 얼굴
을 마주할 수 있다.

'문제는 전화도 안 하는 녀석이 굳이 나 같은 걸 만나려 하느
냐는 거겠지만······.'

하지만 거기까지 생각했을 때 배가 목적지에 도착했다.

"물고기 떼가 보인다!"

"우와! 저게 뭐냐?"

배 위에서 티격태격하던 전갈과 그의 동물 친구들(?)마저 싸움을 멈추고 바다를 바라본다. 멀린 역시 물속에서 저 먼 곳을 바라보았다.

온 바다가 번쩍이고 있다.

'우와! 엄청난 숫자……!'

멀린은 강화안을 사용해 저 먼 바다에서 헤엄쳐 오는 수십만 이상의 물고기들을 바라보았다. 그것들은 문자 그대로 보석으로 만들어진, 생물이라기보다는 골렘에 가까운 마법 생명체다. 그 무겁고 딱딱한 몸으로 어떻게 움직이는지 알 수 없는 일이었지만 놀라운 속도로 바다를 헤치며 나아가고 있다. 손바닥보다 작은 물고기에서부터 거의 3미터에 가까울 정도로 커다란 물고기도 보인다.

"잡아!"

"에라이, 낚시인 줄 알았더니 결국 사냥이네!"

"다른 녀석들한테 뺏기지 마!"

부아아앙!

고함 소리와 함께 바다를 가득 메운 모터보트가 매서운 기세로 보석 물고기들에게 달려들기 시작한다.

펑!

가장 먼저 물고기 떼에 도착한 것은 선두에 있던 마법사 팀. 그들은 몬스터를 잡는다는 생각으로 이벤트에 참가한 것인지 다짜고짜 화염 마법을 날렸다. 초고열의 화염에 바닷물이 일순간 증발하며 해면에 바짝 붙어 있던 물고기들이 거기에 휩쓸린다.

촤아악!

"아니!"

그러나 사방으로 튕겨 나간 물고기 중 극히 일부가 보석으로 변했을 뿐 나머지는 무사히 살아남아 마법사들이 타고 있던 모터보트를 습격했다.

쾅!

"으악! 뭐냐!!"

"이 자식들! 제법 강해!!"

모터보트가 박살이 나며 거기에 타고 있던 마법사들이 사방으로 떨어졌지만 유저들의 관심은 물에 빠진 타인보다는 보석으로 변한 일부의 물고기들에 쏠려 있다.

"보석이 물에 뜬다!"

"그렇구나! 저걸 챙기면 되는 건가!"

"그런데 너무 튼튼해! 방금 그거 3클래스 마법 아니었냐? 그걸 맞고 몇 마리 안 죽으면 너무 힘들⋯⋯!"

쾅!

"으아악! 뭐 이런 거지같은 이벤트가!"

"악! 이 자식들, 막 어택 들어온다!"

물고기 떼가 유저들의 배에 몸을 들이받자 배들이 사방으로 튕겨 나갔다. 물고기의 숫자는 수십만 마리가 넘어서 천 마리씩만 뭉쳐 다녀도 어마어마한 위력을 자랑한다.

콰콰쾅! 퍼벙!

하지만 그러면서도 여기저기에서 폭음이 터져 나오기 시작한

다. 물고기들이 사방으로 튀어나고 물방울이 튄다. 튼튼하다고
는 하나 온갖 이능을 가진 유저들의 공격에 휩쓸리기 시작하는
것이다.

휙!

그리고 허공에서 떨어지는 물고기 중 하나가 주변에 있던 배
위로 떨어졌다. 사실 그 물고기는 50센티미터에 가까울 정도로
덩치가 큰데다가 폭발 때문에 일어난 물기둥 때문에 날아오를
뿐 멀쩡했지만 배 위에 있던 유저는 무심코 그 물고기를 잡았
다.

펑!

그리고 그가 물고기를 받기가 무섭게 물고기는 커다란 보석
으로 변해 그의 손에 잡혔다. 주먹 두 개는 붙여놓은 것 같은 비
정상적인 크기의 루비였다.

"어? 물고기, 사람 손이 닿으면 바로 보석으로 변해요!"

"뭐? 진짜요?"

그 말에 유저들이 너도나도 바다에 뛰어들어 물고기들에게
손을 내뻗거나 배에 엎드려 손을 휘둘렀다. 물론 그건 극히 미
련한 짓이다. 바다에서 헤엄치는 물고기를 손으로 잡는다는 게
어디 쉬운 일이란 말인가? 하지만 그들은 보통 인간이 아닌 만
큼 곧 물고기가 잡히기 시작했다.

펑! 펑!

"잡힌다!"

"그럼 몰아!"

쾅!

"조심 좀 하고! 마법사들은 주문 써서 움직이기 힘들게 해보세요! 얼려 버리는 것도 좋고!"

바다 위는 그야말로 아비규환. 수많은 보석 물고기들과 유저들이 충돌하면서 사방으로 보석과 보트가 튕겨 다닌다. 물에 빠진 유저의 수는 셀 수도 없을 정도. 그러나 인간 이상의 반사신경과 수많은 전투로 온갖 공략에 능숙해진 유저들이 점점 상황에 익숙해지면서 물에 빠지는 보트보다 보석으로 바뀌는 물고기가 많아지기 시작한다.

그리고 바다 밑은…….

'아싸! 신나는구나!'

퍼버버버버벙!!

멀린은 물속을 종횡무진 누비며 물고기들을 휩쓸었다. 물고기가 아무리 빨라봐야 시속 150킬로미터를 넘어서는 것은 불가능하다. 애초에 헤엄을 쳐서 그 이상의 속도를 낸다는 건 물리법칙에서 벗어난 일. 하지만 멀린은 물속에서라면 시속 500킬로미터를 넘어 600킬로미터에 가까운 속도를 낼 수 있다. 게다가 이놈의 수영은 관성도 무시하는 직각 턴이나 즉시 정지 같은 게 가능해서 멀린은 너무나도 자연스럽게 물고기 떼에 들어가 속도를 맞춰 움직이며 손을 놀릴 수 있다.

퍼버버벙!

카라락!

멀린의 뒤로는 두 개의 염체, 즉 영휘와 샤이닝이 그물 모양으로 굳어져 따라가며 보석으로 변한 물고기를 모조리 쓸어 넣고 있다. 그 그물은 상당히 빽빽해서 정말 어지간히 작은 보석이 아닌 이상 모조리 걸려든다.

팡!

"엉?"

막 보석들을 쓸어 담던 멀린은 지금까지처럼 손을 휘두르다 강한 반발을 느끼고 눈을 동그랗게 떴다. 그의 앞에는 2미터나 되는 상어 같은 보석 물고기가 있었다.

'아, 덩치 큰 녀석들은 단순히 손이 닿는 것만으론 보석이 되지 않는구나.'

그러나 알 게 뭔가?

쩍!

펑!

대력금강수로 머리통을 때려주자 커다란 보석으로 변한다. 제법 튼튼했지만 멀린은 물속에서의 전투에도 능하다. 수영이 S랭크에 들어간 그 순간부터 물속의 멀린은 누구보다 빠른 기동력과 공격력을 가진 존재가 된 것이다.

촤악!

'응?'

하지만 화살처럼 움직이던 멀린의 움직임은 곧 멎었다. 등 뒤를 따라오던 영휘와 샤이닝이 묵직해졌기 때문이다. 어느새 그의 등 뒤에 펼쳐진 그물에는 어마어마한 부피의 보석이 걸려 있다.

'이런, 모으다 보니 보석 뭉치가 너무 커졌… 응?'

킹—!

하지만 그 순간 상당한 부피의 보석 뭉치가 한 점으로 집중되

더니 단 하나의 다이아몬드로 변한다. 그것은 한 손에 쏙 들어
갈 정도의 크기를 가진 육각형의 다이아몬드. 멀린이 무심코 그
것을 잡자 텍스트가 떠오른다.

1,□□□점의 잼 포인트를 습득하셨습니다!

'아, 이게 이런 식이구나. 그리고 보니 내가 가진 것도 있었
지?'

멀린은 미션을 수행하면서 1,100점의 잼 포인트를 습득했다.
멀린은 그게 많은 양인지 적은 양인지 확신하지 못했지만 아마
도 많을 거라고 예상했다. 당연한 것이, 그렇게나 강력한 아더
와 크루제가 포함된 파티가 순식간에 모든 조건을 충족하며 클
리어했지 않은가? 그런데 지금 멀린은 한 10분 남짓 수영하는
것만으로 거기에 준하는 잼 포인트를 얻었다.

'뭔가 날로 먹는 느낌이 들기는 하지만… 좋은 게 좋은 거
지.'

피식 웃으며 멀린은 다이아몬드를 인벤토리에 집어넣었다.
이것으로 그가 가진 잼 포인트는 2,100점이다.

'그럼 몸도 가벼워졌겠다, 다시 움직여 볼까?'

촤륵!

멀린은 다시금 물을 박차 물고기들을 향해 움직이기 시작했
다.

"환전소에 온 걸 환영해, 멀린. 오랜만인데?"

"어? 저, 기억하세요?"

멀린이 도착한 곳은 환전소다. 그곳은 디오 속의 골드를 손쉽게 현금으로 바꿀 수 있음은 물론 일반적인 방법으로는 구할 수 없는 장비들을 구할 수 있는 곳이다. 일반적인 온라인 게임을 비교하자면 캐시 샵(Cash Shop)에 가까운 곳이다.

"내 기억력이 워낙 좋거든. 하긴 뭐, 그래서 이 일을 맡게 된 거지만. 그런데 무슨 일이야? 역시 이벤트?"

"네, 누나. 여기서 확인한다고 하더라고요."

"물론이야. 잠깐만."

친절하게 대답하는 보라색 머리칼의 여인, [환전소 도우미]라는 타이틀을 달고 있는 엘렌은 잠시 눈을 감더니 거짓말처럼 두 명으로 불어났다. 도우미의 특수 능력이라고 하는 분신 능력이다. 디오에는 몇천 명의 NPC가 상주하고 있지만 그렇다 해도 더 많은 수의 유저들을 감당하기 어렵기에 가지고 있는 능력이다.

"잼 포인트는 있지? 열고 들어가는 데에도 포인트가 필요하던데."

"엑! 진짜요? 얼마나?"

"1포인트. 포인트도 없으면서 구경이나 하는 사람을 막기 위해서인가 봐."

"아하, 뭐 그 정도야."

물고기들이 다 잡히기까지의 시간은 대략 한 시간. 멀린은 그 한 시간 동안 무려 8,500점의 잼 포인트를 추가로 얻었다. 최종적으로 그의 잼 포인트는 1만점. 멀린은 물속에서만 움직여 다른 유저들에게 모습조차 보이지 않았음에도 어떤 유저보다 많은 잼 포인트를 얻은 것이다.

어쨌든 멀린은 인벤토리에 들어 있던 부스러기 보석(?) 중 하나를 엘렌에게 내밀었다. 엘렌은 그걸 받아 허공에 던졌다.

키잉!

허공이 일렁이더니 하나의 문이 만들어진다. 하우징 카드를 활성화시켰을 때 나오는 문과 비슷한 모양새다.

끼익.

"따라와."

"어? 직접 하시나요? 그 분신, 시간제한 있는 것 같던데."

"이벤트 기간에 한정해서 시간이 늘어났어. 갑자기 NPC를 늘리는 것도 쉬운 일이 아니거든."

그렇게 말하며 먼저 문 안으로 들어가는 엘렌을 따라 멀린이 걸음을 옮겼다. 문 안에 들어서는 순간 배경이 변한다.

우웅! 우웅─!

"와!"

새롭게 나타난 장소는 그야말로 별천지다. 거대한 보석이 마치 나무처럼 여기저기에서 자라고 있고 바닥은 파란 보석 타일이 깔려 있다.

"의형석(意形石)이야. 여의보주(如意寶珠)라고도 하는데, 쉽게 설명하자면 생각하는 어떤 형태로든 변하는 특이한 광물이지."

"광물이라니? 보석이 아닌가요?"

"물론 아니지. 잘 봐."

엘렌은 근처를 굴러다니던 보석 중 하나를 주워 힘을 주었다. 그녀의 손에 잡힌 것은 녹색 빛을 가진 보석이었는데 놀랍게도 엘렌이 힘을 주자 점점 찌그러지기 시작한다.

"깨지는 것도 아니고 찌그러지다니……."

"언뜻 보석처럼 보일지 몰라도 강도나 경도가 구리만도 못해. 게다가 존재 농도도 떨어져서 여기 환몽관(幻夢館)을 벗어나면 소멸하게 되지. 뭐, 어쨌든 중요한 건 이게 아니지. 자."

그렇게 말하며 엘렌은 한 권의 책자를 내밀었다. 대충 100여 페이지쯤 되어 보이는 두께다. 겉표지를 보니 [잼 포인트 사용법]이라는 글자가 쓰여 있고 옆을 보니 종이에 홈이 파여 챕터 구분을 하고 있다. 자세히 보니 일곱 개로 구분되어 있다.

"잼 포인트 사용법?"

"그래. 잼 포인트를 사용하는 가장 기본적인 사용 방법은 바로 비공정을 구입하는 것이지만 다른 활용법도 많아. 무기를 구입할 수도 있고 마법 재료를 구할 수도 있지. 일단 비공정부터 볼까?"

응!

엘렌이 책자를 펼쳐 한쪽을 손가락으로 가리키자 허공에 지름이 10미터가 넘는 거대한 마법진이 떠오르더니 한 척의 배가 허공을 미끄러지듯 모습을 드러낸다. 대충 4인용으로 보이는 디자인에 돛까지 달린 배다.

"우왁? 정말로 불러내는 건가요?"

"직접 판매하는 비공정들은 비축 물량이 꽤 되거든. 물건을 한 번도 못 보고 구입하기에는 고객들도 미심쩍지 않겠어?"

그녀의 말에 멀린은 허공에 떠 있는 배를 바라보았다. 배에서는 뭔가 알 수 없는 마력적인 파동이 계속 밀려 나와 주변 공간을 일그러뜨리고 있었다.

"가장 저렴한 기본형이야. 500잼 포인트면 구입할 수 있을 정도로 싸지만 대신 최고 속도가 100킬로미터에 못 미치지. 대신 부유석을 구현(具現)한 모델이라 24시간 내내 날 수 있어."

"말하자면 마법의 배로군요. 연료는 뭐죠?"

"자체적으로 주변 마나를 받아들여 쌓아두는 충전 기능이 달려 있지. 다만 그 양은 100테트라 정도야. 네 명이 다 타고 있다고 가정했을 때 하루 정도 움직일 수 있겠다."

그 말에 멀린은 놀란 표정을 지었다.

"겨우 100테트라인데 그렇게나 오래 날아요?"

100테트라라면 100포인트의 마력이다. 물론 100테트라만 되어도 그리 적은 마력은 아니지만 어지간한 중형 자동차보다도 큰 배를 허공에 띄우면 채 10여 분도 버티지 못하고 바닥나고 말 정도의 마력. 하지만 엘렌은 고개를 흔들었다.

"말했다시피 이 배는 자체적인 부유 능력을 가지고 있어서 하늘을 나는 자체에는 아무 힘을 소모하지 않아. 돛을 펼쳐서 바람으로 날면 돛단배처럼 아무런 에너지 소모 없이 날 수 있지."

그녀의 말을 들으며 멀린은 다음 비공정을 살펴보았다. 페이지를 넘겨 새로운 그림 위에 손을 올리자 정면에서 나타난 마법진으로 마법의 배가 사라지고 이어 납작한 형태의 비행기가 떠오른다.

"이건 '까마귀'라고 해. 가격에 비해 제법 빠른 속도를 자랑하는 모델로 1인용하고 2인용이 있지. 최대 저장 마력은 500테트라이지만 자체 부유 기능이 없어서 열 시간 정도 비행하면 마력이 떨어지지만 속도는 마하 3까지 나오지."

"꼭 스텔스비행기 같이 생겼군요. 저번 모터보트도 그렇고 디오에는 이런 물건들이… 어엉?"

하지만 찬찬히 까마귀를 살펴보던 멀린의 눈이 동그래진다. 강화안을 사용해 까마귀의 내부 구조를 파악했기 때문이다. 그 구조는 마치……

"이, 이거, 현대 기술 기반 작품이잖아요? 노즐 변환이 가능한 추력 편향 기능의 터보펜 엔진? 이런 것들을 게임 속에서 등장시켜도 되는 건가요?!"

멀린이 까마귀를 보고 경악하는 이유는 거기에 담긴 기술이 대단하기 때문은 아니다. 어쨌든 그것은 현대 기술, 즉 현대에 존재하는 기술이니까. 하지만 현대 기술이라고 해도 기밀에 속하는 기술들은 얼마든지 있다. 가장 쉬운 예로, 추력 편향 기능의 터보펜 엔진 같은 건 세계 최강 제공 전투기라는 F—22 랩터에서도 사용하는 기능이 아닌가? 물론 랩터가 최강이라고 불리는 건 엔진 문제가 아니지만 이런 기술을 게임 속에서 접할 수 있다는 건 충분히 문제가 된다. 만약 충분한 지식과 기술을 갖춘 유저가 이 비공정을 구입한다면 거기에 담긴 기술을 연구할 수 있지 않겠는가?

"헤에, 한눈에 알아보네. 마법적인 장벽이 좀 있을 텐데."

"그 정도야 뚫어볼 수 있어요. 게다가 정말 막으려고 했으면 시스템적으로 읽는 게 불가능하게 할 수도 있었을 텐데."

미심쩍어하는 멀린의 모습에 엘렌은 웃었다.

"3레벨의 보안이라면 마스터 랭크 정도의 강화안이 아니면 뚫어볼 수 없을 텐데…… 뭐, 좋아. 하지만 아쉽네. 만약 5레벨 비공정을 열람할 수 있다면 그야말로 기절초풍할 만한 걸 보여줄 수 있을… 응?"

차르륵.

하지만 무심코 페이지를 넘긴 엘렌은 눈을 동그랗게 떴다. 원래 제한에 걸려 넘어가지 말아야 할 페이지가 단숨에 넘어간 것이다.

"왜 그래요?"

"아, 아니, 놀라서. 너, 잼 포인트를 5,000점 넘게 벌었어?"

"잼 포인트라면 1만 점 정도……."

"뭐, 1만?"

그야말로 상식이 넘어서는 점수에 엘렌의 표정이 기묘해진다. 1점의 잼 포인트는 한 마리의 보석 물고기를 잡았을 때 나온다는 것, 즉 1만점의 잼 포인트라는 건 단순 계산으로 친다면 멀린이 1만 마리의 물고기를 잡았다는 것과 다름없다. 물론 미션이 있기는 하지만 미션 세 번을 아무리 성공적으로 수행해 봐야 500점을 넘기가 힘들다. 그런데 1만 점이라니?

"뭐야, 너. 길드원들이랑 모여서 몰이라도 했냐?"

"아뇨. 그게… 필드가 제 속성이었다고나 할까."

"……?"

이해할 수 없는 멀린의 말에 엘렌은 의아한 표정을 지었지만 이내 팔을 움직여 손을 책자에 올렸다.

웅!

공명음과 함께 까마귀호가 사라지고 새로운 비공정이 모습을 드러낸다. 그 모습은 마치……

"우, 우주선?"

"그래. 이거야말로 이온 엔진이 탑재된 블루비틀 A형! 대기권 내 비행은 힘들지만 단독 우주여행까지 가능한 물건이지. 게다가 자체적인 마력 충전이 가능한 마력석을 내장하고 있어서 속도만 제한하면 연료 걱정이 거의 없어. 게다가 그 놀라운 가격은 겨우 5,400점! 비싸 보일지 몰라도 어지간한 충격은 다 버텨낼 정도로 튼튼한데다 무장으로 10센티미터 포가 설치되어 전투도 가능해. 지상에서 우주로 날아오르는 건 무리지만 대기권에 돌입하는 건 가능하지."

"……."

그야말로 할 말을 잃어버린다. 물론 어차피 게임이다. 판타지가 나오는데 어찌 SF가 불가능할까? 하지만 AA랭크의 강화안을 가진 멀린이 블루비틀 A형을 감싸고 있는 보안을 뚫고 본 내용물과 작동 원리는 절대 쉽게 넘길 만한 수준이 아니다.

'이온 엔진에 플라즈마 캐논……'

물론 멀린은 그런 기술을 본 적이 없다. 당연하게도 그것들이 아직 [현존]하지 않는 기술이기 때문이다. 하지만 멀린은 블루비틀 A형의 내부 구조를 파악한 후 그 작동 원리와 이론이 과연 가능한지 머릿속으로 짜 올렸다. 그리고 그 결과는,

'현실에서도 통용되는 기술이다.'

현존하지 않는 과학 기술, 그러면서도 공상이 아닌 제대로 된 기반 위에 설립된 그것은 명백하게 현대의 [문명]을 넘어서는 것이다. 만약 이 우주선에 적용된 기술이 과학자들에게 들어간다면 인류의 기술은 수십 년 이상 진보하게 되리라.

'어떻게 하지?'

하지만 일단 그렇게 생각해 보니 딱히 떠오르는 게 없다. 그는 국가를 위하는 인물도 아니고 현대 기술 발전에 이바지하겠다는 의식도 없으니까. 게다가 강화안으로 본 걸 현실에 어떻게 전해준단 말인가? 스크린샷은 멀린의 강화안과 아무 상관 없이 우주선의 외면만을 찍으니 그 내부 구조를 전하려면 멀린이 그 구조를 완전히 파악한 뒤 이론을 설명해 주거나 설계도라도 그려줘야 하는데 그건 매우 힘들고 귀찮은 일이 될 것이다. 게다가 겨우 그 정도로는 많은 정보를 주기도 어렵다.

'에이, 국가 단체 같은 거에서 정보를 캐내려 한다면 알아서 캐내겠지. 나같이 많은 잼 포인트를 모은 사람은 없겠지만 보석을 몰아준다면 5천 잼 포인트 정도야 장난이고.'

그러나 멀린은 강화안이 마스터 랭크에 이른 유저가 자신 외에 아무도 없다는 걸 몰랐다. 물론 잼 포인트를 몰아주는 것 정도야 다른 사람도 가능하니 5레벨 비공정을 구입해서 분해를 해 보는 방법도 있겠지만 비공정에 걸려 있는 보안은 그렇게 단순하지 않은데다 비공정들이 뛰어난 과학과 마학의 구동 원리를 따른다고 해도 그 재료는 일반적인 물질이 아니라 어떤 형태로든 변할 수 있는 의형석(意形石)이다.

비공정의 부품을 떼어내면 얼마 지나지 않아 떨어진 부분이 소멸되어 활용이 불가능하고 잘라낸 단면을 들여다보면 내부 구조가 아닌 어그러진 의형석의 모습이 보인다. 단지 우주선의 형태를 가지고 있을 뿐 비공정은 물리적인 물건이라기보단 영적인 무언가에 가깝다.

마치… 신체(神體)를 구현한 유저들의 몸처럼.

"이게 5레벨이라고 했죠?"

"응? 아, 맞아. 5레벨 비공정이지."

"그럼 6레벨 비공정도 있나요?"

5레벨 비공정이 단독 우주 비행이 가능한 우주비행선이라는 것은 6레벨 비공정이라면 워프 드라이브(Warp Drives)라도 탑재된 항성 간 우주 비행이 가능한 물건일지도 모르는 상황. 하지만 아쉽게도 엘렌은 고개를 흔들었다.

"종류는 10여 가지 정도 되지만 등급이라면 5레벨이 끝이야. 대신이라고 하기엔 뭐하지만 이런 게 있지. 마침 네 점수가 많으니 블루비틀 B형을 볼까?"

팔락.

다음 페이지를 넘기자 접시 모양의, 흔히 말하는 UFO 형태의 비공정, 아니, 우주선이 나온다.

"반중력 장치가 내장된 물건이야. A형과 다르게 대기권과 우주 공간 모두에서 비행이 가능하지. 다만 속도가 조금 느리고 방어력이 떨어진다는 단점이 있는데…… 그걸 보강해 볼까?"

그렇게 말하며 손을 가볍게 움직이자 허공에 블루비틀 B형의 설계도가 떠오른다. 물론 블루비틀의 핵심 기술은 하나도 담겨 있지 않은 간략 버전이다.

"자, 기본적으로 블루비틀의 장갑은 세리움 복합 장갑이지. 샘플을 볼까?"

그렇게 말하며 가볍게 손을 움직이자 멀린의 앞으로 가로세로 10센티미터 정도 되는 금속판이 등장한다.

"헤에. 튼튼하네요. 제가 아는 금속인가요?"

"여러 가지 금속이 섞인 합금이지만 개중 대부분이 지구에는 없다는 설정이야. 열에 매우 강하고 탄성이나 강도도 훌륭해서 노아에서 대중적으로 쓰였던 물건이지."

멀린은 그녀의 말에 예전 환전소에 들렀던 기억을 되새겼다. 노아라면 SF에 가까운 미래 세계라고 광고하던 세계다. 외계 괴수와 치열하게 싸우는 인간들이 있다는 곳. 확실히 그런 세계관이라면 이런 합금이 있어도 이상할 건 없지, 라고 생각하며 멀린은 물었다.

"쓰였던… 이라는 건 결국 버려졌다는 건가요?"

"날카로운데? 뭐, 맞아. 이 금속에 아주 치명적인 단점이 발견되었거든."

"단점이라면……."

멀린은 금속판을 받아 유심히 바라보았다. 물론 눈으로 보는 걸로 합금의 재료를 아는 건 불가능하다. 그건 금속학 관련의 고등 지식이 있어야 하는 일이니까. 하지만 그는 세리움 복합 장갑의 단점을 단숨에 눈치챘다. 금속학 관련 지식이 아니라 모든 사물의 기운을 읽어내는 영명안 때문이다.

쩌억!

멀린이 침투경의 기운을 흘려 넣자 금속판이 쩍 하는 소리와 함께 갈라진다. 멀린은 말했다.

"항마력."

"정답. 대단한데?"

뜻밖에도 세리움 복합 장갑이라는 금속은 일반적인 금속이 자체적으로 가지는 항마력마저 없다. 철이나 알루미늄만도 못한 항마력이었다.

"그렇군요. 여섯 번째 장에 담긴 메뉴는 6레벨이 아닌 강화예요."

"맞아. 예를 들어, 지금의 경우 세리움 복합 장갑에 항마력을 추가시킬 수 있지."

"금속 자체의 성질을 변화시킨다는 건가요?"

그 말에 멀린은 깜짝 놀랐다. 그런 일이 가능하다면 강철, 미스릴과 다를 게 없다. 금속 자체의 성질을 변화시킨다면 흔치 않은 미스릴이 무슨 상관이란 말인가? 그러나 엘렌은 고개를 흔들었다.

"뭔가 착각하는 것 같은데, 이건 세리움 복합 장갑이 아냐. 어디까지나 그 형태와 이론을 구현한 의형석일 뿐이지. 세상에 존재하는 어떤 금속이라도 될 수 있어."

"그럼 아다만티움 같은 것도 된다는 건가요?"

"물론. 다만 지금 블루비틀의 경우 장갑을 전부 아다만티움으로 바꾸면… 어디 보자. 24만 점의 잼 포인트가 강화에 들어가는데? 그러니까 순수하게 강화에만."

"……"

막대한 잼 포인트다. 상당한 수의 보석 물고기를 잡아들였던 멀린조차 감당이 불가능한 점수. 물론 물고기 떼가 몰려오는 건 세 차례라고 했으니 더 벌게 될 수도 있을 테지만 그렇다 해도 엄청난 점수라는 사실은 변하지 않는다.

"말했다시피 6장에서는 강화가 가능해. 종류는 무궁무진하지. 강도를 올릴 수도 있고 속성 저항력을 가지는 것도 가능하지. 항마력이나 마력 탱크의 용량을 높일 수도 있고."

"7장은 뭐죠?"

슬쩍 본 책자는 일곱 개의 챕터로 나눠져 있다.

"구입 다음에 강화야. 다음은 뭘까?"

"…제작?"

"비슷해. 설계지."

촤륵.

페이지가 넘어가자 블루비틀 B형이 사라진다. 다만 지금까지처럼 새로운 모델이 나오지는 않고 투명한 빛깔의 구슬이 그 모습을 드러낸다.

"그럼 기초부터 제가 만드는 건가요?"

"뭐, 그래도 상관은 없지만 비공정 설계를 앉아서 뚝딱 하는 게 가능할 리 없잖아? 여기서 하는 건 기존에 존재하는 비공정들을 섞거나 개조하는 방식이야. 외형이라면 완전히 새롭게 만드는 것도 가능할 수도 있거든. 예술적 감각을 가진 유저들이 많아 보였고."

그녀의 말을 들으며 멀린은 구슬에 손을 올렸다. 머릿속으로 원을 그리자 허공에 원이 그려진다. 머릿속으로 지우개를 생각해 그것을 지우자 허공이 깨끗해진다.

"와! 적응이 엄청 빠르잖아? 환상 계열 마법사야?"

"환상 계열은 별로. 하지만 마법사는 맞아요."

"그건 척 봐도 알겠어."

멀린은 언제나 그랬듯 붉은색의 로브와 큰 챙 모자를 쓰고 있다. 그는 상당한 신장의 소유자지만 밸런스가 잘 맞는 늘씬한 몸을 가지고 있기 때문에 커다란 챙 모자까지 쓰고 있으면 꽤나 강렬한 인상이다. 정통 마법사는 아니어도 전투 마법사, 흔히 말하는 배틀 메이지의 냄새가 물씬 풍기는 것이다.

'설계······.'

멀린은 앞에서 보았던 우주선들의 구동 원리를 떠올렸다. 그리고 생각에 빠졌다. 엘렌은 비공정을 기초부터 만들어도 상관은 없다고 했다. 그렇다면······.

"주인!"

"윽! 뭐야?"

"뭐가?"

"아니, 잠깐만요. 귓속말이 와서."

그렇게 말하고 멀린은 염파를 발했다. 당연하지만 목표는 그의 펫인 정천이다.

"무슨 일이야?"

"분위기가 좀 이상해. 그 위대한 의지인가 뭔가가 나올 모양이야."

"엥? 좀 빠른데. 뭐, 알았어. 잠깐만 기다려."

멀린은 정신 교감을 멈추고 엘렌에게 미안한 표정을 지었다.

"앗! 죄송해요. 나중에 다시 와야 할 것 같은데."

"괜찮아. 어차피 설명은 끝났으니 나중에 선택만 하면 되겠지."

딸깍!

어느새 열린 문밖으로 나오자 다시 환전소로 돌아와 있다.

"나중에 다시 올게요!"

"그래. 뭘 할지는 미리 생각해 놓고!"

엘렌의 말을 들으며 멀린은 급하게 위층으로 올라가 게이트 링을 대여섯 개 구입한 뒤 환전소를 나와 스타팅을 벗어나기 시작했다. 당장에라도 성지라는 곳으로 가고 싶지만 게이트 링은 마지막에 들렀던 도시의 좌표를 기억하기 때문에 일단 사용하려면 도시 밖으로 나가야 한다.

"아오, 성질나. 텔레포트를 익히든지 해야지, 원."

그러나 일반적인 좌표 계산도 못하는 멀린이 수많은 마법 중에서도 좌표 계산의 꽃이라 불리는 공간 이동 주문을 사용할 수는 없는 일이었기에 그는 투덜거리며 거리를 달리기 시작했다.

Chapter 27

각성

쏴아아아! 철썩!

잔잔한 파도가 치고 있는 바다에 작은 바위섬 하나가 떠 있다. 당장에라도 가라앉을 듯 위태위태한 모습이지만 그 위에는 20대 초반으로 보이는 사내가 대자로 누워 있다.

코오오……

숨소리도 크게 내지 않고 조용히 자고 있다. 잠깐 쉬고 있는 것 같은 모습이지만 그는 벌써 반년 넘게 그러고 있다. 그의 일과는 오직 수면뿐. 하루 24시간을 오직 수면으로만 보내고 있었다.

"…거참."

하지만 그 순간 그가 눈을 뜬다. 근 한 달 만의 일이다.

"이 녀석들, 결국 과학의 봉인을 풀었군. 하긴 뭐, 무학의 봉

인과 마학의 봉인을 푼 거랑 비슷하다면 비슷한 수준의 개방이
지만."

하지만 그 의미는 전혀 다르다. 이능에 노출되지 않은 채 살
아온 인간들에게 무학과 마학이란 아무리 그 수준이 높더라도
알 수 없는 것, 혹은 몽상에 가까운 무엇이니까. 현실에 전혀 영
향을 안 준다고는 할 수 없겠지만 극히 미미한 변화 외에는 일
으키지 않는 것이다.

"하지만 과학은 다르지. 문명 수준이 떨어진다 해도 여기 인
간들이 정박아도 아니고 거기에서 기술을 훔치는 게 불가능할
리 없어."

물론 당장 오버 테크놀러지(Over Technology)가 전해지는 일
이 벌어지지 않도록 이런저런 조치가 취해져 있지만 정말 진심
으로 막으려고 했다면 빈틈 자체를 주지 않았을 것이다. 굳이
빈틈을 만든 것을 보아 기술이 새어 나오게 되는 건 결국 시간
문제이리라.

"이거야말로 명백하게 연합법에 위배되잖아. 하여간 노블레
스라는 것들은."

노블레스는 물질계의 모든 세력이 모여 만든 연합의 기둥 중
하나로, 흔히 [고귀한 피]라고 불리는 존재들이다. 태어날 때부
터 초월자의 경지를 약속받은 그들은 단지 나이를 먹는 것만으
로, 혹은 갓 태어난 그 순간부터 하급 이상의 신위를 손에 넣는
다. 초월자가 많지 않은 연합에서 그들이 가장 큰 무력과 권력
을 가지게 된 건 너무나 당연한 일이었다. 연합이 우주의 수많
은 세력을 규합한 후 유지하기 위해 만들어낸 연합법은 철두철

미하게 지켜지기로 유명하지만 노블레스들이라면 어느 정도 틈을 만들어낼 수 있는 것이다.

"…결국 움직여야 하는가."

머리 위에 [몽아자]라는, 어처구니없지만 [수면 마스터]라는 해괴망측한 경지에 이르러 획득한 마스터 타이틀을 장비하고 있는 만보가 마침내 몸을 일으킨다. 아무도 알아주지 않겠지만 그것만 해도 6개월 만의 일이다.

"가능한 한 아무것도 하고 싶지 않았는데."

그러나 어쩔 수 없다. 애초에 노블레스들이 무슨 일을 벌이는지 '감시' 하기 위해 온 주제에 할 일을 미룰 수는 없지 않은가? 정말 정말 미칠 정도로 귀찮아도 움직여야 한다.

"이미 여기저기서 숨어든 녀석이 있을 것도 같은데……. 별수없나."

우우우―

그의 주변 공간이 일그러지기 시작한다. 그리고 천천히 그의 모습이 지워진다.

"보고를 올려야겠군."

＊　　　＊　　　＊

먹구름이 껴서 그런지 어두운 성지 주변이 환한 빛에 선명하게 드러난다. 광원은 진리의 탑. 수정으로 만든 그 거대한 탑은 환한 빛으로 하얗게 빛나고 있다. 진리의 탑에서는 무지막지한 마나의 공명이 일어나 거의 수 킬로미터는 될 것 같은 거대한 탑을 휘돌며 마나를 순환시키고 있다. 마치 하늘에 있는 무언가를 아래로 내려보내는 것 같은 모양새다.

"오오, 분위기가 이상하다는 게 저걸 말하는 건가? 꽤 멋있는데?"

찰칵! 찰칵!

멀린은 카메라를 불러내 스크린 샷을 찍었다. 스크린 샷을 저장하는 취미가 없는 그조차 저장하고 싶을 만큼 멋진 광경. 하지만 스크린 샷을 찍던 멀린의 움직임이 멈춘다.

우우우—

진리의 탑 꼭대기에서부터 묵직한 무언가가 떨어지듯 아래로 내려온다.

"이런, 왔나?"

멀린은 카메라를 돌려보내고 진리의 탑 안으로 진입했다. 다행히 문들이 닫혀 있거나 하지는 않아서 금방 들어갈 수 있었다.

"너무 늦어, 멍청한 주인아."

"왜 그래? 무슨 사고라도 났어?"

멀린은 자신을 보자마자 눈을 부라리는 정천의 표정에 의문을 표했다. 주변을 둘러보니 다른 순례자들 모두 자리를 지키고 있고 미호 역시 그의 앞에 있다. 천정에서부터 빛이 새어 나오고 있기는 하지만 그것은 멀린이 다이내믹 아일랜드로 가기 전에도 일어났던 현상이니 크게 변한 점은 없다.

'아니, 잠깐. 분위기가…….'

하지만 그 순간 멀린은 뭔가 다르다는 것을 깨달았다. 마치 칼날 위를 걷는 것 같은 첨예한 살기. 고개를 돌려 순례자들을 바라보니 서로를 경계의 눈으로 바라보는 게 느껴진다.

"…왜 그래?"

멀린도 눈치가 있는지라 목소리를 내는 대신 염파를 발했다. 염파를 받은 정천이 답한다.

"정확히는 모르겠어. 천장에서 저 빛이 내려온 이후로 분위기가 이래. 서로 싸우기라도, 아니, 죽여 버리고 싶기라도 한 분위기인데 막상 싸우지는 않고."

농담으로라도 평온할 수 없는 살기에 장시간 노출되어 있었기 때문에 정천은 상당한 스트레스를 느끼고 있는 상태다. 그리고 천장에서 쏟아져 내리는 빛. 그것은 오랜 시간 도력을 수련한 정천의 정신마저 혼미하게 만든다. 강력한 정신 보호 시스템을 가진 유저들이야 그 빛을 봐도 별다른 느낌을 받지 못하겠지만 그 외의 존재들은 상황이 조금 다르다.

'그나마 여기 있는 순례자들이 나름대로 굳건한 수양을 쌓은 강자들이라 다행……'

하지만 그때 한쪽에서 폭음이 터져 나온다.

쾅!

거대한 어둠이 빛과 충돌한다. 그것은 마기와 천력의 충돌. 모비딕에 탑승했을 때부터 긴장 상태를 유지하고 있던 중급 마족과 두 쌍의 날개를 달고 있는 주천사(Dominion)다. 순례자 중에서도 가장 강력한 전투력을 가지고 있던 그 둘이 충돌하자 다른 순례자들이 움찔했지만 이내 눈을 붉히고 전투태세에 들어간다.

"큭! 뭐야?"

"조심해, 주인!"

순간 새빨간 털의 사자 적혈이 붉은 영기로 몸을 감싼 채 덤벼들었다. 그는 도력을 갈고닦은 영수들의 섬 태허도 출신이었음에도 그 눈에는 광기만이 가득하다.

콰득!

봐줄 수 있는 상황이 아니었다. 멀린은 10년의 내공을 80년의 내력으로 증폭하여 적혈의 공격을 마주 때렸다. 그 강력한 공격에 적혈의 팔이 부러지고 갈비뼈까지 통째로 내려앉았다. 일격의 강함으로 따지자면 이 자리에 있는 누구도 멀린을 따를 수 없다.

"미호!"

멀린은 다급히 물러서며 미호를 바라보았다. 미호 역시 이성을 잃고 검은 날개의 비익족과 충돌하고 있었다. 미호의 여우불과 비익족이 다루는 바람이 매섭게 충돌한다.

"하찮은 요괴 년이……!!"

"시끄러, 새대가리야!"

미호는 사납게 소리치며 맞상대했지만 전체적인 힘에서 밀린다. 평균적으로 8레벨 정도 되는 순례자들 사이에서 7레벨로 시작한 그녀는 아무래도 불리한 것이다. 물론 그녀는 진리의 탑에 들어와 크게 성장했지만 그건 다른 순례자들 역시 마찬가지였다.

키잉!

그러나 그때 그녀의 눈동자가 붉게 빛난다.

화륵!

"큭……?!"

한순간 비익족의 목에서부터 초고열의 화염이 일어나 머리를 불태운다. 화염의 주술을 사용한 것도 아니고 요기를 뿜어내지도 않은 상태에서의 기습이었기 때문에 비익족은 무방비로 당할 수밖에 없었다.

'발화 능력?'

멀린은 본 적 없는 능력에 깜짝 놀랐다가 이내 그것이 미호가 새롭게 도달한 극예안(極銳眼)의 효과라는 것을 알았다. 아무래도 시야에 들어오는 대상에 초고열의 화염을 일으키는 능력 같았지만 중요한 건 그게 아니었던 만큼 미호의 팔을 잡는다.

"위험하니까 그만 나가자. 여긴 난장판……."

"캬악!"

그러나 미호는 사나운 소리로 으르렁거리며 멀린의 팔을 할퀴었다. 자동 방어 기능이 달린 샤이닝이 공격을 받아냈지만 막대한 요기가 담긴 공격이었기에 멀린의 팔에서 피가 튄다.

"미호!"

상대가 적이 아니었기 때문에 제대로 방어하지 못한 멀린은 꽤 깊은 상처를 얻었다. 만약 샤이닝이 아니었다면 팔이 잘려 나갔을지도 모를 정도로 큰 상처. 만약 현실에서 이런 상처를 입었다면 고통으로 정신을 못 차리겠지만 멀린은 영휘를 얇게 변형시켜 팔을 감아버리고 미호의 두 손을 강하게 붙잡아 끌어당겼다. 미호는 몸부림치며 저항했지만 육체적인 능력에서 그녀가 멀린에게 저항한다는 건 불가능한 일이다.

"정신 차려, 멍청아! 이대로 죽으려고 그래?"

"아⋯⋯!"

다행히 그 순간 미호의 눈에 초점이 돌아온다. 혹여 완전히 광기에 빠져 제압해야 될 상황일지도 모른다고 생각했던 멀린으로서는 다행인 일이다.

"괜찮아?"

"머, 멀린! 피가⋯⋯!"

"됐으니까 가만히 있어. 이 녀석들, 뭔가 이상해."

"그보다 여기서 빠져나가라, 주인! 여긴 위험해!"

정천은 점점 이성을 잃어가는 순례자들의 모습에 도력을 끌어올리며 머리를 굴렸다. 상황을 이해할 수가 없다.

'무슨 생각이지? 대체 어떤 상황을 바라고 있는 거야?'

하지만 그렇게 생각하는 순간 천장에서 쏟아져 내리는 빛이 강해졌다.

우우우우우—!!

거대한 공명과 함께 홀의 중앙으로 빛의 기둥이 내리꽂혔다. 그것은 이차원으로 연결되는 차원의 문! 싸움이 붙었던 모든 순례자들이 단숨에 싸움을 멈추고 빛을 바라본다.

"오오, 위대한 의지시여⋯⋯!"

"위대한 의지시여⋯⋯!"

순례자들이 하나둘 무릎을 꿇기 시작한다. 이번에도 멀린은 무릎을 꿇지 않았다. 전에는 미호가 그런 그의 옆구리를 꼬집어 강제로 앉혀 버렸는데 이번에는 좀 달랐다. 미호는 뭔가에 홀린 듯 쏟아지는 빛을 바라보고 있다.

"윽……."

순간 유일하게 서 있던 멀린의 몸이 비틀거린다. 막대한 영압(靈壓)이 그의 몸을 짓눌렀기 때문이다. 영기의 흐름을 보고 거기에 몸을 맡길 수 있는 멀린이지만 이렇게까지 수준이 다른 압력에는 버틸 수 없다.

쿠우우!

그리고 마침내 등장한다. 모습을 드러낸 것은 황금색으로 빛나는 거대한 용이다.

"황룡(黃龍)……."

전형적인 동양의 용이다. 날개도 뭣도 없었지만 너무나 자연스럽게 허공에 떠 있는 그것은 매끄럽게 허공을 미끄러지더니 아래에 엎드려 있는 순례자들과 멀린의 모습을 내려다본다. 어마어마한 위압감이었다.

'뭔가… 이상한데?'

하지만 그 순간 멀린은 다른 생각을 하고 있었다. 왜냐하면 황룡에게서 느껴지는 기운이 기묘하기 때문이다. 만약 처음 보는 거라면 용종 특유의 기운이라고 생각했을 테지만 이미 멀린은 심해 1천 미터에 위치한 던전의 해룡 지그문트와 베타 테스트 마지막 날 유저들을 습격했던 레드 드래곤 이그니스, 그리고 언제라도 만날 수 있는 백선신룡(白仙神龍) 천향을 보았다.

굳이 비교를 하자면 레드 드래곤 이그니스가 조금 수준이 떨어지는 편이었지만 그들은 하나같이 강대한 힘을 가진 초월종으로서 세계의 법칙을 넘어선 존재였다. 멀린의 눈썰미가 보통이 아닌 것은 사실이지만 그들을 보았을 때 느낀 것은 단순한 막연함이었다. 그들은 단순히 큰 힘을 가진 괴물이 아니라 그에 합당한 깨달음과 지성을 가진 존재인 것이다.

'하지만 달라. 이건 마치 몸집만 잔뜩 부풀린 풍선 같군.'

황룡에게서 전해지는 힘은 압도적이지만 멀린은 거기에서 어떠한 '격'도 느낄 수가 없었다. 그저 막대한 기운을 억지로 뭉쳐 만들어낸 것처럼 단순히 크기만 한 힘이 거기에 있었다.

"들어라."

황룡의 목소리가 머릿속을 울린다. 모두의 머릿속을 묵직하게 누르는 음색이다.

"오오, 위대한 의지시여……."

"위대한 의지여……."

'방금 전만 해도 미친 듯 싸우다가 한마음으로 고개를 조아려? 아무리 저게 이 녀석들이 모시는 신이라고 해도 정상이 아닌데.'

멀린은 하나같이 고개를 조아리고 있는 순례자들 사이에서 유일하게 일어서 있다. 어차피 유저인 그에게 상대의 직위 따위는 중요한 게 아니다. 귀족이든 왕이든 황제든, 혹은 신이라 해도 어차피 그가 고개 숙여야 할 이유는 없다. 심지어 황룡에게서는 성묵이나 지그문트를 보고 느꼈던 '진짜'라는 느낌이 없다. 게다가 어쩐 일인지 황룡 또한 멀뚱히 서 있는 멀린에게 관여하려는 생각이 없는 듯 아무런 반응 없이 말을 이어나갈 뿐이다.

"심판의 날이 다가오고 있다. 이는 창세에 계획되어 지금까지 준비되어 온 일이다."

어마어마한 영력이 몰아친다. 그것도 단순히 '말'에 담긴 영력이 그만한 수준인 것이 아닌가? 그리고 그 모습에 멀린은 깨달았다.

'이 정도 영력을 말에 담으면 효과가 생기게 마련이지. 말에 담긴 힘이 뭔가를 저지르게 되거나… 혹은 반경 천 킬로미터 안의 모든 생명체가 이 말을 듣게 되겠군.'

그리고 멀린이 짐작하기에 황룡이 노리는 효과는 후자였다. 아마 그 목소리는 여섯 개의 섬에서도 가장 멀리 있는 섬까지 닿게 될 것이다. 그보다 훨씬 더 먼 다이내믹 아일랜드까지 닿지는 않겠지만 주술도 뭣도 아닌 단순한 말(言)로써 그만한 힘을 발휘할 수 있다는 건 거기에 담긴 영력이 얼마나 큰지 증명해 주는 것이나 마찬가지리라.

어쨌든 황룡은 말을 이었다. 고고한 금빛을 몸에 두르고 있는 황룡은 신비로운 분위기를 뿌리고 있었지만 어쩐 일인지 그 눈동자는 혈광(血光)으로 번들거린다. 명백하게 이상한 모습이지만 순례자들 중 누구도 그 사실을 지적하지 않는다. 애초에 누굴 지적하기에는 순례자들의 상태도 정상으로 보이지 않는다.

"혼돈의 바다가 열렸다. 혼돈의 바다 건너에는 스스로를 패신져(Passenger)라고 부르는 '섭리에 맞지 않은 자'들이 살고 있으며, 모두 모여 우리의 대지를 침범하려 하고 있다."

"오오, 위대한 의지시여, 우리가 어떻게 해야 하나이까."

"걱정할 것 없다. 그들은 사악하나 너희가 도원향으로 갈 수 있는 길을 만들어줄 것이니까."

나직한 황룡의 목소리를 들으며 멀린은 불안감을 느꼈다. 느낌이 좋지 않다. 신성한 분위기까지 느껴지는 황룡이었지만 거기에서 피 냄새가 물씬 풍긴다. 과연 그 느낌은 틀리지 않은 듯 이어지는 말 또한 심상치 않다.

"싸워라."

황룡의 눈이 번뜩인다. 그리고 홀린 눈으로 자신을 바라보는 순례자들에게, 그리고 대륙의 모든 이들에게 고했다.

"마지막 패신져의 피가 땅에 떨어지는 그때, 가장 많은 패신져를 해치운 종족만이 내 옆에서 영겁의 기쁨을 느낄 것이다."

번쩍!

눈부신 빛과 함께 말을 마친 황룡의 모습이 사라진다.

"……."

"……."

황룡이 사라진 후 주변은 침묵에 빠졌다. 머리카락 하나 떨어지는 소리마저 크게 울릴 것 같을 정도로 숨 막히는 정적. 하지만 이내 순례자들의 시선이 한곳으로 모이기 시작한다.

"패신져……."

"아아, 알겠다. 저게 패신져로군. 이 또한 위대한 의지께서 허락하신 감각인가."

"하… 하하?"

멀린은 식은땀을 흘렸다. 갈 곳을 찾지 못해 중구난방으로 흩어져 있던 살기가 그를 향해 모여들기 시작했기 때문이다.

"자, 잠깐만!"

그러나 그때 미호가 나서 순례자들의 시선을 막는다.

"뭐냐, 요괴."

"기다려. 뭔가 오해가 있는 것 같아. 멀린은 내 종자로 여기에 온 거란 말이야. 절대 우리를 공격하려거나 하는 의도는……."

미호로서는 어떻게든 그들을 진정시키려고 한 말이지만 씨알도 먹히지 않는다.

"이미 넘어갔구나! 이 배신자!"

미호에 의해 치명적인 화상을 입은 비익족이 소리친다. 그리고 흉흉한 살기가 터져 나온다.

"물러서!"

쾅!

멀린이 미호의 몸을 끌어당기는 순간 시커먼 어둠이 채찍처럼 바닥을 후려쳤다. 조금만 늦었어도 미호의 몸이 박살이 났을 정도의 위력. 공격을 날린 것은 천족과 싸우던 중급 마족이다.

"주인, 분위기가 안 좋아."

"…그러게."

멀린은 끌어당겼던 미호의 몸을 놓고 주변을 둘러보았다. 어느새 그는 순례자들에게 포위당한 상태다. 처음부터 도망갔으면 그나마 나았을 텐데 미호를 구하려고 앞으로 나섰다가 쉽게 포위당하고 만 것이다.

"큭큭! 도원향이라……. 마음에 안 들기는 하지만 싸움은 싫지 않지. 그만 죽어줘야겠는걸."

압도적인 살기에 멀린의 몸이 움츠러든다. 물론 멀린은 중급 마족이라고 해도 상대할 수 있다. 실제로 이벤트 미션에서 쓰러 뜨리기도 했으니까. 하지만 정천이 말했다시피 정말 상황이 좋지 않다. 적은 중급 마족 하나가 아닌 것이다. 심지어 중급 마족도 그리 만만한 적은 아니었다.

슉.

그러나 그때 네 장의 날개를 가진 주천사가 중급 마족의 앞을 가로막는다. 당연하지만 멀린을 지키기 위해서는 아니다.

"웃기는군. 왜 너 따위가 대표처럼 나서는 거지? 저 녀석을 죽이는 건 나다."

"큭큭큭. 이 샌님이 미쳤군. 죽고 싶나?"

살기가 피어오른다. 심지어 살기만으로 끝나지도 않는다.

쩌엉!

빛과 어둠이 충돌한다. 멀린마저 놔둬 버리고 싸움을 시작한 것이다. 믿을 수 없을 정도로 안 좋은 사이다.

"달려!"

"어?!"

멀린은 미호의 팔을 잡은 채 뒤로 달렸다. 그러자 그 모습에 순례자들 중에서 용인(龍人)의 형태를 가지고 있는 드라칸이 덤벼들었다.

쩌엉!

그러나 멀린은 황금빛으로 빛나고, 드라칸의 몸은 수정으로 만든 벽에 거세게 충돌한다. 상황이 급박해 툭탁거리고 있을 시간이 없었다.

쾅!

멀린은 벼락같은 기세로 진리의 탑을 빠져나왔다. 물론 일대 일이라면 순례자들 중 누구도 그의 상대가 되지 못하겠지만 일단 상대가 다수가 되면 싸움은 급격하게 불리해진다. 하물며 멀린의 금단선공은 일격 필살의 무공이어서 장기간의 전투는 불가능에 가깝다. 심지어 지금의 순례자들은 평균 레벨이 9~11에 가까웠기 때문에 결코 만만한 상대라고도 볼 수 없으니 맞상대해서 좋은 꼴 보기는 힘들 것이다.

두두두두……!

그리고 진리의 탑을 나온 멀린은 보게 되었다. 지평선을 가득히 메운 채 치열하게 싸우고 있는 수천의 군세를.

"제일진 돌격!! 인간 아닌 자들을 죽여라!"

"성지를 수복하라! 낙원에 가는 것은 우리 요정족이다!"

"미개한 머저리들! 폭약 맛을 봐야 정신을 차리겠군!"

콰쾅! 쾅!

챙! 챙챙!

치열한 전투다. 오직 적을 죽이기 위한 혈투. 피가 튀고 비명이 난무하는 그 광경은 영화에서 보던 것들과 전혀 다르다. 심지어 노이즈 벨트 아래쪽에는 피가 검은 연기로 변하지 않기 때문에 그야말로 미성년자 관람불가의 잔혹한 광경이 나타나고 만다.

"돌겠군. 저 녀석들도 다 미친 건가?"

"다르다, 주인. 그 황룡 녀석이 내렸던 [계시]는 그런 방향이 아니었어."

"하지만 실제로 저 안에 있는 녀석은 정신이 나갔잖아? 심지어 미호까지도 그랬다고."

"그거야 순례자 녀석들이 그 위대한 영혼인가 하는 녀석과

너무 가까웠기 때문이지. 미호가 금방 괜찮아진 것처럼 시간이
지나면 정상으로 돌아올 거다. 물론 정말 정상이라면 좀 다르겠
지만."

정천은 멀린의 머리 위에 앉은 상태에서 주변 분위기를 살폈
다. 수천의 보병과 기병들에게서는 상당히 강렬한 투기가 느껴
졌지만 진리의 탑 안에 있던 순례자들처럼 눈이 돌아간 상태는
아니다. 물론 어차피 싸워야 할 상대라면 이성을 잃은 것보다
저렇게 차분하게 투지만 끌어올리는 상대가 오히려 더 위험하
리라.

싸우고 있는 군세는 총 세 개로 나뉘어 있다. 주로 오른쪽에
포진하고 있는 건 드워프와 노움으로 보이는 난쟁이 부대. 숫자
는 대략 1천 정도 되어 보였는데, 놀랍게도 그들은 돌격소총이
나 바주카포 같은 중화기로 무장하고 있다. 심지어 보병부대 중
간 중간 전차가 끼어 있는 게 아닌가? 그 모습에 미호가 신음한
다.

"아이언 공국의 강철십자단……."

당황해 돌아본 왼쪽 평야에는 난쟁이들과 비슷한 숫자의 요
정들이 자리하고 있었는데, 그중 엘프들은 활이나 지팡이로 무
장하고 있고 중간 중간 수 미터는 되어 보이는 트리언트(나무요
정)들이 포진하고 있다.

"아르테이아의 검은 나무단……!"

마지막으로 두 세력 모두와 싸우고 있는 것은 은빛으로 빛나
는 풀 플레이트 메일을 걸친 수백의 기마단과 수천의 병사들이
다. 말이 좋아 수천이지 수천의 병력이 일사불란하게 몰려오는

모습은 어마어마한 박력이 있다.

"이데아 공국의 102특공여단? 게다가 신성기사단까지 데려오다니……!"

"아는 녀석들이야?"

"성지를 지키던 녀석들이야. 하지만 불공평해. 이렇게 되면 성지에서 멀리 살고 있는 환요마도가 훨씬 불리하잖아!"

이를 악무는 미호의 모습에 멀린은 기가 막혀 소리쳤다.

"지금 성지를 뺏기는 게 문제야?"

"당연히 문제지! 위대한 의지의 뜻을 못 들었어?"

"그 싸움 붙이는 말? 그딴 걸 들어야 해?"

싸워라. 마지막 패신져의 피가 땅에 떨어지는 그때, 가장 많은 패신져를 해치운 종족만이 내 옆에서 영접의 기쁨을 느낄 것이다. 그것은 단순히 모든 패신져를 죽이라는 말이 아니다. 가장 많은 패신져를 해치운 '종족'만이 도원향으로 갈 수 있을 거라는 말은 단순히 유저들과 싸우라는 말이 아니라 자기들끼리도 죽고 죽이는 싸움을 하라는 것이나 다름없다. 실제로 그것 때문에 인간족과 요정족, 그리고 난쟁이족이 싸우고 있는 게 아닌가. 하지만 미호는 고개를 흔들었다.

"싸움 붙이는 말이라도 어쩔 수 없어. 도원향, 도원향에 가는 길을 열어준다고 했단 말이야."

"도원향이라니? 아니, 언제부터 너희가 목숨 걸고 싸울 정도로 삶이 괴로웠어? 도원향이 대체 뭐라고? 사실은 그저 싸우고 싶은 거 아냐?"

물론 멀린이라고 도원향이 뭘 뜻하는지 모를 리 없다. 그것은 종교에서 흔히 말하는 일종의 낙원이나 천국 같은 이상향(理想鄕)을 뜻하는 말이니까. 오히려 멀린이 이해하지 못하는 건 그녀가 목숨 걸고 싸워서라도 도원향에 가겠다는 마음을 먹었다는 그 자체. 적어도 그가 보기에 신대륙에 거주하는 NPC들의 삶은 그리 고통스러워 보이지 않았다. 보통 이상향을 꿈꾸는 건 고통스러운 매일을 살아가는 이들이 아닌가? 그리고 그의 당연한 의문에 미호가 멈칫거리며 말한다.

"나, 나라고 싸우고 싶은 건 아니야. 도원향이 어떤 곳인지도 잘 모르겠고."

"그런데 왜?"

"…몰라. 하지만 난 무조건 거기에 가야만 해."

"하?"

멀린은 어이가 없어 신음했다. 이해할 수가 없는 언행이었기 때문이다. 하지만 그를 이해시켜야 하는 미호조차 자신이 하는 말을 제대로 이해하지 못하고 있다. 일행 중에서는 오직 정천만이 그녀가 하는 말을 알아들었다.

'어디인지 알겠군. 도원향……. 하지만 너무 함부로 다루는군. 아무리 [죄]를 지어 온 녀석들이라지만.'

그러나 더 생각할 틈이 없다. 이데아 공국의 102특공여단과 성기사단이 진리의 탑을 포위하고 있다.

"로그아웃해, 주인. 아니, 시간이 지나면 이 근처에 적이 쫙 깔릴 테니 그것도 위험하겠다. 차라리 게이트 링을 써버려."

합리적인 판단이었지만 멀린은 고개를 흔들었다.

"안 돼."

"무슨 헛소리야? 저게 싸울 만한 규모로 보여? 지금은 경험치를 벌 상황이 아니라고!"

"나도 경험치 따위에 목숨 걸지 않아. 하지만 내가 여기서 귀환하면 미호는 어떻게 되지?"

"그건……."

정천은 대답하지 못했다. 물론 몰라서 그런 건 아니다.

'죽겠지.'

너무나 당연한 일이다. 이곳은 신대륙 한복판이다. 인간과 난쟁이, 그리고 요정들이 거주하고 있는 신대륙에서 요괴가 발붙일 곳은 어디에도 없다. 하물며 위대한 의지의 [계시]까지 있었으니 모든 종족은 타 종족에 대한 투쟁 상태로 들어가게 될 것이다. 타 종족이라면 눈에 보이는 족족 잡아 죽이려 들 것이니 동료도 없이 홀몸인 미호가 살아남을 수 있을 리 없다.

두두두두두……!

그렇게 떠드는 사이에 기마단 중 일부가 진리의 탑을 향해 몰려온다. 슬쩍 뒤돌아보니 진리의 탑 안의 소란도 좀 가라앉은 듯 밖으로 나올 분위기다.

"도망가자, 미호!"

"으, 으응!"

"그리고 정천은 하늘에서 정찰 좀 해줘!"

"알았어!"

멀린의 머리 위에 앉아 있던 정천이 날아오르고 미호와 멀린의 몸이 달리기 시작한다. 어느 정도 거리가 있으니 서두르면 충분히 피할 수 있다는 계산이었지만, 아쉽게도 그것은 이데아 공국의 성기사단을 무시한 처사였다.

"전원 투창!!"

피피핑!!

수십 개의 투창이 벼락처럼 멀린과 미호의 몸을 노리고 쏘아진다. 속도도 속도였지만 마치 바둑판의 점처럼 일정한 거리를 유지하고 있어서 피할 틈이 없다.

쩌저정!

두 개의 염체, 영휘와 샤이닝으로 두 개의 창을 빗겨내고 두 팔로 다시 네 개의 창을 쳐내 몸을 피할 공간을 만든다.

"돌격!"

그러나 창을 쳐내는 사이 성기사단이 멀린의 코앞으로까지 짓쳐들었다. 어마어마한 속도다. 그들이 타고 있는 것이 보통의 말이라면 절대로 낼 수 없는 기동력!

콰득!

그러나 묵직한 굉음과 함께 맨 앞에서 달리고 있던 기마와 성기사가 허공에 뜬다. 갑주로 전신을 걸친 말과 기사의 무게, 그리고 그들의 돌진 속도를 생각하면 믿기 힘든 일이다. 15톤짜리 덤프트럭이 정면충돌하는 정도가 아니라면 내기 힘든 물리력! 그러나 그것이야말로 만근의 거석도 밀어낸다는 대력금강수의 궁극적인 힘이다.

"건방진!"

그러나 적도 결코 만만치 않다. 성기사 중 한 명의 창에서 신성한 기운이 어리는가 싶더니 엿가락처럼 쭉 늘어난다.

쾅!

"큭?!"

막 후퇴하려던 멀린은 적지 않은 타격을 입고 밀려났다. 그리고 이어지는 후속타!

"멈춰!"

"큭! 무슨……?"

빽!

그러나 이변이 일어난다. 멀린의 머리를 찍어내리던 성기사의 창이 난데없이 방향을 꺾어 옆의 동료를 공격한 것이다. 미호의 마안술. 어느새 눈동자에 육망성을 띄워 올린 미호는 성기사단의 몸을 지배해 아군끼리 싸우게 만들고 말들의 몸을 제압해 움직이지 못하게 만들었다. 다행히 극예안을 깨닫게 되면서 마안술의 경지도 높아져 그 누구도 그녀의 마안술을 풀어내지 못한다.

"진리의 탑을 끼고 오른쪽으로 돌아! 탑 뒤편에 숲이 있는데 그쪽으로는 적이 없어!"

"뭐? 너무 멀어!"

"하지만 다른 길이 없어! 적들이 엄청나게 몰려들고 있다고!"

멀린은 정천의 염파에 항의하면서도 매섭게 달렸다. 다른 방법이 없기 때문이다. 성기사단의 발목을 잡고 있던 미호 역시 그의 옆에 바짝 붙는다. 이제 속도만 올리면 될 일이었지만 적은 성기사단뿐이 아니다.

"사격!"

두두두두두!!

"이런 젠장! 옆에서는 기마단이 뛰어다니는데 돌격소총이라니!"

멀린은 영휘와 샤이닝을 V 모양으로 맞대어 방패처럼 정면에 위치시켰다. 이미 위칼레인의 반지는 두 개 모두 4급까지 성장했기 때문에 돌격소총이 아니라 대구경 저격총에 정면으로 맞아도 관통이 불가능할 정도로 튼튼한 방벽을 세울 수 있다.

쩌저정!

그러나 탄환이 염체에 충돌하는 순간 영휘와 샤이닝이 비명을 지르기 시작한다. 날아오고 있는 탄환의 보통의 물건이 아니라는 뜻이다. 그들은 한 발 한 발 마력이 담겨 있는, 일종의 마탄(魔彈)이다.

퍼억! 퍼억!

"웃!"

멀린은 어깨와 복부에 박히는 탄환을 느끼고 신음했다. 물론 아파서는 아니다. 고통 제어 시스템은 언제나 확실하게 유저의 정신을 지키고 있으니까. 다만 영휘와 샤이닝을 굳혀낸 방벽을 깨부순 마탄의 위력에 놀랐을 뿐이다.

"이대론 위험해!! 미안하지만 저 녀석들 움직임을 막아줄 수 있어?"

멀린은 금옥을 꺼내 내공을 흡수하며 소리쳤다. 그의 무공은 방어에 적합하지 못하고 장기전에는 더더욱 맞지 않다. 게다가 경공도 그리 뛰어나지 못해 거리를 좁히기도 힘드니 원거리에서 쓸 수 있는 수단을 써야 한다. 물론 마안술은 멀린 역시 사용 가능하지만 아직 다수에게 한 번에 거는 방식을 쓰지 못하기 때문에 미호에게 부탁한 것이다.

푸욱!

하지만 그보다 하얗게 빛나는 창이 두 개의 염체를 깨부수고 멀린의 명치에 파고든 것이 먼저였다.

"멀린……?!"

극예안에 눈 뜨면서 얻은 발화 능력으로 주변의 적을 공격하고 있던 미호가 비명을 지른다. 멀린은 입을 열어 괜찮다고 말하려고 했지만 말 대신 한 움큼의 피가 나온다.

'윽. 피가 연기가 아니라 액체니 말하는 데 거치적거리네.'

치명상이었다. 목숨이 위험할 정도다. 그러나 거의 대부분의 유저가 그렇듯 멀린은 죽음의 공포를 느끼지 못했다. 어차피 살아나게 될 것이라는 걸 알고 있기 때문이다. 심지어 그는 이미 한 번 죽어본 적이 있지 않은가? 물론 죽으면 능력치가 다운되는 페널티가 있지만 그 정도 가지고 공포를 느낄 수는 없다. 유저들에게 죽음이란 '짜증'의 대상이지 '공포'의 대상이 아닌 것이다.

쿠르릉.

바닥에 쓰러진 채 멀린은 하늘을 보았다. 하늘에는 구름이 잔뜩 몰려들어 달조차 보이지 않고 멀리서 천둥소리가 들린다.

'비가 올 것 같은걸.'

태평한 생각을 하며 눈을 감는 멀린. 하지만 그때 누군가가 거세게 그의 몸을 흔들었다.

"아, 안 돼. 멀린! 멀린!!"

미호는 멀린의 몸을 흔들며 울부짖었다. 머리 위로 총알이 날아다니고 여기저기에서 전투가 벌어지고 있었지만 신경도 쓰지 않는다. 엄청난 양의 눈물을 쏟으며 울고 있는 그녀의 표정은 단 한 번도 보지 못했던 종류의 것. 그리고 그 모습을 보는 순간 멀린은 정신이 번쩍 드는 걸 느꼈다.

'죽으면 안 돼. 내가 이대로 죽으면 미호도 끝장이다.'

유저는 불사신이다. 몇 번을 죽어도 부활할 수 있는 존재인 것이다. 그것은 유저뿐이 아니라 다이내믹 아일랜드의 유니크 몬스터들도 마찬가지여서 검존 성묵의 경우 유저들에게 살해당한 후 더 수련을 쌓아서 오기도 했었다. 그러나 노이즈 벨트 아래의 몬스터들은 부활하지 못한다. 한 번 죽으면 끝. 살릴 수 있는 수단은 어디에도 없다.

'일어나야……'

그러나 몸이 움직이지 않는다. 시력 또한 크게 제한되어 눈앞이 침침하다. 버둥거리자 물이 차 있는 웅덩이에 빠진 것처럼 철퍽거린다.

'우와! 이게 다 내 피인가.'

피가 액체가 아닌 기체인 다이내믹 아일랜드에서 싸워왔던 그에게는 매우 생소한 경험이다. 자신이 흘린 피에 빠져서 허우적거리다니. 애초에 사람 몸에서 나올 수 있는 피가 이렇게까지 많다는 것도 신기하다.

"후우… 후우… 일어나지 않으면… 웅?"

하지만 그 순간 멀린은 자신의 몸이 어느 정도 회복되었다는 것을 깨달았다. 점차 시력이 돌아오고 몸이 움직이기 시작한다.

'그러고 보니 왜 이렇게 조용하지?'

이상한 일이다. 멀린과 미호가 멀쩡할 때 무지막지한 공격을 날려대던 적들이 그가 쓰러졌다고 해서 갑자기 공세를 멈출 리

만무하다. 멀린까지 쓰러져 버린 이상 1분도 더 못 버티는 게 정상이다.

"괜찮아?"

"미… 호?"

알아보는 데 약간의 시간이 걸렸다. 왜냐하면 모습이 변했기 때문이다. 어쩐 일인지 그녀는 10대 후반, 그러니까 거의 고등학생으로 보이는 외모로 성장해 있었다.

"크윽! 무슨 마안술이…….'

"요괴년……!"

멀린과 미호를 공격하고 있던 성기사단과 강철십자단 전체가 자신의 통제를 벗어난 몸 상태에 이를 갈며 미호를 노려보고 있다. 하지만 상관없다는 것일까? 미호는 멀린을 바라보며 싱긋 웃었다.

"다행이다. 큰일 나는 줄 알았는데."

미소는 눈부시다. 전신에서 느껴지는 요기는 언뜻 두 배 이상 되어 보이고 등 뒤로는 일곱 개의 꼬리가 살랑살랑 흔들거리고 있다.

"너……."

"왜? 내 성숙한 모습을 보니 가슴이 콩닥콩닥 뛰어?"

요염하게 웃으며 멀린의 몸을 일으킨다. 그녀가 치료한 것인지 몸 상태는 상당히 좋았다. 만전까지는 아니어도 움직이는 데 아무 지장이 없을 정도였다.

"일곱 번째 꼬리를 얻었네?"

"응! 게다가 보석마안도 개안했어. 이제 환요마도에서도 날

상대할 수 있는 건 천류화님 정도일걸?'

그렇게 말한 미호는 슥 고개를 돌려 죽일 듯 자신을 노려보는 성기사단과 강철십자단을 바라보았다. 물론 그들의 본대(本隊)는 훨씬 많아서 지금의 미호도 감당이 불가능할 정도지만 그들은 요정족의 군대와 맞서느라고 이곳에 오지 못한다. 심지어 성기사단과 강철십자단도 아군이라고는 볼 수 없기 때문에 멀린과 미호의 주변만 일종의 소강상태에 접어들었다.

"……."

그러나 멀린은 기뻐하지 않았다. 대단하다고 칭찬하지도 않은 채 미호를 바라보고 있다. 그러나 미호는 그 시선을 느끼지 못한 듯 말을 잇는다.

"이 녀석들은 내가 잡고 있을 테니 전에 쓴 기술로 여길 빠져나가."

"미호."

멀린이 미호를 불렀지만 그녀는 못 들은 척 말했다.

"지금의 나라면 혼자서도 충분히 빠져나갈 수 있어. 오히려 네가 걸림돌일 정도니까 걱정하지 말고, 또……."

"미호!"

"북쪽 해안에서 만나자. 알았지?"

"이 멍청한 녀석아……."

멀린은 몸을 일으켜 미호의 몸을 껴안았다. 상당히 커졌다고는 하지만 여전히 품에 쏙 들어오는 크기. 미호는 투덜거렸다.

"망할 강화안 같으니라고. 여우족의 환술도 소용이 없구나."

순간 환술이 깨져 나가고 미호의 모습이 급변한다. 물론 그녀는 여전히 성장한 상태다. 꼬리도 일곱 개였고 보석안도 개안했다. 하지만 그럼에도 그녀의 몸 상태는 심각하다.

미호의 몸 여기저기에 박힌 창이 무지막지한 피를 뿜아내고 있다. 오른쪽 눈은 완전히 터져 나가 실명한 상태다. 현대의학은 물론 마법으로도 복구가 힘들 정도의 중상. 그리고 무엇보다 심각한 것은 원기(元氣)가 크게 손상되었다는 것이다.

'칠미호가 된 것 때문인가.'

멀린의 강화안은 미호의 영기를 읽어내 무리한 요력의 확장으로 원기에 복구 불가능한 손상이 일어나 있다는 걸 알아냈다. 지금은 어떻게든 형태를 잡고 있지만 급격하게 무너지고 있다. 이대로는 5분도 버티지 못하고 영자 패턴 자체가 망가지고 말 것이다.

"쿨럭."

미호는 버티지 못하고 피를 토했다. 영기도 심각한 문제지만 육체도 절대 멀쩡하지 않다. 자랐다고는 해도 165센티미터에 50킬로그램에도 한참 못 미쳐 보이는 그녀의 몸에 수발의 탄환과 창이 박혀 있는 것이다. 특히나 긴 시간 동안 단련되어 요기의 집결체라고 할 수 있는 오른쪽 눈이 터져 나간 건 치명적인 타격이다.

"괜찮아?"

"남 걱정 말고… 네 몸이나 살펴. 하아… 하아… 치, 치유주술을… 쓰기는 했지만 출혈만 막은 정도란 말이야. 내장도 다 상해 버렸다고. 엄청 아플 텐데."

미호의 말에 멀린은 이를 갈았다. 당연하지만 그는 전혀 아프지 않다. 크나큰 정신적 타격을 막기 위해 고통으로부터 유저들을 보호하는 고통 제어 시스템 때문이었다.

"바보야, 지금 내 아픈 것까지 걱정할 상황이야, 네가?"

그러나 지금 이 순간 멀린은 그 고통 제어 시스템조차도 원망스럽다. 그것 때문에 그는 미호와 고통조차 함께하지 못하고 있다.

'내가 텔레포트를 쓸 수 있었다면……'

순간 그런 생각이 들었다. 만약 그럴 수 있었다면 이런 위기에 처할 필요도 없다. 미호는 환요마도로 돌려보내고 자신은 도망쳐 버리면 끝이니까. 하지만 그는 할 수 없다. 너무나 필요한 지금도 그는 여전히 할 수 없다.

"웃기지 마. 범재들의 학문은 우리에겐 산수만도 못해. 숨 쉬는 것만큼이나 쉬운데 그게 싫다고? 귀찮은 게 아니라 싫어? 반드시 필요한 상황에서조차 못할 정도로 싫다는 말이야?"

멀린은 이를 악물었다. 시간만 있다면 손상된 원기라도 회복시킬 수 있다. 시간만 있다면…….

'시간만 있다면?'

순간 번개처럼 스치는 생각에 멀린의 입이 열린다.

"…잠깐, 미호야. 마안 풀어."

"무슨. 그랬다간 우리 둘 다 죽어. 저 눈 시뻘겋게 뜬 녀석들 안 보여?"

"잠깐만. 장비 4번."

미스릴 활을 불러들인 멀린은 품속에서 녹색의 에메랄드를 꺼내 들었다. 시간이 없다. 그는 곧장 보석에 담긴 마력에 동조,

활성화하기 시작했다.

우웅—!

멀린이 평소 만들어내는 보석은 그 외에 누구도 쓸 수 없는 종류의 것이다. 왜냐하면 보석에 담긴 마력이 너무나 거대하며 또한 불안정하기 때문이다. 순수한 진기와 마력의 반발을 이용한 그 술식은 아주 사소한 실수만으로 괴멸적인 폭주를 일으킨다. 0.0001mm의 오차조차 없는 정밀 기계처럼 완벽하게 마력을 제어하지 않으면 그 마력을 활용하는 것조차 불가능한 것이다.

게다가 멀린의 보석은 단지 불안정한 마력이 있을 뿐 다른 어떤 것도 없다. 기본적인 성향이라면 또 몰라도 보석에 담긴 구체적인 주문은 최후의 최후까지 결정되어 있지 않은 것. 이 보석들은 단지 깨뜨리는 것만으로 효과가 발동되는 편리한 물건이 아니기 때문에 어설프게 다루면 또 폭주한다. 오히려 마력을 제어하려고 했던 마법사에게 역류하는 위험천만한 마정석인 것이다.

'만약 안 이랬으면 팔았겠지.'

우우우우우—!

우득 하는 소리와 함께 에메랄드를 부수자 무지막지한 마력이 몸부림치기 시작한다. 그러나 멀린 역시 이 괴멸적인 마력의 사용법, 자칭 하울링 스펠(Howling Spell)을 두 번 경험해 본 상태이기 때문에 훨씬 안정적으로 깨뜨린 보석의 마력을 철시에 바를 수 있었다.

"뭐, 뭐야, 이 마력은? 뭘 하고 있는 거야?"

"정신 팔지 말고 주문이 발동하는 순간 마력을 풀어! 치료해야 해!"

"말도 안 돼! 지금 내 상태는 회복이 불가능하다고! 강화안 사용자면서 그것도 모른다는 말이야?!"

미호가 비명을 질렀지만 멀린은 신경 쓰지 않고 시위를 당겼다. 노리는 곳은 하늘이다.

끼이익.

마력을 짜 올려 형태를 잡는다. 당연한 말이지만 미호와 멀린은 피해입지 않도록 해야 한다.

팡!

화살이 하늘로 솟구친다. 정확히 수직으로 쏘아진 화살이다. 바람이 없는 상태에서 가만히 둔다면 다시 자신에게 떨어질 정도로 똑바로 쏘아 오른 화살을 바라보며.

"가라."

그대로 주문을 해방시켰다

우라노스의 천공섬(Sky Island of Ouranos).

콰득! 콰드득!

"미친! 저게 뭐야?!"

하늘로 솟구쳐 올랐던 화살이 점점 몸을 불리더니 이내 직경 500미터가 넘는 거대한 바위로 변한다. 물론 허공에 섬이 나타났다고 무슨 피해가 오는 것은 아니다. 그냥 놀라운 구경거리일 뿐이니까. 하지만 그 순간, 주변 모든 이들의 몸을 어마어마한 압력이 짓누르기 시작한다.

쿠웅—!

"컥!"

"크윽?!"

반경 500미터, 그러니까 하늘에 뜬 바위섬 바로 아래에 있는 인간족과 난쟁이족은 어마어마한 압력에 짓눌렸다. 멀린과 미호를 포위하고 있던 병력들은 하나도 남김없이 그 효과 범위 안에 들어오고 말았다.

"크억! 거짓말! 저딴 녀석이 이런 주문을 사용하다니……!"

"크윽! 다리안이시여!"

"하압!"

난쟁이족은 마력을, 인간들은 내공과 신성력을 일으켜 압력에 저항했지만 단지 죽지 않을 뿐 그 어떤 움직임도 취할 수 없다. 현재 천공섬이 하늘에 떠 있기 위해 아래로 가하는 압력은 사람 하나 정도의 면적당 5톤에 가깝다. 그 어마어마한 압력에 땅이 부서지고 6레벨을 넘어서는 초인들이 모조리 짓눌리고 있다.

"머, 멀린? 그 주문은……."

"오래 쓸 수 있는 게 아니니까 가만히 있어."

그렇게 말하고 멀린은 미호의 손을 잡았다. 그리고 금단선공의 진기를 이끌어 그녀의 몸 안에 투입시켰다.

우웅―

강화안을 극도로 개방하여 그녀의 영자 패턴을 읽어낸다. 이미 상태가 심각해 원기가 무너져 내리고 있었지만 적어도 그 형태가 남아 있다.

'할 수 있어.'

다행히 난이도는 높지 않다. 물론 무너져 내리고 있는 영기를 복구시키는 행위는 대마도사나 어지간한 초월자가 아닌 이상 할 수 없는 일이지만 멀린은 몇 번이나 그걸 해왔다.

'금단을 빼낸 다음 핵을 만들던 작업을 응용하면 돼. 간단한 일이야.'

그렇다. 물론 정말 간단한 일이냐면 아니라고 할 수 있지만 적어도 멀린에게는 그리 어려운 일이 아니다. 다만 금단선공의 내공을 되찾을 때와 다른 게 있다면 새로이 만들어야 하는 것이 미호의 영력과 영혼을 붙잡아두고 있는 원기라는 것이다. 때문에 조금이라도 실수한다면…….

'아냐! 괜찮아! 반드시 성공한다!'

이를 악물며 내공을 운용하기 시작한다. 하지만 반드시 성공해야 한다고 마음먹는 순간,

두근.

악몽 같은 감각이 도래했다.

덜덜덜…….

"…어? 어어…….."

손이 떨린다. 어질어질 시야가 일그러지기 시작하고 호흡조차 쉽지 않다.

"마, 말도 안 돼. 어째서 지금…….."

언젠가 양궁을 한 적이 있다. 별건 아니었다. 은혜가 취미 삼아 배운다면서 가져온 양궁을 몇 번 쏴보다가 재미있어 보여서 훈련장에 따라갔던 것이다. 물론 양궁 특기생으로 학교에 다니던 선수들은 장난처럼 훈련장에 찾아온 그를 비웃고 그를 데려온 은혜까지 구박했지만, 경악에 입을 다물지 못하게까지 그리

긴 시간이 걸리지 않았다.

운으로 맞추는 게 아니다. 멀린은 머릿속으로 화살의 궤적을 그릴 수 있었다. 마치 난이도 낮은 FPS 게임에서 착탄 위치에 십자가가 그려지는 것처럼 멀린은 아무리 멀리 있는 목표를 노리더라도 화살이 떨어지는 지점을 알 수 있다. 거기에 시력도 좋아서 과녁의 정중앙 정도가 아니라 수백 미터 밖에서 콩 한쪽도 맞출 수 있다. 양궁 국가대표조차도 아득하게 넘어서는 수준이었던 것이다.

이런저런 소란 끝에 결국 멀린은 국내 대회에 나가게 되었다. 사람들의 기대는 엄청났다. 연습에서 멀린이 보인 실력이 상상을 초월했기 때문이다. 그리고 대회에 나간 멀린은 단 한 발의 화살조차 명중시키지 못했다. 표적지에 스친 화살조차 없을 정도였다.

'어째서 그때의 기억이⋯⋯.'

그러나 언제나 그랬다. 혼자 할 때에는 재미있게 할 수 있지만 그러다 보면 어느새 엄청난 기대를 받고 만다. 그리고 기대를 받으면 그는 즐기는 마음을 잃어버렸다.

그래서 도망쳤다.

'안 돼. 침착하자.'

멀린은 고개를 흔들어 잡념을 떨쳤다. 그리고 미호의 몸 안에 있는 영력의 설계도를 떠올렸다.

하지만 그때 그의 마음속에서 속삭이는 소리가 있었다.

재미없어.

간단한 일이다. 그는 평소 이것보다 훨씬 난해하고 복잡한 이미지 메이킹이나 마력 설계를 숨 쉬듯 수행해 왔다.

재미없어. 그러니까 무리야.

이미지한다. 벌써 몇 번이나 했던 일이다. 완전히 비워 없애
버린 금단조차 복구시켜 버릴 정도로 괴물 같은 그의 이미지 메
이킹 능력이라면 단순히 금이 간 미호의 원기를 회복시키는 것
정도는 숨 쉬는 것처럼 쉬워야 한다.

그러나 마음속의 멀린이, 아니, 용노가 속삭였다. 언제나 포
기하고 도망치기만 했던 그의 영혼이 속삭인다.

재미없어. 그러니까 무리야. 반드시 실패한다구.

"시끄러! 시끄러워!!"
소리치며 미호의 영력을 재구성한다.
그리고 실패했다.
"윽… 우……!!"
"어, 어어?"
미호의 원기가 급격하게 무너져 내리는 걸 느끼고 다급히 내
기를 움직인다. 그러나 소용없다. 무엇 하나 자신의 뜻대로 움
직이지 않는다. 머릿속이 하얗고 아무것도 생각나지 않는다.
"…병신."
어느새 나타난 것인지 미호의 뒤에는 씁쓸한 표정으로 멀린
을 바라보는 흑발의 소년이 있었다. 그리고 그 순간 멀린은 깨

달았다.

그는 멀린, 아니, 용노가 어릴 때의 모습이다.

"으… 후후. 거봐. 안 된다고… 했잖아."

"자, 잠깐만 기다려. 내, 내가, 내가……."

"바보. 괜한 짓을 해서 죄책감만 안고 가면 내가 오히려 찝찝하다고."

미호는 팔을 내뻗어 멀린의 목을 끌어안았다. 그 손길에는 힘이 없다. 이미 그녀는 마지막을 향해 달려나가고 있었다.

"멀린, 내 왼쪽 눈 보이지?"

멀린의 목을 끌어안은 미호는 코가 닿을 정도로 바짝 붙은 상태에서 말했다. 그녀의 왼쪽 눈동자는 보석처럼 빛나고 있다. 단지 비유적인 표현이 아니라 눈동자에 둥글게 연마한 루비를 박아 넣은 것처럼 빛나고 있다. 적요의 마안술에서 궁극의 경지라고 칭하는 보석마안이다. 그리고 오른쪽 눈은 감고 있다. 감겨진 눈에서는 피눈물이 흐르고 있다. 아직 오른쪽 눈에 박힌 탄환도 제거하지 못한 상태에서 멀린에게 흉한 꼴을 보이지 않기 위해 눈을 감고 있을 뿐이기 때문이다.

"내가 죽으면 이 눈을 가져가 줘. 좀 징그러울지는 몰라도 상당한 보물이야. 내가 죽으면 남는 요력도 거기에 담길 테니 쓸 데도 많을 테고."

"무, 무슨 이상한 소리를 하는 거야? 이, 일단 여기를 벗어나자. 조용한 곳으로 가서 다시 치… 흡?!"

그러나 막 뭐라고 더 말하려던 멀린의 입을 도톰한 입술이 막아버린다. 깜짝 놀란 멀린이 굳어버리자 미호가 입술을 떼고 웃었다.

"시간없으니까 말 끊지 마. 솔직히 넌 제멋대로에 눈치도 없는 데다가 쓸데없이 타고난 건 많아서 재수없는 녀석이지만……."

미호는 멀린과 눈을 마주한 채 볼을 쓰다듬었다. 그리고 마지막 생명의 불꽃이 꺼진다.

"제법 좋아했어."

"아……."

마치 잠들 듯 자신의 품에 안긴 채 눈을 감은 미호의 모습에 멀린은 멍한 표정을 지었다. 빠르게 변하는 상황을 따라잡을 수가 없었다.

미호는 말했다, 그거 보라고, 안 된다고 했지 않느냐고. 하지만 사실은 다르다. 그는 할 수 있었다. 그는 틀림없이 할 수 있었다. 심지어 너무나 간단한 일이었다.

하지만 실패했다.

"왜! 대체 왜……!!"

할 수 있었다. 분명히 할 수 있는 일이었다. 장난삼아, 재미삼아 몇 번이고 했던 일이다. 그런데 실패하다니. 그것도 이런 최악의 상황에서 단지 '재미가 없다'고 실패했단 말인가?

"으… 으으… 으아……!!"

그는 분노했다. 그녀를 죽인 몬스터들보다 할 수 있는 일을 하지 못한 자신에게 진절머리가 났다. 고작 게임 속 NPC가 죽었을 뿐이지만 그의 마음은 무너지고 있었다.

"…후."

하지만 뜻밖의 일이 일어났다. 쓰러져 좌절하던 멀린이 너무나도 멀쩡한 표정으로 일어난 것이다.

"…결국 또 도망인가."

멀린은 중얼거리며 미호의 몸을 바르게 눕혔다. 그리고 오른손을 움직였다.

푸욱!

멀린의 오른손이 스스로의 왼쪽 눈동자를 뽑아버린다. 아무리 유저들이 고통을 느끼지 않는다고 하지만 제정신으로 할 짓이 아니다. 그리고 이어 멀린은 미호의 눈동자마저 뽑았다. 다만 자신의 눈을 뽑을 때와 달리 매우 조심스러운 손길이다.

"바보 같은 여자."

멀린은 투덜거리며 그녀의 보석안을 자신의 안구에 집어넣었다. 이어 부드러운 빛이 그의 손에서 빛난다. 평소 그가 잘 사용할 줄 몰랐던 치료 마법. 그가 사용했던 하울링 스펠의 시간이 다 되어가는 데다 사방에 적이 가득 있음에도 태연한 태도였다.

"도망가, 주인! 지금 그리로 엄청난 녀석이 가고 있어! 이건 못해도 그 팔미호 이상이야!!"

급박한 전투 상황 때문인지 별다른 도움을 주지 못하던 정천이 하늘에서 몬스터들의 동향을 파악하고 경고를 보낸다. 물론 걱정은 하지 않는다. 미호에게는 미안한 일이지만……. 이미 그녀가 죽어 족쇄가 사라진 이상 멀린은 언제든지 도망칠 수 있다. 게이트 링의 발동 시간은 그야말로 한순간이기 때문에 그전에 붙잡기가 불가능에 가까운 것이다.

"난쟁이족이로군. 게다가 7클래스 급 마법사라니."

"주인! 도망가라니까!"

하늘에서 정천이 다시 경고를 보냈지만 멀린은 들은 척도 하지 않고 하늘을 올려다보았다. 먹구름이 잔뜩 끼어 있다.

"비가 오겠군."

작게 중얼거릴 때 멀리서부터 시끄러운 엔진 소리가 들린다.

부아아아앙!!

놀랍게도 달려오고 있는 것은 자동차였다. 상대적으로 납작한 차체에 커다란 바퀴가 달린 기형적인 디자인. 하지만 놀랍게도 속도는 시속 200킬로미터가 넘는다.

끼이이익—!

"하하하하!! 방금 그 마법 쏜 놈 누구냐!"

작달막한 키에 호쾌하게 생긴 드워프 남성이 자동차에서 내린다. 왼손에는 엄청난 사이즈의 권총을, 오른손에는 지휘봉 비슷한 막대기를 들고 있다.

"맙소사! 미치광이 테인!! 이런 곳까지 나타나다니!"

"테인 중장님!"

"와하하하! 테인 중장님께서 오셨다!"

새롭게 등장한 드워프의 모습에 성기사단은 비명을, 드워프들은 환호성을 질렀다. 멀린은 그럴 만하다고 생각했다. 작달막하고 근육 가득한 몸은 전사로 보이지만 그에게서 느껴지는 마력은 장난이 아니다. 일당백 정도가 아니라 일당천의 전투력을 가진 괴물인 것이다.

푸스스스.

그리고 그때 하울링 스펠, 우라노스의 천공섬의 유지 시간이 끝난다. 하늘에 떠 있던 바위섬은 먼지처럼 흩어져 사라지고 주변을 짓누르던 압력도 없어져 버렸다.

"오호, 대체 누가 이런 마법을 쓰나 했더니 인간이었잖아?"

턱수염을 멋지게 기른 드워프, 테인은 크게 웃으며 멀린을 쏘아보았다. 상당히 멀리 있던 그였지만 하울링 스펠의 마력에 놀라 단숨에 달려온 것. 하지만 어째서인지 조금 전 유동했던 마력과 다르게 멀린에게서 느껴지는 힘이 적어 의아해하는 중이다.

"멀린! 뭐 하는 거야? 도망가라니까!"

하늘을 날고 있는 정천은 돌아버릴 것 같은 기분이다. 물론 게이트 링의 가동 시간은 그야말로 순식간이지만 테인 같은 강자 앞에서 유유히 도망갈 정도는 아니다. 그야말로 순식간에 살해당할 수 있을 정도로 테인의 마력은 위험하다. 그런데 빤히 서서 그를 내려다보다니? 하지만 그때 멀린이 답한다.

"도망칠 수는 없지. 난 여기 녀석들을 다 죽이겠다고 마음먹었거든."

"뭐, 뭐라고? 무슨 소리를 하는……."

"사라져."

웅!

나직한 중얼거림에 하늘을 날던 정천은 주변 배경이 바뀌었다는 것을 깨달았다. 저 멀리, 아주 멀리 주인의 기척이 느껴진다. 어느새 그는 10킬로미터 이상 이동한 상태였다.

"뭐, 뭐야, 이게. 공간이동? 하지만 주인은 공간이동 주문을 사용하지 못할 텐데?"

정천이 혼란에 빠져 있을 때 멀린은 다시 테인을 내려다보고 있었다. 조금 전에 한 말 때문일까? 테인의 얼굴에 위험한 미소가 떠오른다.

"오호, 여기 녀석들을 다 죽이겠다니⋯⋯. 설마 그 '여기 녀석' 들 중에는 나도 포함인가?"

"⋯⋯."

그러나 멀린은 대답하지 않았다. 겁에 질렸다거나 할 말이 없는 게 아니다. 그는 테인에게 아무 관심 없다는 표정으로 하늘을 올려다보았다.

"시간이군."

"하, 하하하!! 기가 차는군! 미개한 인간 놈이 나를 무시⋯⋯."

쩌엉!

그러나 테인은 소리치다 말고 방어벽을 펼쳤다. 하늘에서 '뭔가' 가 떨어졌기 때문이다. 그것은 아주 작은, 크기로 치자면 손가락 한마디보다 작은 크기였지만 거기에 담긴 위력은 무시할 만한 수준이 아니었다.

"뭐, 뭐지?"

"방금 뭐였지?"

멀린이 그 어떤 일도 하는 걸 확인하지 못한 드워프와 노움들이 웅성거린다. 하지만 가장 당황한 건 역시 테인이다.

"뭐야? 너 이 자식, 무슨 짓을 한 거지?"

테인은 자신을 공격한 물체가 뭔지 찾아보았지만 보이지 않는다. 마력탄이었던 걸까? 하지만 그렇다고 보기에는 공격 방식이 너무 이상했다. 그 역시 뛰어난 마법사로서 수많은 마법 지식을 가지고 있었지만 그 어떤 지식에도 맞지 않는 공격. 하지만 테인은 깊게 생각하는 대신 멀린을 노려보았다.

"하! 뭐, 상관없어. 어차피 너를 조지면 알게 될……."

쩌정!

그러나 다시 위에서 떨어진 공격을 황급히 방어벽을 펼쳐 내막아낸다. 이번에는 집중하고 있던 만큼 그 정체를 알 수 있었다.

"이, 이게 뭐야. 물방울?"

"정확히 말하자면 빗방울."

"이 자식이 무슨 헛……."

보통 사람이라면 이해 못할 소리였지만 뛰어난 마법사인 테인은 순간적으로 상황을 이해했다. 그리고 감지력을 높여서 하늘의 상황을 파악했다.

"…말도 안 돼."

사물이 중력의 영향을 받아 밑으로 떨어지게 되면 속도의 변화, 즉 가속도에 의해 점점 속도가 빨라지게 된다. 하지만 빗방울의 경우 속도는 어느 수준에서 제한된다. 다름 아닌 공기 저항 때문이다.

"과연 영리하군. 눈치도 빠르고."

"네놈……."

빗방울이 중력에 의해 떨어지며 공기 분자와 부딪치면 빗방울이 공기 분자를 밀어내는 동시에 공기 분자들도 빗방울을 같은 힘으로 밀어내게 된다. 그러면 빗방울은 서로 반대방향으로 같은 힘이 존재한다. 결과적으로 합력이 0이 되어버리는 것이다.

합력이 0일 때 물체는 정지, 혹은 등속도 운동을 취하게 되며 빗방울은 떨어지는 그 상태를 유지하려는 관성에 의해 등속도로 낙하하게 된다.

흔히 빗방울이 떨어질 때는 아래로 둥글고 위가 뾰족한 물방울 모양을 떠올리게 되지만 사실 빗방울은 물방울이 아니라 가로로 평평한 모양으로, 이는 공기 저항과 중력이 같은 힘으로 상쇄되어 합력이 0이 되기 때문이다.

"하지만 만약에 빗방울이 공기 저항을 받지 않는다면 어떻게 될까?"

"무슨 사기를……! 그런 일이 가능할 것 같아?! 여기서 비구름까지 얼마나 떨어져 있는지……."

기가 막힌다는 듯 소리치는 테인이었지만 멀린은 태연하게 대답했다.

"오늘 먹구름은 꽤 높아. 여기서 4,215미터나 떨어져 있군. 욕심이겠지만 6,000미터 정도에서 형성이 되었다면 더 강렬했을 텐데……."

멀린은 모든 빗방울에서 [마찰력]을 제거했다. 공기 저항을 받지 않도록 한 것이다. 때문에 빗방울의 합력은 0이 아니게 되었으며 가속도 운동 역시 하게 되었다. 그 속도가 기하급수적으로 증가하기 시작한 것이다. 심지어 멀린은 물 제어 능력으로 먹구름 바로 근처에서부터 물방울들을 손가락 한 마디만 한 크기까지 뭉쳤다.

"말도 안 돼! 거짓말이야! 그렇게 원거리에서 마력 행사를 한다는 건 불가능해!!"

"그건 너희같이 자신의 주변 좌표밖에 인식 못하는 정박아들의 경우고. 절대공간좌표를 사용한다면 상관없는 이야기지."

"뭐… 라고?"

"절대공간좌표. 설마하니 마법사가 그게 뭔지 모른다고 말하지는 않겠지?"

마법사들은 일반적으로 두 개의 방식을 사용해 좌표를 인식한다. 그중 하나는 '직접좌표인식' 으로 사용자의 몸을 중심으로 인식하는 방식이다. 이는 좌표를 쉽게 인식할 수 있는데다 감각적으로도 어느 정도 활용이 가능하기에 일반적인 공격 마법에 사용되는 방식이고, 또 하나는 '간접좌표인식' 으로 원거리 마법이나 공간 이동에 사용하는 공간좌표 인식 기술이다. 간접좌표를 인식하는 데에는 보통 다른 매개체가 필요한데 상대방의 신체 부위를 사용한 저주나 게이트를 미리 만들어놓고 이동하는 원거리 텔레포트 능력이 이에 속한다.

"미친! 대마법사도 아니고 고룡(Ancient Dragon)도 아닌 네가 절대공간좌표라고?"

그러나 좌표인식에는 조금 더 근본적인 기술이 존재한다. 그것이 바로 절대공간좌표. 절대공간좌표는 차원 고유의 좌표를 인식하는 방식으로, 진정한 의미에서의 공간좌표라고 할 수 있다.

하지만 안타깝게도 보통의 마법사가 절대공간좌표를 쓴다는 건 한없이 불가능에 가까운 일이다. 왜냐하면 절대공간좌표는 매 순간순간, 계속해서 변화하는 변화무쌍한 좌표이기 때문이다. 주문을 영창해 좌표를 계산하려는 순간 이미 답은 변해 있다. 자신이 가만히 있어도 아무 소용이 없다. 가만히 서 있다 하더라도 우주를 기준으로 보면 행성은 잠시도 쉬지 않고 자전과 공전을 계속하며 이동하고 있으니까.

절대공간좌표는 주변 좌표를 마력장으로 읽어들이는 것으로 쉽사리 읽어낼 수 있지만 절대값이 계속 변하기 때문에 계산을 채 시작하기도 전에 주문이 취소된다. 우주는 한순간도 멈추지 않고 계속해서 움직이기 때문이다. 그렇기에 절대공간좌표를 활용할 수 있는 것은 세계의 이치를 깨달아 초월자가 된 9클래스의 마도사나 고도의 지적 능력을 가진 용종 정도다.

쾅!

테인은 들고 있던 권총 핸드캐논(Hand Cannon), 격노(激怒)를 쏘았다. 그러나 이미 멀린은 10여 미터 정도 옆으로 이동한 후다. 믿을 수 없을 정도로 빠른 공간이동. 이래서는 그를 잡을 수가 없다.

"너… 누구냐?"

"내가 누구라……. 좋은 말이군. 마침 용노라는 이름에 질려가던 중이었는데."

경악과 탄식에 빠져 있는 테인을 보며 멀린은 차갑게 웃었다.

"나는 멀린, 대마도사 멀린 엠리스다."

그 말을 끝으로 폭우가 쏟아지기 시작했다.

『D.I.O』 6권에서 계속…

박선우 장편 소설
FUSION FANTASTIC STORY

PERFECT GAME

퍼펙트 게임

고통과 좌절의 시간들을 뛰어넘어
불사조처럼 일어나 세계를 제패한 사나이의 일대기.

대한민국을 넘어 메이저리그를 평정하며
명예의 전당에 헌정된 언터처블 투수, 이강찬.

강철 같은 어깨에서 뿜어져 나오는 그의 패스트볼은
무적이었으며 야구계에 길이 남을 **신화**였다.

야구만을 사랑했던 고독한 사나이.
그의 퍼펙트게임이 이제 시작된다!

Book Publishing CHUNGEORAM

www.chungeoram.com

가프 장편 소설

관상왕의
1번룸

FUSION FANTASTIC STORY

거대한 도시의 그늘에서 벌어지는
짜릿하고 통쾌한 이야기!

『관상왕의 1번룸』

텐프로의 진상 처리 담당, 홍 부장.
절망적인 삶의 끝에서 만난 남국의 바다는
그를 새로운 인생으로 인도하는데…….

쾌락을 원하는 거부, 성공에 목마른 사업가,
그리고 실패로 절망한 사람들이여.

여기, 관상왕의 1번룸으로 오라!

Book Publishing CHUNGEORAM

유행이 아닌 자유추구 -
WWW.chungeoram.com

현대 소환술사

THE MODERN SUMMONER

FUSION FANTASTIC STORY

현윤 퓨전 판타지 소설

하늘이 무너져도 솟아날 구멍은 있다!

드래곤의 실험으로 모진 고난을 겪어야 했던 레비로스!
우여곡절 끝에 소환술사가 되어 최강의 자리에 오르지만
운명은 그를 나락으로 떨어뜨린다.

『현대 소환술사』

다시 한 번 주어진 삶!
그러나 그마저도 암울하기 그지없는데……

소환술사 레비로스의
인생 역전이 시작된다!

Book Publishing CHUNGEORAM